dtv
premium

Laurent Gaudé

Die Sonne der Scorta

Roman

Aus dem Französischen
von Angela Wagner

Deutscher Taschenbuch Verlag

Von Laurent Gaudé
ist im Deutschen Taschenbuch Verlag erschienen:
Der Tod des Königs Tsongor (24419)

Das Gedicht »I mari del Sud« auf S. 7 ist dem Band ›Lavorare stanca‹
(© 1936, 2001 Giulio Einaudi Editore S. p. A., Torino/Italy) entnommen.
Die deutsche Übersetzung »Die Meere des Südens« in ›Gedichte‹
(© 1962 Claassen Verlag, Hamburg) stammt von Urs Oberlin.

Deutsche Erstausgabe
Dezember 2005
Deutscher Taschenbuch Verlag GmbH & Co. KG, München
www.dtv.de
© 2004 Actes Sud
Titel der französischen Originalausgabe:
›Le Soleil des Scorta‹
(Actes Sud, Arles 2004)
© 2005 der deutschsprachigen Ausgabe:
Deutscher Taschenbuch Verlag GmbH & Co. KG, München
Umschlagkonzept: Balk & Brumshagen
Umschlagfoto: © Gemeinnützige Stiftung Leonard von Matt, Buochs
Satz: Fotosatz Reinhard Amann, Aichstetten
Gesetzt aus der Berling 10,5/14˙
Druck und Bindung: Kösel, Krugzell
Gedruckt auf säurefreiem, chlorfrei gebleichtem Papier
Printed in Germany · ISBN 3-423-24493-3

Für Elio,
ein wenig Sonne dieses Landes fließt in deinen Adern.
Möge sie in deinem Blick aufleuchten.

Camminiamo una sera sul fianco di un colle,
In silenzio. Nell'ombra del tardo crepuscolo
Mio cugino è un gigante vestito di bianco
Che si muove pacato, abbronzato nel volto,
Taciturno. Tacere è la nostra virtù.
Qualche nostro antenato dev'essere stato ben solo
– un grand'uomo tra idioti o un povero folle –
per insegnare ai suoi tanto silenzio.

Eines Abends gehen wir in Stille
Hügelan. Im Schatten des späten Tags.
Mein Vetter ist ein Riese in Weiß gekleidet,
ruhig schreitend, braun gebrannt das Gesicht,
schweigsam. Schweigen ist unsere Tugend.
Einer unserer Ahnen muß sehr einsam gewesen sein
– ein großer Mann unter Idioten oder ein armer Narr –
um die Seinen so viel Schweigen zu lehren.

Cesare Pavese

1

Die heißen Steine des Schicksals

Die Sonnenglut schien die Erde zum Schmelzen zu bringen. Kein Windhauch ließ die Olivenbäume erzittern. Alles lag reglos da. Der Duft der Hügel hatte sich verflüchtigt. Der Fels stöhnte vor Hitze. Mit der Selbstsicherheit eines Lehnsherrn lastete der Monat August auf dem Massiv des Gargano*. Unmöglich zu glauben, daß es auf dieses Land einmal geregnet hatte, daß Wasser die Felder begossen und die Olivenbäume getränkt hatte. Unmöglich zu glauben, daß jemals Tier oder Pflanze unter diesem trockenen Himmel das zum Leben Notwendige hatte finden können. Es war zwei Uhr nachmittags, und die Erde war zum Brennen verurteilt.

Auf einem staubigen Weg schritt ein Esel langsam voran. Schicksalsergeben folgte er jeder Straßenbiegung. Nichts konnte seine Sturheit besiegen, weder die glühend heiße Luft, die er atmete, noch die spitzen Steine, die seinen Hufen zusetzten. Er marschierte vorwärts. Und sein Reiter ähnelte einem zu einer archaischen Strafe verurteilten Schatten. Der Mann bewegte sich nicht. Wie betäubt vor Hitze überließ er es seinem Reittier, sie beide ans Ende der Straße zu bringen. Der Esel erfüllte seine Aufgabe mit dumpfer Entschlossenheit und bot dem Tag die Stirn. Langsam, Meter für Meter, ohne die Kraft, jemals schneller zu gehen, fraß das Tier die Kilometer. Und der Reiter murmelte zwischen den Zähnen Worte, die augenblicklich in der Hitze verdampften. »Nichts wird mich besiegen ... Die Sonne mag alle Eidechsen auf den Hügeln töten, aber ich werde durchhalten. Ich warte schon zu

lange . . . Die Erde mag singen, und meine Haare mögen in
Flammen aufgehen, ich bin auf dem Weg und ich werde ihn
zu Ende gehen.«

So verrannen die Stunden, wie in einem Backofen, der die
Farben verblassen läßt. Schließlich tauchte nach einer Weg-
biegung das Meer auf. »Jetzt sind wir am Ende der Welt«,
dachte der Mann. »Seit fünfzehn Jahren träume ich von diesem
Augenblick.«

Das Meer lag vor ihnen, wie eine unbewegliche Lache, die
keinem anderen Zweck diente, als die Kraft der Sonne zu spie-
geln. Der Weg hatte kein Dorf durchquert, keine andere Straße
berührt, er grub sich nur immer weiter ins Land. Der Anblick
des unbewegten, in der Hitze flimmernden Meeres drängte
den Gedanken auf, daß der Weg nirgendwo hinführte. Doch
der Esel lief weiter, bereit, sich im gleichen langsamen und ent-
schlossenen Schritt ins Wasser zu stürzen, sobald sein Herr es
von ihm verlangte. Der Reiter blieb starr. Schwindel hatte ihn
erfaßt. Vielleicht hatte er sich geirrt. Bis zum Horizont sah er
nur Hügel und Meer, ineinander verschlungen. »Ich habe den
falschen Weg eingeschlagen«, dachte er. »Ich müßte das Dorf
bereits sehen können. Wenn es sich nicht zurückgezogen hat.
Ja, es hat wohl mein Kommen gespürt und sich ins Meer zurückgezogen, damit ich es nicht erreichen kann. Ich werde in
die Fluten eintauchen, aber nicht aufgeben. Bis zum Ende werde
ich gehen. Und ich verlange, Rache zu nehmen.«

Der Esel erreichte den Gipfel des – wie es schien – letzten Hü-
gels der Welt. In diesem Moment erblickten sie Montepuccio.
Der Mann lächelte. Das Dorf bot sich dem Betrachter in seinem ganzen Umfang. Ein kleines weißes Dorf, dessen Häuser
sich eng aneinanderschmiegten, auf einem hohen Felsvor-

sprung über dem ruhigen tiefen Wasser. Diese menschliche Anwesenheit in einer sonst so öden Landschaft mußte dem Esel
komisch vorkommen, doch er lachte nicht und setzte seinen
Weg fort.

Als der Mann die ersten Häuser erreichte, murmelte er:
»Wenn nur ein einziger von ihnen versucht, mich aufzuhalten,
zermalme ich ihn mit meiner Faust.« Sorgfältig beobachtete er
jede Straßenecke, doch er beruhigte sich rasch. Er hatte den
richtigen Zeitpunkt gewählt. Zu dieser Nachmittagsstunde lag
das Dorf wie tot da. Die Straßen waren leer, die Fensterläden
geschlossen. Sogar die Hunde hatten sich in Luft aufgelöst. Es
war Zeit für die Siesta, und auch ein Erdbeben hätte niemanden aus dem Haus gelockt. Nach einer im Dorf umgehenden
Legende war um diese Zeit einst ein Mann zu spät von den Feldern gekommen und über den Dorfplatz gegangen. Noch bevor er den Schatten der Häuser erreicht hatte, brachte die
Sonne ihn um den Verstand – als hätten die Strahlen ihm den
Schädel ausgebrannt. Jeder in Montepuccio glaubte diese
Geschichte. Der Platz war klein, doch ihn um diese Zeit über-
queren zu wollen, hieß, sich selbst zum Tode zu verurteilen.

Der Esel und sein Reiter ritten langsam die Straße hinauf, die
in diesem Jahr des Herrn 1875 noch Via Nuova hieß und die
später Corso Garibaldi genannt werden sollte. Zweifellos kannte
der Reiter seinen Weg. Niemand sah ihn. Er begegnete nicht
einmal einer dieser ausgezehrten Katzen, von denen es im Müll
der Rinnsteine nur so wimmelt. Er versuchte nicht, seinen Esel
in den Schatten zu lenken oder sich auf einer Bank niederzu-
lassen. Er schritt voran. Und seine finstere Entschlossenheit
wurde furchterregend.

»Hier hat sich nichts verändert«, murmelte er. »Dieselben
armseligen Straßen. Dieselben dreckigen Fassaden.«

In diesem Augenblick erblickte ihn Pater Zampanelli. Der von allen Don Giorgio genannte Pfarrer von Montepuccio hatte sein Gebetbuch in dem kleinen, an die Kirche grenzenden Fleckchen Erde vergessen, das ihm als Gemüsegarten diente. Zwei Stunden hatte er am Vormittag dort gearbeitet, und ihm war gerade eingefallen, daß er das Buch, wie könnte es anders sein, eben dort, auf den Holzstuhl neben dem Werkzeugschuppen, gelegt hatte. Er war aus dem Haus gegangen, wie man es bei einem Unwetter tut, gebückt und mit zusammengekniffenen Augen. Er gedachte, sich so sehr als möglich zu beeilen, um seine alten Knochen nicht länger als nötig der Hitze auszusetzen, die einem den Verstand raubte. Genau in diesem Moment sah er den Esel und seinen Reiter auf der Via Nuova. Don Giorgio hielt inne, und instinktiv bekreuzigte er sich. Dann kehrte er auf der Flucht vor der Sonne hinter die schweren Holztüren seiner Kirche zurück. Das Erstaunlichste war nicht, daß er gar nicht daran dachte, Alarm zu schlagen oder den Unbekannten anzurufen, um zu wissen, wer er sei und was er wolle (Reisende kamen selten, und Don Giorgio kannte jeden Einwohner beim Vornamen), sondern daß er nach der Rückkehr in seine Zelle überhaupt nicht mehr daran dachte. Er legte sich nieder und dämmerte in den traumlosen Schlaf einer sommerlichen Siesta hinüber. Er hatte sich vor diesem Reiter bekreuzigt, als wollte er eine Vision wegwischen. Don Giorgio hatte Luciano Mascalzone nicht erkannt. Wie hätte er ihn auch erkennen können? Der Mann besaß nichts mehr von dem, was ihn einst ausgemacht hatte. Er war etwa vierzig Jahre alt, doch seine hohlen Wangen erinnerten an einen Greis.

Luciano Mascalzone zog durch die engen Gassen des schlafenden Dorfes. »Es hat lange gedauert, doch ich kehre zurück. Ich bin da. Ihr wißt es noch nicht, denn ihr liegt im Schlaf. Ich gehe an euren Häusern entlang, unter euren Fenstern vorbei. Ihr ahnt nichts. Ich bin da, und ich komme zu holen, was mir zusteht.« Er zog weiter, bis sein Esel anhielt, plötzlich, als hätte das alte Tier immer gewußt, wohin es gehen sollte und daß sein Kampf gegen das Feuer der Sonne hier enden würde. Er hielt abrupt vor dem Haus der Biscottis und rührte sich nicht mehr. Der Mann sprang mit einer seltsamen Geschmeidigkeit zu Boden und klopfte an die Tür. »Ich bin wieder da«, dachte er, »fünfzehn Jahre sind nun ausgelöscht.« Eine schier endlose Zeit verging. Luciano dachte daran, ein zweites Mal zu klopfen, doch da öffnete sich leise die Tür. Vor ihm stand eine Frau um die vierzig im Morgenmantel. Sie betrachtete ihn lange, wortlos. Keine Empfindung lag auf ihrem Gesicht. Weder Angst noch Freude, noch Überraschung. Sie sah ihm fest in die Augen, als wollte sie ermessen, was nun geschehen würde. Luciano stand still da. Er schien ein Zeichen von der Frau zu erwarten, eine Geste, ein Runzeln der Augenbrauen. Er wartete. Er wartete, und sein Körper versteifte sich. »Wenn sie versucht, die Tür zu schließen«, dachte er, »oder eine einzige kleine Geste des Rückzugs macht, springe ich vor, schlage die Tür ein und falle über sie her.« Er verschlang sie mit den Augen und achtete auf das kleinste Zeichen, das die Stille unterbrechen würde. »Sie ist noch schöner, als ich sie mir vorgestellt habe. Ich werde heute nicht umsonst sterben.« Er erahnte ihren Körper unter dem Morgenmantel, was eine wilde Lust in ihm weckte. Sie sagte kein Wort, ließ die Vergangenheit an die Oberfläche ihrer Erinnerung steigen. Sie hatte den Mann erkannt. Seine Anwesenheit hier auf ihrer Türschwelle war ein Rätsel, und sie versuchte nicht einmal, es zu lösen. Sie ließ sich nur von der Vergangenheit erfüllen. Luciano Mascalzone. Er war es, fünfzehn Jahre später. Sie betrachtete ihn ohne Haß oder Liebe. Sie betrachtete ihn, wie man dem Schicksal ins Auge sieht. Sie ge-

15

hörte ihm bereits. Es gab nichts zu kämpfen, sie gehörte ihm.
Denn nach fünfzehn Jahren war er zurückgekehrt und hatte an
ihre Tür geklopft. Egal, was er verlangte, sie würde es ihm geben. Sie gab ihr Einverständnis, hier auf der Türschwelle; sie
war mit allem einverstanden.

Um die Stille und die Starre zu lösen, von der sie umgeben
wurden, ließ sie den Türgriff los. Diese einfache Geste genügte,
um Luciano von seinem Warten zu erlösen. Er las jetzt auf
ihrem Gesicht, daß sie da war, daß sie keine Angst hatte, daß er
mit ihr tun konnte, was er wollte. Leichtfüßig trat er ein, als
wollte er keinen Geruch in der Luft zurücklassen.

Zu der Stunde, wenn die Eidechsen wünschen, Fische zu
sein, betrat ein staubiger und verdreckter Mann das Haus der
Biscottis, und die Steine hatten daran nichts auszusetzen.

Luciano drang bei den Biscottis ein. Dies würde ihn das Leben
kosten, das wußte er. Er wußte, daß die Menschen wieder auf
den Straßen sein würden, wenn er dieses Haus verließ. Das Leben mit seinen Regeln und Kämpfen wäre zurückgekehrt, und
er würde bezahlen müssen. Er wußte, daß man ihn wiedererkennen und daß man ihn töten würde. Seine Rückkehr hierher,
in dieses Dorf, und sein Eindringen in dieses Haus bedeuteten
den Tod. Er hatte dies alles bedacht. Bewußt war er zu dieser
erdrückenden Tageszeit eingetroffen, wenn selbst die Katzen
von der Sonne blind waren, denn er wußte, daß er nicht einmal
den Dorfplatz erreicht hätte, wenn die Straßen nicht verlassen
gewesen wären. Er wußte das alles, und die Unvermeidlichkeit,
mit der das Unglück eintreten würde, ließ ihn nicht erschauern.
Er betrat das Haus.

Seine Augen brauchten eine Weile, um sich an das Halbdunkel zu gewöhnen. Sie wandte ihm den Rücken zu, und er folgte ihr in einen schier endlos langen Flur. Schließlich erreichten sie ein kleines Zimmer. Kein Laut war zu hören. Die Kühle der Mauern empfand er wie ein Streicheln. Dann nahm er sie in die Arme. Sie sagte nichts. Er zog sie aus, und als er sie so nackt vor sich sah, konnte er ein Murmeln nicht unterdrücken: »Filomena ...« Ein Zittern durchlief ihren ganzen Körper. Er achtete nicht darauf, war ganz erfüllt und tat, was er sich geschworen hatte, zu tun. Er lebte die Szene, die er sich tausendfach ausgemalt hatte. In fünfzehn Jahren Gefängnis hatte er an nichts anderes gedacht. Er hatte immer geglaubt, daß ihn im Moment, wenn er diese Frau entkleiden würde, eine noch größere Lust als die fleischliche erfüllen würde: die Lust der Rache. Doch er hatte sich geirrt, es gab keine Rache. Es gab nur zwei schwere Brüste, die er mit seinen Händen umschloß. Es gab nur den warmen Duft einer Frau, der ihn vollständig einhüllte. Diesen Augenblick hatte er so sehr herbeigesehnt, daß er jetzt vollkommen darin eintauchte, sich verlor, den Rest der Welt vergaß, und auch die Sonne, die Rache und den dunklen Blick des Dorfes.

Als er sie in den kühlen Laken des großen Bettes nahm, seufzte sie wie eine Jungfrau, mit einem Lächeln auf den Lippen, voll Erstaunen und Lust. Und sie gab sich ohne Kampf hin.

Luciano Mascalzone war sein ganzes Leben lang das gewesen, was die Leute aus der Region »einen Banditen« nannten, und dabei spuckten sie zu Boden. Er schlug sich mit Raub und Viehdiebstahl durchs Leben, plünderte Reisende aus. Vielleicht hatte er sogar einige arme Seelen getötet auf den Straßen des Gargano, doch das war nicht sicher. Man erzählte so viele Geschichten, die sich nicht überprüfen ließen. Eine Sache allerdings war gewiß: Er führte ein »schlechtes Leben«, und von diesem Mann mußte man sich fernhalten.

Auf dem Gipfel seines Ruhms, das heißt auf dem Höhepunkt seiner Karriere als Nichtsnutz und Tunichtgut, kam Luciano Mascalzone häufig nach Montepuccio. Er stammte nicht aus dem Ort, doch er mochte ihn und verbrachte dort die meiste Zeit. Im Dorf erblickte er auch Filomena Biscotti. Das junge Mädchen aus einer bescheidenen, aber ehrbaren Familie entwickelte sich für ihn zu einer Obsession. Er wußte, daß sein Ruf von vornherein jede Hoffnung verbat, sie zur Frau zu nehmen, darum begann er sie zu begehren, wie Strolche eine Frau begehren. Er wollte sie besitzen, und sei es nur für eine Nacht. Dieser Gedanke ließ seine Augen im warmen Licht der Spätnachmittage aufblitzen. Doch das Schicksal versagte ihm dies brutale Vergnügen. An einem ruhmlosen Morgen sammelten ihn fünf Carabinieri in der Herberge auf, in der er übernachtet hatte, und führten ihn ohne viele Umstände ab. Er wurde zu fünfzehn Jahren Gefängnis verurteilt. Montepuccio vergaß ihn, froh, sich dieses Abschaums entledigt zu haben, der den jungen Mädchen hinterherschielte.

Im Gefängnis hatte Luciano Mascalzone genug Zeit, um über sein Leben nachzudenken. Er hatte es mit kleinen Dïebereien ohne Format zugebracht. Was hatte er schon geleistet? Nichts. Was hatte er erlebt, das ihm als Erinnerung in seinem Kerker Gesellschaft leisten konnte? Nichts. Ein Leben war verflossen, miserabel und ohne nennenswerten Einsatz. Er hatte sich nichts gewünscht, war auch nicht gescheitert, denn er hatte nichts auf die Beine gestellt. In diesem weiten Feld der Langeweile, das seine Existenz gewesen war, entwickelte sich sein Begehren, das er auf Filomena richtete, ganz langsam zu der einzigen, alles rettenden Insel. Während er ihr durch die Straßen folgte, hatte ihm sein bebender Körper das Gefühl gegeben, wahrhaft zu leben, bis zur Bewußtlosigkeit. Dies wog alles andere auf. Und er hatte sich geschworen, daß er dieses brutale Verlangen, das einzige, das er je gekannt hatte, nach seiner Entlassung stillen würde. Um welchen Preis auch immer. Filomena Biscotti besitzen und sterben. Der Rest, der ganze Rest zählte nicht mehr.

Luciano Mascalzone verließ Filomena Biscottis Haus, ohne auch nur ein einziges Wort mit ihr gewechselt zu haben. Seite an Seite waren sie in Schlaf gesunken, hatten sich von der Erschöpfung der Liebe durchfluten lassen. Er hatte geschlafen, wie er es seit langer Zeit nicht mehr getan hatte. Eine ungetrübte Ruhe des ganzen Körpers, eine tiefe Entspannung des Fleisches, wie die sorglose Siesta der Reichen.

Vor der Tür fand er seinen Esel wieder, noch immer staubig von der Reise. In diesem Augenblick wußte er, daß der Anfang vom Ende gekommen war. Er ging in den Tod, ohne zu zögern. Die Hitze war zurückgegangen, das Dorf wieder zum Leben erwacht. Vor den Türen der Nachbarhäuser saßen die kleinen, in Schwarz gekleideten Alten auf wackligen Stühlen und sprachen leise über die merkwürdige Anwesenheit dieses Esels, versuchten seinen möglichen Besitzer zu erraten. Das Auftauchen Lucianos brachte die Nachbarinnen verblüfft zum Schweigen. Er lächelte innerlich. Alles war, wie er es sich vorgestellt hatte. »Diese Dummköpfe von Montepuccio haben sich nicht verändert«, dachte er. »Was glauben sie denn? Daß ich Angst vor ihnen habe? Daß ich versuchen werde, vor ihnen zu fliehen? Ich habe vor niemandem mehr Angst. Sie werden mich heute töten, aber das reicht nicht, um mich in Schrecken zu versetzen. Dafür war der Weg hierher zu weit. Ich bin unantastbar. Aber können sie das verstehen? Ich stehe weit über den Schlägen, die sie mir versetzen werden. Ich habe Lust erfahren, in den Armen dieser Frau habe ich die Wonnen der Liebe erlebt. Und am besten endet alles hier, denn von nun an wird das

Leben fade und trist wie der Grund einer Flasche sein.« Und
dabei kam ihm der Gedanke einer letzten Provokation. Als
Herausforderung für die forschenden Blicke der Nachbarinnen und als Zeichen, daß er nichts fürchtete, schloß er auf der
Türschwelle demonstrativ seinen Hosenschlitz. Dann bestieg
er den Esel und machte sich auf den Rückweg. In seinem
Rücken hörte er, wie die Alten sich aufregten. Die Neuigkeit
war heraus und verbreitete sich schon durch die alten zahnlosen Münder von einem Haus zum anderen, sprang von Bal-
kon zu Terrasse. Das Gemurmel in seinem Rücken schwoll an.
Wieder überquerte er den Dorfplatz von Montepuccio. Die
Tische der Cafés standen draußen. Hier und dort unterhielten
sich Männer. Alle verfielen in Schweigen, während er vorüberritt. In seinem Rücken dann wurden die Stimmen immer lauter. Wer ist das? Woher kommt er? Dann erkannten ihn einige,
schüttelten ungläubig die Köpfe. Luciano Mascalzone. »Ja, das
bin ich«, dachte er und schritt vorbei an den erstarrten Gesichtern, »ihr braucht mich gar nicht so aufmerksam anzustar-
ren. Ich bin es, zweifelt nicht daran. Tut, was ihr so gerne tun
wollt, oder laßt mich durch, aber schaut mich nicht mit diesen
Kuhaugen an. Ich gehe zwischen euch hindurch, langsam, versuche nicht, zu entkommen. Ihr seid Fliegen, dicke, häßliche
Fliegen. Und ich verscheuche euch mit meiner Hand.« Luciano ritt weiter die Via Nuova hinunter. Eine stumme Menschenmenge formierte sich zu seinem Gefolge. Die Männer von
Montepuccio hatten die Terrassen der Cafés verlassen, die
Frauen standen auf den Balkonen und riefen ihm zu: »Luciano
Mascalzone? Bist du es wirklich?« »Luciano, du Hurensohn,
du traust dich was, hierher zurückzukommen.« »Luciano, heb
deine Gaunervisage, damit ich sehen kann, ob du es wirklich
bist.« Er antwortete nicht, starrte nur grimmig geradeaus,
wurde nicht schneller. »Die Frauen werden schreien«, dachte

er, »und die Männer werden zuschlagen. Ich weiß das alles.«
Die Menge drängte dichter heran. Jetzt folgten ihm etwa
zwanzig Männer. Und die ganze Via Nuova hinunter herrsch-
ten ihn die Frauen an – von ihren Balkonen oder Türschwellen
aus – und hielten ihre Kinder an sich gedrückt, bekreuzigten
sich, wenn er an ihnen vorüberritt. Vor der Kirche, dort, wo er
einige Stunden zuvor Don Giorgio begegnet war, erschallte
eine Stimme – lauter als die anderen: »Mascalzone, heute ist
dein Todestag.« Erst jetzt wandte er den Kopf nach dieser
Stimme, und das ganze Dorf konnte auf seinen Lippen ein
furchtbares, herausforderndes Lächeln sehen, das ihnen das
Blut in den Adern gefrieren ließ. Dieses Lächeln sagte ihnen,
daß er es wußte. Und daß er mehr als alles andere Verachtung
für sie empfand. Daß er bekommen hatte, weswegen er gekommen war, und daß er die Wonne darüber mit ins Grab
nehmen würde. Einige Kinder erschraken vor dem Grinsen des
Reisenden und fingen an zu weinen. Und die Mütter konnten
sich nicht enthalten, wie mit einer Stimme fromm auszurufen:
»Das ist der Teufel!«

Schließlich erreichte er den Rand des Dorfes. Vor ihm lag das
letzte Haus, nur wenige Meter entfernt. Dahinter zog sich nur
noch die lange, steinige und von Olivenbäumen gesäumte
Straße und verschwand in den Hügeln.

Eine Gruppe Männer war aus dem Nichts aufgetaucht und
versperrte ihm den Weg. Sie trugen Spaten und Hacken wie
Waffen, zeigten harte Mienen, standen eng aneinandergedrängt.
Luciano Mascalzone zügelte seinen Esel. Für lange Zeit herrschte Stille. Niemand bewegte sich. »Hier werde ich also sterben,
vor dem letzten Haus von Montepuccio. Welcher von ihnen
wird sich wohl als erster auf mich stürzen?« Er fühlte, wie ein
langer Seufzer die Flanken seines Esels durchlief, und antwor-

tete ihm mit einem Tätscheln des Schulterblatts. »Ob diese Bauerntrampel wenigstens daran denken werden, meinem Tier zu trinken zu geben, wenn sie mit mir fertig sind?« Er richtete sich wieder auf, starrte die Männer reglos an. Die Frauen in der Nähe waren still geworden. Niemand wagte sich mehr zu bewegen. Ein säuerlicher Geruch erreichte ihn noch, der letzte, den er in die Nase bekam: das starke Aroma trocknender Tomaten. Auf allen Balkonen hatten die Frauen große Holzbretter ausgelegt, auf denen in Viertel geschnittene Tomaten trockneten. Die Sonne verbrannte sie. Sie zogen sich im Laufe der Stunden zusammen, wie Insekten, und verbreiteten einen widerlichen sauren Gestank. »Die Tomaten trocknen auf den Balkonen und werden länger leben als ich.«

Plötzlich traf ihn ein Stein mitten auf den Kopf. Er hatte nicht die Kraft, sich umzudrehen. Er bemühte sich, im Sattel zu bleiben, ganz gerade. »So also«, hatte er noch Zeit, zu denken, »so werden sie mich töten, gesteinigt wie ein Verbannter.« Ein zweiter Stein traf ihn an der Schläfe. Diesmal ließ ihn die Gewalt des Aufpralls schwanken. Er fiel in den Staub, mit einem Fuß noch im Steigbügel hängend. Blut lief ihm in die Augen. Er konnte die Schreie um ihn herum ausmachen. Die Männer wurden immer aufgeregter. Jeder nahm seinen Stein, alle wollten zuschlagen. Ein dichter Regen zermarterte seinen Körper. Er fühlte die warmen Steine des Landes, die ihn verletzten. Sie waren noch heiß von der Sonne und verbreiteten um ihn herum den trockenen Duft der Hügel. Warmes und dickes Blut tränkte sein Hemd. »Ich bin am Boden. Ich wehre mich nicht. Schlagt zu. Schlagt zu. Ihr tötet nichts in mir, was nicht schon tot ist. Schlagt zu. Meine Kräfte schwinden. Mein Blut rinnt heraus. Wer wird den letzten Stein werfen?« Seltsamerweise kam der letzte Stein nicht. Er dachte einen Moment lang, daß die Männer in ihrer Grausamkeit seinen Todeskampf verlängern wollten, doch das war es nicht. Der Pfarrer war angelaufen gekommen und hatte sich zwischen die Männer und ihre Beute gestellt. Er nannte sie Ungeheuer und ließ sie innehalten. Bald fühlte Luciano, wie er neben ihm niederkniete. Sein Atem blies ihm ins Ohr: »Ich bin da, mein Sohn, ich bin da. Halte durch. Don Giorgio wird sich um dich kümmern.« Der Steinregen blieb aus, und Luciano Mascalzone hätte den Pfarrer gern weggestoßen, damit die Einwohner von Montepuccio zu Ende bringen konnten, was sie begonnen hatten, doch er hatte keine Kraft mehr. Das Eingreifen des Pfarrers nützte nichts. Es verlängerte nur seinen Todeskampf. Wütend und wild sollten sie ihn steinigen, zerstampfen, und dann wäre das Ende da. Dies wollte er Don Giorgio entgegnen, doch kein Laut kam aus seiner Kehle.

Hätte der Pfarrer von Montepuccio sich nicht zwischen die Menge und ihr Opfer geworfen, wäre Luciano Mascalzone glücklich gestorben. Mit einem Lächeln auf den Lippen, so wie ein des Sieges überdrüssiger Eroberer im Kampf fällt. Doch er lebte ein wenig zu lange. Das Leben verließ ihn zu langsam, und er hatte Zeit zu hören, was er niemals hätte erfahren sollen.

Die Dorfbewohner hatten sich um seinen Körper versammelt, und weil sie ihr zerstörerisches Werk nicht vollenden konnten, beschimpften sie ihn. Luciano vernahm ihre Stimmen wie die letzten Schreie der Welt. »Das wird dir die Lust zur Rückkehr schon austreiben.« »Wir hatten es dir gesagt, Luciano, heute ist dein Todestag.« Und dann kam diese letzte Bemerkung, welche die Erde unter seinem Körper zum Beben brachte: »Immacolata ist die letzte Frau, der du Gewalt angetan hast, Hundesohn.« Lucianos kraftloser Leib erzitterte vom

Kopf bis zu den Füßen. Hinter den geschlossenen Lidern geriet sein Geist ins Wanken. Immacolata? Warum hatten sie Immacolata gesagt? Wer war diese Frau? Mit Filomena hatte er die Liebe erlebt. Die Vergangenheit tauchte vor seinen Augen auf. Immacolata. Filomena. Die Bilder von einst vermischten sich mit dem raubtierhaften Lachen der Umstehenden. Er sah alles wieder vor sich. Und er begriff. Während die Menschen um ihn herum nicht aufhörten zu kreischen, dachte er:

»Ich war so kurz davor, glücklich zu sterben ... Nur um einige Sekunden, nicht mehr. Einige Sekunden zuviel ... Ich habe den Aufschlag der heißen Steine auf meinem Körper gefühlt. Und es war gut so ... Genauso hatte ich es mir gedacht. Blut fließt. Mein Leben verrinnt. Ein höhnisches Grinsen für sie bis zum Schluß ... Ich war so kurz davor gewesen, diese Befriedigung zu erfahren, doch das Leben hat mir ein letztes Mal ein Bein gestellt ... Ich höre sie um mich herum lachen. Die Leute von Montepuccio lachen. Die Erde trinkt mein Blut und lacht. Auch der Esel und die Hunde lachen. Schaut euch Luciano Mascalzone an, der glaubte, Filomena zu nehmen, und ihre Schwester entjungferte. Schaut auf Luciano Mascalzone, der triumphal zu sterben gedachte und jetzt hier im Staub liegt, das Gesicht verzerrt ob des schlechten Scherzes ... Das Schicksal hat mir einen Streich gespielt, in genußvoller Absicht. Und die Sonne lacht über meinen Irrtum ... Ich habe mein Leben verpfuscht, und auch meinen Tod ... Ich bin Luciano Mascalzone, und ich spucke auf das Schicksal, das die Menschen zum Narren hält.«

Tatsächlich hatte Luciano mit Immacolata geschlafen. Filomena Biscotti war kurz nach seiner Inhaftierung an einer Lungenembolie gestorben. Ihre jüngere Schwester Immacolata

25

überlebte als letzte der Familie Biscotti und übernahm das Haus ihrer Vorfahren. Die Zeit verging. Fünfzehn Jahre Gefängnis. Und Immacolata begann langsam, ihrer Schwester zu ähneln. Ihr Gesicht sah aus, wie Filomenas hätte aussehen können, wenn es ihr gegeben worden wäre, zu altern. Immacolata blieb eine alte Jungfer. Ihr schien, das Leben hätte das Interesse an ihr verloren und sie würde wohl nie andere Abenteuer erleben als den Wechsel der Jahreszeiten. In all dieser Zeit der Langeweile dachte sie oft an den Mann, der ihrer Schwester den Hof gemacht hatte, als sie noch ein Kind gewesen war, und ihre Gedanken waren immer begleitet von einem lustvollen Schaudern. Er war furchterregend. Sein freches Grinsen verfolgte sie. In der Erinnerung an ihn empfand sie eine trunkene Erregung.

Als sie fünfzehn Jahre später die Tür öffnete und der Mann vor ihr stand, erschien es ihr, die nie etwas gewollt hatte, ganz natürlich, daß sie sich der dumpfen Kraft des Schicksals unterwarf. Der Gauner stand da, vor ihr. Ihm war niemals etwas zugestoßen. Das Gefühl der Trunkenheit lag in greifbarer Nähe. Als er dann später im Schlafzimmer beim Anblick ihres nackten Körpers den Namen ihrer Schwester murmelte, erbleichte sie. Sie zögerte kurz. Sollte sie ihn zurückweisen? Ihm seinen Irrtum entdecken? Es widerstrebte ihr zutiefst. Er stand hier vor ihr. Und wenn die Tatsache, daß er sie für ihre Schwester hielt, ihr noch größere Freuden bereiten konnte, war sie bereit, sich diesen Luxus zu gönnen. Darin lag keine Lüge. Sie war einverstanden mit allem, was er wollte, nur um wenigstens einmal im Leben die Frau eines Mannes zu sein.

Don Giorgio hatte begonnen, bei dem Sterbenden die Letzte Ölung zu vollziehen. Doch Luciano hörte ihn nicht mehr. Er wand sich innerlich vor Wut.

»Ich bin Luciano Mascalzone, und ich sterbe als lächerliche Figur. Ich habe ein ganzes Leben gelebt, damit man mir am Ende eine lange Nase dreht. Und doch ändert es nichts. Filomena oder Immacolata, was soll's?! Ich bin zufrieden. Wer kann das verstehen? ... Fünfzehn Jahre lang habe ich an diese Frau gedacht. Fünfzehn Jahre lang habe ich von dieser Umarmung geträumt und von der Erleichterung, die sie mir verschaffen würde. Und kaum war ich entlassen, habe ich getan, was ich tun mußte. Ich bin zu diesem Haus gegangen und habe mit der Frau geschlafen, die sich dort befand. Daran habe ich mich gehalten, fünfzehn Jahre lang an nichts anderes gedacht. Das Schicksal hat entschieden, mich zu verspotten. Wer kann dagegen ankämpfen? Es liegt nicht in meiner Macht, den Lauf der Flüsse umzukehren oder das Licht der Sterne erlöschen zu lassen ... Ich war ein Mensch und als solcher habe ich gehandelt. Hingehen, an die Tür klopfen und mit der Frau schlafen, die mir öffnete ... Ich war nur ein Mensch. Was den Rest angeht, ob das Schicksal mich verhöhnt oder nicht, dafür kann ich nichts ... Ich bin Luciano Mascalzone, und ich steige immer tiefer hinab, dem Tod entgegen, um den Lärm der Welt, die mich verspottet, nicht mehr zu hören ...«

Er starb, bevor der Pfarrer des Dorfes sein Gebet beendet hatte. Wenn er vor seinem Tod gewußt hätte, was aus diesem Tag hervorgehen sollte – er hätte gelacht.

Immacolata Biscotti war schwanger. Die arme Frau sollte einem Sohn das Leben schenken. So wurde die Linie der Mascalzone geboren. Aus einem Irrtum, einem Mißverständnis. Von einem nichtsnutzigen Vater, der zwei Stunden nach der Zeugung ermordet wurde, und einer alten Jungfer, die sich zum ersten Mal einem Mann hingab. So wurde die Linie der Mascalzone geboren. Von einem Mann, der sich geirrt hatte, und einer

Frau, die dieser Lüge zugestimmt hatte, weil die Lust ihr den Atem nahm.

Der Grundstein für eine Familie sollte an diesem heißen Sonnentag gelegt werden, denn das Schicksal wollte mit den Menschen spielen, so wie es Katzenpfoten manchmal mit einem verletzten Vogel tun.

Der Wind bläst. Er drückt die trockenen Gräser nieder und bringt die Steine zum Singen. Ein warmer Wind, der die Geräusche des Dorfes und den Geruch vom Meer mit sich trägt. Ich bin alt, und mein Körper knackt wie die Bäume unter dem Ansturm des Windes. Die Müdigkeit lastet schwer auf mir. Der Wind bläst, und ich stütze mich auf Euch, um nicht ins Wanken zu geraten. Ihr leiht mir freundlicherweise Euren Arm. Ihr seid ein Mann in den besten Jahren, das spüre ich an der ruhigen Kraft Eures Körpers. Wir werden bis zum Ende gehen. Mit Euch werde ich der Müdigkeit nicht nachgeben. Der Wind pfeift uns in den Ohren und nimmt einige meiner Worte mit sich. Ihr hört schlecht, was ich sage. Beunruhigt Euch nicht, es ist mir recht so. Möge der Wind einiges von dem, was ich sage, davontragen. So ist es leichter für mich. Ich bin es nicht gewohnt, zu reden. Ich bin eine Scorta. Meine Brüder und ich waren die Kinder der »Stummen«, und ganz Montepuccio nannte uns »die Schweigsamen«.

Ihr seid überrascht, daß ich rede. Es ist das erste Mal seit sehr langer Zeit. Ihr seid seit zwanzig Jahren in Montepuccio, vielleicht noch länger, und Ihr habt gesehen, wie ich in die Stille eingetaucht bin. Ihr habt – wie ganz Montepuccio – gedacht, daß ich ins Eiswasser des Alters geglitten sei und nicht wiederkehren würde. Und heute morgen stand ich nun vor Euch, habe Euch um eine Unterredung gebeten, und Euch ist ein Schauer über den Rücken gelaufen. Als hätte ein Hund oder die Fassade eines Hauses zu sprechen begonnen. Ihr hättet nicht geglaubt, daß es möglich wäre. Deshalb habt Ihr diese Verabredung angenommen. Ihr wollt wissen, was die alte Carmela zu sagen hat. Ihr wollt wissen, warum ich Euch mitten in der Nacht hierhergebeten habe. Ihr bietet mir Euren Arm, und ich führe Euch auf diesen kleinen lehmigen Weg. Die Kirche haben wir linker Hand zurückgelassen. Wir kehren dem Dorf den Rücken, und Eure Neugier wächst. Ich danke Euch für Eure Neugier, Don Salvatore. Sie hilft mir, nicht aufzugeben.

Ich werde Euch sagen, warum ich wieder rede. Der Grund ist, daß ich gestern angefangen habe, den Verstand zu verlieren. Lacht nicht. Warum lacht Ihr? Ihr glaubt, daß jemand, der wirklich den Verstand verliert, nicht mehr so klar im Kopf ist, daß er es merken würde? Ihr irrt Euch. Auf seinem Totenbett hat mein Vater verkündet: »Ich sterbe«, und er ist gestorben. Ich verliere den Verstand. Gestern hat es begonnen. Und von nun an sind meine Tage gezählt. Gestern dachte ich über mein Leben nach, wie ich es oft tue. Und mir fiel der Name eines Mannes nicht mehr ein, den ich gut gekannt habe. Seit sechzig Jahren denke ich beinahe jeden Tag an ihn. Gestern hat sein Name sich mir entzogen. Einige Sekunden lang wurde meine Erinnerung zu einer einzigen riesigen weißen Fläche, auf die ich keinerlei Zugriff mehr besaß. Es hat nicht lange gedauert. Der Name ist wieder aufgetaucht: Korni. So hieß dieser Mann, Korni. Er ist mir wieder eingefallen, aber daß ich seinen Namen nur einen Augenblick vergessen konnte, zeigt mir, daß mein Geist aufgegeben hat und daß er mir langsam entgleiten wird. Das weiß ich. Deshalb bin ich heute morgen bei Euch erschienen. Ich muß reden, bevor alles versunken ist. Auch deshalb habe ich Euch dieses Geschenk mitgebracht. Ich möchte, daß Ihr es bewahrt. Ich werde Euch davon erzählen, seine ganze Geschichte. Ich möchte, daß Ihr es im Kirchenschiff aufhängt, inmitten der Votivbilder. Dieses Ding ist mit Korni verbunden. Es wird gut an die Kirchenwand passen. Ich kann es nicht mehr behalten. Es besteht die Gefahr, daß ich eines Tages aufwache und seine Geschichte und

die Person, für die es gedacht ist, vergessen habe. Ich möchte, daß
Ihr es in der Kirche aufbewahrt und meiner Enkelin Anna gebt,
wenn sie das richtige Alter erreicht hat. Ich werde tot sein, oder
senil. Ihr werdet es tun, und es wird so sein, als würde ich über die
Jahre hinweg mit ihr sprechen. Schaut, hier ist es: ein kleines Holz-
brett, das ich zugeschnitten, geschliffen und lackiert habe. In der
Mitte liegt die alte Schiffsfahrkarte Neapel–New York, und unter
der Fahrkarte befindet sich ein Medaillon, in dem eingraviert steht:
»Für Korni. Der uns durch die Straßen von New York geführt hat.«

Ich werde reden, Don Salvatore. Doch mir bleibt eine letzte Sache
zu tun. Ich habe Euch Zigaretten mitgebracht, damit Ihr an meiner
Seite rauchen könnt. Ich liebe den Geruch des Tabaks. Raucht, ich
bitte Euch. Der Wind wird die Ringe bis zum Friedhof tragen.
Meine Toten lieben den Zigarettengeruch. Raucht, Don Salvatore.
Dies wird uns beiden guttun. Eine Zigarette für die Scorta.
   Ich habe Angst, zu reden. Die Luft ist warm. Der Himmel beugt
sich nieder, um uns zu lauschen. Ich werde alles erzählen. Der
Wind wird meine Worte mit sich nehmen. Laßt mich glauben, daß
ich mit ihm spreche und daß Ihr mich fast nicht hört.

2

Roccos Fluch

Immacolata erholte sich nicht mehr von der Geburt. Als wären all ihre altjüngferlichen Kräfte in dieser Anstrengung des Fleisches aufgezehrt worden. Eine Geburt war ein zu großes Ereignis für dieses kränkliche Wesen, das das Leben nur an Tage voller Ruhe und Langeweile gewöhnt hatte. Ihr Körper gab noch im Wochenbett auf. Sie magerte zusehends ab, blieb den ganzen Tag liegen, warf ängstliche Blicke auf den Säugling, mit dem sie nichts anzufangen wußte. Sie hatte gerade noch Zeit, dem Neugeborenen einen Namen zu geben: Rocco. Doch zu mehr reichte es nicht. Der Gedanke, eine gute oder schlechte Mutter zu sein, verfolgte sie gar nicht, es war einfacher: Neben ihr lag ein Wesen und strampelte in den Windeln, ein Wesen, das nur aus Verlangen bestand, und sie wußte ganz einfach nicht, wie sie diesem allumfassenden Appetit gerecht werden sollte. Da war es noch leichter, zu sterben – und das tat sie an einem lichtlosen Septembertag.

Don Giorgio wurde gerufen und wachte die ganze Nacht am Totenbett der alten Jungfer, wie es sich gehörte. Nachbarinnen hatten angeboten, den Körper zu waschen und anzuziehen. Der kleine Rocco wurde ins angrenzende Zimmer gebracht, und die Nacht verging in Gebet und Lethargie. Am frühen Morgen erschienen vier junge Männer und nahmen den Leichnam mit. Zwei hätten ausgereicht, so ausgezehrt war sie, doch Don Giorgio hatte aus Anstand darauf bestanden. Die Totenwächterinnen näherten sich nun Pater Zampanelli, und eine fragte:

»Also, Hochwürden, werdet Ihr es tun?«

Don Giorgio verstand nicht.

»Was tun?« fragte er.

»Ihr wißt schon, Pater.«

»Wovon redet ihr?« Der Pfarrer wurde ungeduldig.

»Das Kind dahingehen zu lassen ... werdet Ihr es tun?«

Der Pfarrer war sprachlos. Durch sein Schweigen ermutigt erklärte die Alte, das Dorf halte es für das Beste. Dieses Kind stamme von einem Nichtsnutz, seine Mutter sei gestorben. Dies sei wohl ein Zeichen, daß der Herr diese widernatürliche Begattung bestrafe. Es sei besser, den Kleinen zu töten, der so oder so durch die falsche Tür ins Leben getreten sei. Deshalb hätten sie natürlicherweise an ihn gedacht, Don Giorgio. Um zu zeigen, daß es nicht um Rache gehe oder ein Verbrechen. Seine Hände seien rein. Er werde diese Mißgeburt, die hier nichts verloren hatte, einfach dem Herrn zurückgeben. Dies alles erklärte die Alte in völliger Unschuld. Don Giorgio war bleich. Der Zorn überwältigte ihn. Er stürmte auf den Dorfplatz und brüllte:

»Ihr seid eine Bande Ungläubiger! Daß eine derart schändliche Idee in euren Köpfen geboren werden konnte, zeigt nur, daß ihr vom Teufel besessen seid. Immacolatas Sohn ist ein Geschöpf Gottes, mehr als jeder andere von euch. Ein Geschöpf Gottes, hört ihr, und ihr seid verflucht, wenn ihr ihm nur ein einziges Haar krümmt! Ihr nennt euch Christen, aber ihr seid Tiere. Ihr verdientet, daß ich euch eurer Gemeinheit überlasse und der Herr euch bestraft. Dieses Kind steht unter meinem Schutz, versteht ihr mich? Und wer es wagt, ihm ein Haar zu krümmen, wird es mit dem göttlichen Zorn zu tun bekommen. Das ganze Dorf stinkt vor Gehässigkeit und Ignoranz. Geht zurück auf eure Felder. Schwitzt wie die Stiere, denn das ist das einzige, was ihr könnt. Und dankt dem Herrn, daß er es

von Zeit zu Zeit regnen läßt, denn das ist noch zuviel des
Guten für euch.«

Nachdem er geendet hatte, ließ Don Giorgio die sprachlosen
Einwohner von Montepuccio stehen und kehrte ins Haus zurück. Er nahm das Kind an sich und brachte es noch am gleichen Tag nach San Giocondo, das nächste Dorf, das etwas
weiter nördlich an der Küste lag. Die beiden Orte waren seit je-
her verfeindet. Rivalisierende Banden lieferten sich legendäre
Schlachten. Die Fischer gerieten auf dem Meer regelmäßig aneinander, zerrissen sich gegenseitig die Netze oder raubten sich
den Tagesfang. Er vertraute das Kind einem Fischerpaar an und
kehrte in seine Pfarrei zurück. Als eine arme Seele sich eines
Sonntags auf dem Dorfplatz erkundigte, was denn nun mit dem
Kind geschehen sei, antwortete er:
    »Was interessiert es dich, Hornochse? Du warst bereit, es
zu opfern, und jetzt machst du dir Sorgen? Ich habe es nach
San Giocondo gebracht, dessen Bewohner mehr wert sind als
ihr.«

Einen Monat lang verweigerte Don Giorgio den Gottesdienst.
Er hielt keine Messe ab, erteilte keine Kommunion, nahm nie-
mandem die Beichte ab. »An dem Tag, an dem Christen dieses
Nest bewohnen, werde ich meine Pflicht tun«, sprach er.

Doch die Zeit verging, und Don Giorgios Wut verrauchte. Die
Einwohner von Montepuccio benahmen sich wie Schüler, die
bei einer Untat erwischt worden waren. Jeden Tag drängten
sie sich vor dem Portal der Kirche. Das Dorf wartete, mit
gesenktem Kopf. Am Totensonntag schließlich öffnete der
Pfarrer das Kirchenportal weit, und zum ersten Mal seit langer
Zeit schwangen die Glocken wieder. »Ich kann ja wohl nicht

die Toten dafür bestrafen, daß ihre Nachkommen derartige Schwachköpfe sind«, hatte Don Giorgio gebrummelt. Und so wurde die Messe gelesen.

Rocco wuchs zum Mann heran. Er hatte einen neuen Namen – zusammengesetzt aus dem Familiennamen seines Vaters und dem der Fischer, die ihn aufgenommen hatten –, einen neuen Namen, der im Gargano schon bald in aller Munde war: Rocco Scorta Mascalzone. War sein Vater noch ein einfacher Taugenichts gewesen, ein von kleinen Diebereien lebender Nichtsnutz, so wurde er selbst ein ausgemachter Schurke. Er kehrte erst nach Montepuccio zurück, als er das Alter erreicht hatte, dort Angst und Schrecken zu verbreiten. Er griff die Bauern auf den Feldern an, stahl das Vieh, ermordete gute Bürger, die sich unterwegs verirrt hatten. Er plünderte Höfe, erpreßte Fischer und Kaufleute. Mehrere Carabinieri hefteten sich an seine Fersen, doch sie wurden am Wegrand gefunden, mit einer Kugel im Kopf, heruntergelassenen Hosen oder wie Puppen an den Feigenkakteen aufgehängt. Er war gewalttätig und ausgehungert. Mehr als zwanzig Frauen gingen auf sein Konto. Als sein Ruf gefestigt war und er über die ganze Gegend herrschte wie ein Lehnsherr über sein Volk, kehrte er nach Montepuccio zurück wie ein Mann, der sich nichts vorzuwerfen hat, mit offener Miene und aufrecht. In zwanzig Jahren hatten sich die Straßen nicht verändert. Alles in Montepuccio schien ewig gleich zu bleiben. Das Dorf war noch immer dieser kleine Haufen eng aneinandergedrängter Häuser. Lange gewundene Treppen führten zum Meer hinunter. Tausend verschiedene Wege konnte man durch das Gewirr der Straßen nehmen. Die Alten gingen und kamen vom Hafen zum Dorf, stiegen die hohen Stufen mit der Langsamkeit der Maultiere, die ihre Kräfte in der Sonne einteilen, hinauf und hinunter, während Trauben von nimmermüden Kindern über die Treppen sausten. Das Dorf blickte aufs Meer. Auch die Fassade der Kirche war zum Wasser gewandt. Wind und Sonne schliffen und polierten Jahr für Jahr den Marmor der Straßen. Rocco richtete sich im oberen Teil des Dorfes ein. Er eignete sich ein riesiges unwegsames Gelände an und ließ dort einen schönen großen Hof errichten. Rocco Scorta Mascalzone war reich geworden. Manchmal wurde er angefleht, die Dorfbewohner in Frieden zu lassen und seine Erpressungen in anderen Gegenden durchzuführen, doch seine Antwort lautete immer gleich: »Haltet den Mund, ihr Lumpen. Ich bin eure Strafe.«

In einem dieser Winter erschien er eines Tages in Begleitung zweier finster blickender Männer und einer jungen Frau mit angsterfüllten Augen vor Don Giorgio. Die Männer trugen Pistolen und Karabiner. Rocco rief nach dem Pfarrer, und als dieser vor ihm stand, verlangte er, ihn zu verheiraten. Don Giorgio fügte sich. Während der Zeremonie fragte er nach dem Namen des jungen Mädchens, doch Rocco grinste verlegen und murmelte: »Ich weiß es nicht, Hochwürden.« Und als der Pfarrer ihn erstaunt ansah und sich fragte, ob er nicht gerade eine Entführung durch eine Heirat segnete, fügte Rocco hinzu: »Sie ist taubstumm.«

»Kein Familienname?« bohrte Don Giorgio weiter nach.

»Wen interessiert der?« antwortete Rocco, »sie wird in Kürze eine Scorta Mascalzone sein.«

Der Pfarrer fuhr mit der Zeremonie fort, beunruhigt bei dem Gedanken, daß er einen schweren Fehler beging, den er vor Gott zu verantworten haben würde. Doch er segnete den Bund und sprach schließlich ein schwerwiegendes »Amen«, so wie man die Würfel mit einem »Gott steh mir bei« auf den Tisch rollen läßt.

Im Augenblick, als die kleine Gruppe wieder in den Sattel steigen und verschwinden wollte, nahm Don Giorgio all seinen Mut zusammen und rief dem Bräutigam zu:

»Rocco, bleibe noch einen kleinen Moment. Ich möchte mit dir reden.«

Eine lange Stille folgte. Rocco gab seinen beiden Trauzeugen ein Zeichen und schickte sie mit seiner Braut davon. Don Giorgio hatte sich gesammelt. Etwas an dem jungen Mann beschäftigte ihn, und er fühlte, daß er offen mit ihm reden konnte. Der Räuber, der der ganzen Gegend Furcht einjagte, hatte ihm gegenüber eine Art wilder, aber echter Frömmigkeit bewahrt.

»Wir beide wissen, du und ich«, begann Pater Zampanelli, »wie du lebst. Das ganze Land hallt wider von den Geschichten deiner Verbrechen. Die Männer erbleichen bei deinem Anblick, und die Frauen bekreuzigen sich, wenn nur dein Name erwähnt wird. Du verbreitest Angst und Schrecken, wo immer du auftauchst. Warum, Rocco, terrorisierst du die Bewohner von Montepuccio?«

»Ich bin verrückt, Pater«, antwortete der junge Mann.

»Verrückt?«

»Ein armer verrückter Bastard, ja. Ihr wißt es besser als jeder andere. Ich wurde geboren von einem Leichnam und einer alten Frau. Gott hat mich verspottet.«

»Gott verspottet seine Kreaturen nicht, mein Sohn.«

»Er hat mich verkehrt gemacht, Pater. Ihr werdet es nicht zugeben, weil Ihr ein Mann der Kirche seid, doch Ihr denkt das gleiche wie alle anderen. Ich bin verrückt, ja, ein Tier, das niemals hätte geboren werden dürfen.«

»Du bist klug. Du könntest andere Wege finden, um dir Respekt zu verschaffen.«

»Ich bin heute reich, Pater, reicher als irgendeiner der Dummköpfe in Montepuccio. Und deshalb respektieren sie mich. Etwas ist stärker als sie. Ich mache ihnen Angst, aber darum geht es nicht. Tief in ihrem Innern fühlen sie keine Angst, sondern Neid und Respekt. Weil ich reich bin. Sie denken an nichts anderes, Geld, Geld. Und ich habe mehr davon als sie alle zusammen.«

»Du besitzt all dieses Geld, weil du es ihnen geraubt hast.«

»Ihr wollt mich bitten, diese Bauerntrampel in Eurem Montepuccio in Frieden zu lassen, doch Ihr wißt nicht, wie Ihr es anstellen sollt, denn Ihr findet keine guten Gründe, die Ihr anführen könntet. Und damit habt Ihr recht, Pater. Es gibt keinen Grund, warum ich sie in Frieden lassen sollte. Sie waren bereit, ein Kind zu töten. Ich bin ihre Strafe. Das ist alles.«

»Also hätte ich sie nicht aufhalten sollen«, erwiderte der Priester, den dieser Gedanke quälte. »Wenn du sie heute bestiehlst und ermordest, ist es, als würde ich selbst es tun. Dafür habe ich dich nicht gerettet.«

»Sagt mir nicht, was ich zu tun habe, Pater.«

»Ich sage dir, was Gott von dir erwartet.«

»Soll er mich doch bestrafen, wenn er mein Leben als Beleidigung empfindet. Soll er doch Montepuccio von meiner Anwesenheit befreien.«

»Rocco . . .«

»Die Geißeln, Don Giorgio, erinnert Euch an die Geißeln der Menschheit, und fragt den Herrn, warum er die Erde von Zeit zu Zeit mit Feuersbrünsten oder Dürre überzieht. Ich bin eine Epidemie, Pater, nicht mehr. Ein Heuschreckenschwarm. Ein Erdbeben, eine Infektionskrankheit. Alles geht drunter und drüber. Ich bin verrückt, rasend. Ich bin die Malaria und die Hungersnot. Fragt den Herrn. Ich bin hier, und ich werde meine verbleibende Zeit nutzen.«

Mit diesen Worten stieg Rocco auf sein Pferd und verschwand. An diesem Abend betete Pater Zampanelli in der

Abgeschiedenheit seiner Zelle voller Inbrunst zu Gott. Er wollte wissen, ob er gut daran getan hatte, das Kind zu retten. Flehentlich bat er um eine Antwort des Himmels, doch er erntete nur Schweigen.

In Montepuccio wuchs der Mythos um Rocco Scorta Mascalzone weiter. Man erzählte sich, daß er eine Stumme zur Frau genommen hätte – noch dazu eine Stumme, die nicht einmal schön war –, nur um seine tierische Lust zu befriedigen. Damit sie nicht schreien konnte, wenn er sie schlug und vergewaltigte. Man erzählte sich außerdem, daß er das arme Wesen gewählt hätte, damit sie nichts von seinen Verschwörungen hören konnte, nicht erzählen konnte, was sie wußte. Eine Stumme, ja, damit er sicher war, niemals verraten zu werden. Dies sah wahrhaft dem Teufel ähnlich.

Doch man mußte auch anerkennen, daß Rocco seit dem Tag seiner Hochzeit keinem Einwohner von Montepuccio mehr ein Haar gekrümmt hatte. Seine Aktivitäten dehnte er jetzt weiter ins apulische Hinterland aus. Und Montepuccio nahm sein beschauliches Leben wieder auf, war sogar stolz, eine derartige Berühmtheit zu beherbergen. Don Giorgio vergaß nicht, dem Herrn für die Rückkehr des Friedens zu danken, den er als Antwort des Allmächtigen auf seine bescheidenen Gebete verstand.

Rocco machte der Stummen drei Kinder: Domenico, Giuseppe und Carmela. Die Bewohner von Montepuccio sahen ihn so gut wie gar nicht mehr. Immer war er unterwegs, darauf bedacht, seinen Aktionsradius zu vergrößern. Kehrte er zurück auf den Hof, dann kam er in der Nacht. Man sah den Kerzenschein durch die Fenster schimmern. Man hörte Lachen und den Lärm eines Festgelages. Das dauerte mehrere Tage, dann herrschte wieder Stille. Rocco ging nie ins Dorf hinunter. Mehrmals kam das Gerücht von seinem Tod oder seiner Gefangennahme auf, doch die Geburt eines neuen Kindes strafte die Leute jedesmal Lügen. Rocco war sehr lebendig. Der Beweis waren die Stumme, die weiterhin ihre Einkäufe im Dorf erledigte, und die Kinder, die durch die alten Gassen rannten. Rocco war da, doch er hielt sich im Schatten. Manchmal durchquerten schweigsame Fremde das Dorf, an der Spitze einer langen Reihe mit Kisten und Waren schwer beladener Maultiere. All diese Reichtümer wanderten zu dem großen stillen Besitz oben auf dem Hügel und häuften sich dort an. Rocco war in der Tat noch da, ja, denn Massen gestohlener Waren flossen ihm zu.

Die Scorta-Kinder dagegen verbrachten die meiste Zeit im Dorf. Allerdings waren sie zu einer Art höflicher Quarantäne verurteilt. Man sprach so wenig wie möglich mit ihnen. Die Dorfkinder wurden angehalten, nicht mit ihnen zu spielen. Wie oft hatten die Mütter von Montepuccio ihren Sprößlingen gesagt: »Du sollst nicht mit diesen Kindern spielen.« Wenn die Arglosen dann nach dem Grund fragten, lautete die Antwort: »Das sind Mascalzones.« Schließlich hatten die drei Kleinen sich stillschweigend in diesen Zustand gefügt. Sie hatten erlebt, daß jedesmal, wenn sich ihnen ein Kind zum Spielen näherte, von irgendwoher eine Frau auftauchte, es ohrfeigte und schimpfend fortzog: »Du elender Nichtsnutz, was habe ich dir gesagt?« Und der Unglückliche ging weinend davon. Daher spielten sie nur noch unter sich.

Das einzige Kind, das sich der kleinen Gruppe zugesellte, hieß Raffaele, doch alle nannten ihn nur bei seinem Kosenamen Faelucc'. Er stammte aus einer der ärmsten Fischerfamilien von Montepuccio. Raffaele hatte die Scorta ins Herz geschlossen und verbrachte jede freie Minute mit ihnen, womit er sich über das Verbot seiner Eltern hinwegsetzte. Jeden Abend fragte ihn sein Vater, mit wem er herumgezogen sei, und jeden Abend antwortete der Kleine: »Mit meinen Freunden.« Daraufhin verprügelte ihn sein Vater und verfluchte den Himmel, ihm einen derartigen Dummkopf zum Sohn gegeben zu haben. War der Vater nicht da, stellte die Mutter die unvermeidliche Frage, und sie schlug noch fester zu. Einen Monat hielt Raffaele durch, bezog jeden Abend eine Tracht Prügel. Doch der Kleine hatte das Herz auf dem rechten Fleck, und es erschien ihm undenkbar, seine Tage anders zu verbringen als in der Gesellschaft seiner Freunde. Nach einem Monat waren die Eltern es leid, zu schlagen, und stellten keine Fragen mehr. Sie hatten ihren Sohn abgeschrieben und meinten, daß von einem derartigen Sprößling nichts mehr zu erwarten sei. Von Stund an behandelte ihn seine Mutter wie einen Verbrecher. Bei Tisch sagte sie: »He, Halunke, gib mir das Brot.« Und sie sagte es ohne ein Lachen, vollkommen humorlos, wie eine blanke Tatsache. Dieses Kind war verloren, und sie hielt es für besser, es schon nicht mehr ganz als ihren Sohn zu betrachten.

Eines Tages im Februar 1928 erschien Rocco auf dem Markt. Er kam im Sonntagsstaat und in Begleitung der Stummen und seiner drei Kinder. Der Auftritt rief einiges Erstaunen im Dorf hervor, so lange schon hatte ihn niemand mehr gesehen. Er war ein Mann von über fünfzig Jahren, noch kräftig gebaut. Er trug einen schönen graumelierten Bart, der seine hohlen Wangen kaschierte. Sein Blick hatte sich nicht verändert, in manchen Augenblicken besaß er noch immer etwas Fieberhaftes. Sein Auftreten war nobel und elegant. Er verbrachte den ganzen Tag im Dorf, ging von einem Café zum anderen, nahm dargebotene Geschenke, hörte sich die Sorgen der Leute an, die ihm vorgetragen wurden. Er war ruhig, und seine Verachtung für Montepuccio schien verschwunden. Rocco war da, spazierte von Stand zu Stand – und alle waren sich einig, daß ein solcher Mann doch einen guten Bürgermeister abgeben würde.

Schnell verging der Tag. Ein kalter Nieselregen begann auf das Pflaster des Corso zu prasseln. Die Familie Scorta Mascalzone stieg wieder zu ihrem Besitz hinauf – und ließ die Dorfbewohner hinter sich, die nicht müde wurden, dieses unerwartete Auftauchen von allen Seiten zu beleuchten. Als die Nacht anbrach, wurde der Regen dichter. Es war kalt jetzt und das Meer unruhig. Die Wellen brachen sich entlang der Steilküste.

Don Giorgio hatte eine Kartoffelsuppe zum Abendessen gehabt. Auch er war älter geworden. Sein Rücken hatte sich gekrümmt. All die Arbeiten, die er so liebte – sein Stück Land umgraben, etwas für seine Kirche zu schreinern – all diese körperlichen Arbeiten, in denen er eine Art inneren Frieden gefunden hatte, waren ihm verwehrt. Er hatte stark abgenommen, als wollte der Tod die Menschen, bevor er sie zu sich nahm, ein wenig leichter machen. Er war ein Greis, doch seine Gemeinde war ihm nach wie vor mit Leib und Seele treu ergeben. Niemand hätte die Neuigkeit von einem Ersatz für Hochwürden Zampanelli aufgenommen, ohne auf den Boden zu spucken.

Es klopfte am Kirchentor. Don Giorgio fuhr auf. Zunächst glaubte er, sich verhört zu haben – vielleicht der Regen –, doch die Schläge wurden drängender. Er sprang aus dem Bett und dachte, es müsse sich um eine Letzte Ölung handeln.

Vor ihm stand Rocco Scorta, von Kopf bis Fuß völlig durchnäßt. Don Giorgio bewegte sich nicht, nutzte den Moment, um diesen Mann zu betrachten und festzustellen, wie sehr all die Jahre seine Züge verändert hatten. Er hatte ihn gleich erkannt, doch er wollte das Werk der Zeit in Ruhe ansehen – wie man eine Goldschmiedearbeit sorgfältig betrachtet.

»Pater«, sagte Rocco schließlich.

»Komm herein, komm herein«, antwortete Don Giorgio. »Was führt dich zu mir?«

Rocco schaute dem alten Pfarrer in die Augen, und mit sanfter, aber fester Stimme sagte er:

»Ich bin gekommen, um zu beichten.«

Und so begann in der Kirche von Montepuccio die Unterredung zwischen Don Giorgio und Rocco Scorta Mascalzone. Fünfzig Jahre, nachdem der eine dem anderen das Leben gerettet hatte, ohne daß sie sich seit der Hochzeit wiedergesehen hätten. Und

die Nacht schien nicht lang genug für alles, was die beiden
Männer sich zu sagen hatten.

»Das kommt nicht in Frage«, antwortete Don Giorgio.

»Pater...«

»Nein.«

»Pater«, erwiderte Rocco entschlossen, »nachdem wir beide
geredet haben, werde ich nach Hause zurückkehren, mich hin-
legen und sterben. Glaubt mir, so wird es sein. Fragt mich nicht,
warum. Es ist so. Meine Stunde ist gekommen, ich weiß es. Ich
stehe hier vor Euch und möchte, daß Ihr mir zuhört. Und Ihr
werdet mir zuhören, denn Ihr seid ein Diener Gottes und könnt
ihn nicht ersetzen.«

Don Giorgio verschlug es die Sprache angesichts der Willenskraft und Ruhe, die von seinem Gegenüber ausgingen. Ihm
blieb nichts anderes übrig, als sich zu fügen. Im Dämmerlicht
der Kirche kniete Rocco nieder und sprach ein Vaterunser.
Dann hob er den Kopf und begann zu sprechen. Er erzählte
alles, jedes einzelne Verbrechen, jede einzelne Missetat, ohne
irgendein Detail auszulassen. Er hatte getötet und geplündert.
Er hatte Frauen anderer Männer genommen. Er hatte Feuer
gelegt und Schrecken hervorgerufen, das war sein Leben gewesen. Sein Dasein bestand aus nichts anderem, Raub und
Gewalt. Im Dunkel der Nacht konnte Don Giorgio seine
Gesichtszüge nicht erkennen, doch er ließ sich von seiner
Stimme erfüllen und nahm den langen monotonen Gesang der
Sünden und Übeltaten aus dem Mund dieses Mannes hin. Er
mußte alles anhören. Stundenlang betete Rocco Scorta Mascalzone die Liste seiner Verbrechen herunter. Als er geendet hatte,
erfaßte den Pfarrer Schwindel. Es herrschte wieder Stille, er
fand keine Worte. Was konnte er tun, nach allem, was er gehört
hatte? Seine Hände zitterten.

»Ich habe dich angehört, mein Sohn«, sprach er schließlich,

»und ich hätte nicht geglaubt, daß ich eines Tages derartige Greuel zu hören bekommen würde. Du bist zu mir gekommen, ich habe dir Gehör geschenkt. Es steht nicht in meiner Macht, dies einem Kind Gottes zu verweigern, doch die Absolution kann ich dir nicht erteilen. Du wirst vor Gott treten, mein Sohn, und dich seinem Zorn stellen müssen.«

»Ich bin ein Mann«, versetzte Rocco. Und Don Giorgio würde niemals wissen, ob seine Antwort zeigen sollte, daß er nichts fürchtete, oder sie im Gegenteil seine Sünden entschuldigen sollte. Müdigkeit überfiel den alten Pfarrer. Er stand auf. Ihm war übel von allem, was er gehört hatte, und er wollte allein sein. Doch Roccos Stimme ertönte abermals.

»Es ist noch nicht zu Ende, Pater.«

»Was gibt es noch?« wollte Don Giorgio wissen.

»Ich möchte der Kirche eine Schenkung machen.«

»Was für eine Schenkung?«

»Alles, Hochwürden, alles, was ich besitze. All diese über die Jahre angehäuften Reichtümer. Alles, was aus mir heute den reichsten Mann von Montepuccio macht.«

»Ich werde nichts von dir annehmen. Dein Geld stinkt nach Blut. Wie kannst du es wagen, es auch nur vorzuschlagen, nach allem, was du mir gerade erzählt hast. Gib es denen zurück, denen du es gestohlen hast, wenn die Reue dich nicht schlafen läßt.«

»Ihr wißt sehr gut, daß das nicht möglich ist. Die meisten, die ich ausgeraubt habe, sind tot. Und wie sollte ich die anderen wiederfinden?«

»Du brauchst das Geld nur in Montepuccio zu verteilen. An die Armen, an die Fischer und ihre Familien.«

»Das werde ich tun, indem ich es Euch gebe. Ihr seid die Kirche, und die Bewohner von Montepuccio sind Eure Kinder. Ihr müßt es aufteilen. Wenn ich es selbst zu Lebzeiten tue, gebe ich diesen Leuten schmutziges Geld und mache sie zu Komplizen meiner Verbrechen. Wenn Ihr es tut, sieht alles anders aus. In Euren Händen wird dieses Geld gesegnet sein.«

Wer war dieser Mann? Don Giorgio war erstaunt über Roccos Ausdrucksweise, diese Intelligenz und Klarheit bei einem Straßenräuber ohne Erziehung. Und er begann zu träumen, was aus Rocco Scorta hätte werden können. Ein angenehmer Mensch – mit Charisma und einem Leuchten in den Augen, das einem Lust machte, ihm bis ans Ende der Welt zu folgen.

»Und deine Kinder?« ergriff er erneut das Wort. »Willst du zu der Liste deiner Verbrechen noch eines hinzufügen und deine Kinder um ihr Erbe bringen?«

Rocco lächelte und widersprach mit sanfter Stimme.

»Es ist kein Geschenk, wenn sie sich an gestohlenem Gut erfreuen. Das würde bedeuten, daß sie es sich in der Sünde bequem machen.«

Das Argument war gut, zu gut sogar. Don Giorgio spürte, daß all das nur Gerede war. Rocco hatte mit einem Grinsen gesprochen, er glaubte nicht an seine Worte.

»Was ist der wahre Grund?« verlangte der Pfarrer mit lauter Stimme zu wissen, aus der Ärger herauszuhören war.

Da begann Rocco Scorta zu lachen, ein allzu lautes Lachen, das den alten Pfarrer erblassen ließ. Er lachte wie besessen.

»Don Giorgio«, stieß Rocco unter Gelächter hervor, »laßt mich ein paar Geheimnisse mit in den Tod nehmen.«

Über dieses Lachen sollte Pater Zampanelli noch lange nachdenken. Dieses Lachen sagte alles. Es zeigte einen gewaltigen, unstillbaren Rachedurst. Wenn Rocco seine Angehörigen hätte verschwinden lassen können, so hätte er es getan. Alles, was ihm gehörte, sollte mit ihm sterben. Dieses Lachen zeugte vom Wahnsinn eines Menschen, der sich die Finger ab-

schneidet. Das Lachen des Verbrechens, das sich gegen sich
selbst richtet.

»Du weißt, wozu du sie verurteilst?« drang Don Giorgio in
ihn.

»Ja«, versetzte Rocco kalt, »zum Leben. Ohne Verschnauf-
pause.«

Don Giorgio fühlte sich müde wie ein besiegter Krieger.

»So sei es denn«, erklärte er. »Ich nehme die Schenkung an.
Alles, was du besitzt, dein gesamtes Vermögen. So sei es. Aber
glaube nicht, daß du dich damit freikaufst.«

»Nein, Pater, meinen Seelenfrieden erkaufe ich mir nicht.
Den kann es für mich nicht geben. Ich möchte etwas anderes
dafür.«

»Was also?« fragte der Pfarrer, der seine Kräfte schwinden
spürte.

»Ich vermache der Kirche das größte Vermögen, das Montepuccio je gekannt hat. Im Austausch bitte ich demütig, daß
meine Angehörigen trotz der Armut, in der sie ab heute leben
werden, ein fürstliches Begräbnis erhalten. Das ist alles. Die
Scorta werden nach mir im Elend leben, denn ich hinterlasse
ihnen nichts. Doch ihre Beerdigung soll prachtvoller als jede
andere ausfallen. Auf Kosten dieser Kirche, auf die ich all mein
Vertrauen setze, daß sie ihr Wort hält. Sie soll uns einen nach
dem anderen mit einer Prozession zu Grabe tragen. Versteht
mich nicht falsch, Don Giorgio, ich bitte nicht aus Hochmut
darum, sondern wegen Montepuccio. Ich werde Hungerleider
aus meinen Nachkommen machen. Sie werden verachtet werden. Ich kenne die Bewohner von Montepuccio. Sie ehren nur
das Geld. Stopft ihnen das Maul, indem Ihr die Ärmsten mit
allen eines Grundherrn würdigen Ehren bestattet. *Die Letzten
werden die Ersten sein.* Möge dies wenigstens in Montepuccio
der Wahrheit entsprechen. Von Generation zu Generation. Die

Kirche soll sich an ihren Schwur erinnern. Und ganz Montepuccio soll seinen Hut ziehen vor der Prozession der Mascalzones.«

Rocco Scortas Augen blitzten auf, und nichts schien seinem Blick widerstehen zu können. Der alte Pfarrer ging ein Blatt Papier holen und hielt ihre Abmachung schriftlich fest. Nachdem die Tinte getrocknet war, reichte er Rocco den Bogen, bekreuzigte sich und verkündete: »So sei es.«

Die Sonne wärmte bereits die Fassade der Kirche. Licht überflutete das Land. Rocco Scorta und Don Giorgio hatten die Nacht im Gespräch verbracht. Sie trennten sich wortlos, ohne Umarmung, als sollten sie sich noch am selben Abend wiedersehen.

Rocco ging nach Hause. Seine Familie war bereits auf den Beinen. Er sagte kein Wort, fuhr seiner Tochter, der kleinen Carmela, durch die Haare, die überrascht war von der ungewohnten zärtlichen Geste und ihn mit großen Augen aufmerksam ansah. Dann legte er sich aufs Bett und stand nicht mehr auf. Er lehnte es ab, nach einem Arzt zu schicken. Als die Stumme sah, daß sein Ende herannahte, wollte sie den Pfarrer holen, doch er faßte sie am Arm und meinte: »Laß Don Giorgio schlafen, er hatte eine schwierige Nacht.« Immerhin ließ er sie zwei alte Frauen holen, die mit ihr Wache hielten. Diese waren es auch, die die Neuigkeit verbreiteten. »Rocco Scorta liegt im Sterben. Rocco Scorta stirbt.« Das Dorf konnte es nicht fassen. Jeder erinnerte sich daran, ihn am Vortag gesehen zu haben: aufgeschlossen, entgegenkommend und mit einem offenen Ohr für jedermann. Wie hatte der Tod sich so schnell in seinem Körper ausbreiten können?

Das Gerücht ging um wie ein Lauffeuer. Die Einwohner Montepuccios hielten es schließlich nicht mehr länger aus und wanderten zum Anwesen hinauf. Sie wollten wissen, was passiert war. Eine lange Reihe Neugieriger drängte sich um das Haus. Nach einer Weile wagten sich die Mutigsten hinein, bald gefolgt von allen anderen. Eine Schar Schaulustiger verschaffte sich Zutritt zum Haus, und man nicht hätte sagen können, ob sie dem Sterbenden die letzte Ehre erweisen oder im Gegenteil voller Glück überprüfen wollten, ob er auch wirklich starb.

Als er die Neugierigen eintreten sah, stützte Rocco sich im Bett auf. Er sammelte seine letzten Kräfte. Sein Gesicht war bleich, sein Körper ausgetrocknet. Er beobachtete die Menge vor ihm. In seinen Augen konnte man deutlich Anwandlungen von Zorn lesen. Niemand wagte es mehr, sich zu bewegen. Da begann der Sterbende zu sprechen:

»Ich steige hinunter ins Grab. Die Liste meiner Verbrechen ist wie eine lange Schleppe, die über meine Schritte gleitet. Ich bin Rocco Scorta Mascalzone, und ich lächele stolz. Ihr erwartet Gewissensbisse von mir. Ihr erwartet, daß ich niederknie und um Vergebung bete, daß ich den Herrn um Gnade anflehe und diejenigen um Verzeihung bitte, gegen die ich mich versündigt habe. Ich spucke darauf. Die Barmherzigkeit Gottes ist eine schlichte Flüssigkeit, in der die Feiglinge sich das Gesicht waschen. Ich bitte um nichts. Ich weiß, was ich getan habe. Ich weiß, was ihr denkt. Ihr geht in eure Kirchen und betrachtet die Fresken der Hölle, die man dort für euch gläubige Geister gemalt hat. Kleine Teufelchen ziehen die schmutzigen Seelen an den Füßen. Gehörnte bocksbeinige Ungeheuer zerreißen jubelnd die Körper der Gemarterten. Sie schlagen sie, beißen, verdrehen sie wie Puppen. Die Verdammten bitten um Gnade, knien nieder, flehen wie Weiber. Doch die Teufel mit den Augen von Bestien kennen kein Mitleid. Und das gefällt euch, denn so soll es sein. Das gefällt euch, denn darin seht ihr Gerechtigkeit. Ich steige ins Grab hinab, und ihr seht mich bestimmt für diese unendliche Folge von Schreien und Martern. Rocco wird bald die Strafe der Fresken in unserer Kirche erleiden, sagt ihr euch. Und zwar bis in alle Ewigkeit. Doch ich zittere nicht. Ich lächle das gleiche Lächeln, das euch zu meinen Lebzeiten zu Eis erstarren ließ. Ich fürchte eure Fresken nicht. Die kleinen Teufel haben meinen Schlaf niemals gestört. Ich habe gesündigt. Ich habe gemordet und vergewaltigt. Wer ist mir in den Arm gefallen? Wer hat mich ins Nichts getaucht, um die Erde von meiner Anwesenheit zu befreien? Niemand. Die Wolken sind weiterhin über den Himmel gezogen. Es war herrliches Wetter an Tagen, an denen Blut meine Hände befleckte. Es herrschte so wunderbares Licht, wie es einem Pakt zwischen der Welt und dem Herrgott zu entspringen scheint. Was für ein Pakt ist möglich in der Welt, in der ich lebe? Nein, der Himmel ist leer, und ich kann mit einem Lächeln auf den Lippen sterben. Ich bin ein Ungeheuer auf fünf Pfoten. Ich habe die Augen einer Hyäne und die Hände eines Mörders. Überall, wo ich hinging, habe ich Gott vertrieben. Er ist zurückgetreten, wenn ich vorbeikam, so wie ihr es in den Straßen von Montepuccio getan habt, während ihr eure Kinder an euch gepreßt hieltet. Heute regnet es, und ich verlasse die Welt, ohne sie eines Blickes zu würdigen. Ich habe getrunken. Ich habe genossen. Ich habe gerülpst in der Stille der Kirchen. Ich habe voller Gier alles verschlungen, was ich bekommen konnte. Heute sollte ein Festtag sein. Der Himmel hätte sich öffnen und die Trompeten der Erzengel hätten lautstark ertönen müssen, um die Neuigkeit von meinem Tod zu feiern. Doch nichts geschieht. Es regnet. Man könnte denken, daß Gott über mein Verschwinden traurig ist. Alles Quatsch! Ich habe lange gelebt, weil die Welt mir ähnlich ist. Alles geht drunter und drüber. Ich bin ein Mensch. Ich erhoffe nichts. Ich esse, was ich kann. Rocco Scorta Mascalzone. Und ihr, die ihr mich verachtet und den schlimmsten Foltern überantwortet, habt meinen Namen schließlich mit Bewunderung ausgesprochen. Das liegt vor allem am Geld, das ich angehäuft habe. Denn obwohl ihr auf meine Verbrechen spuckt, könnt ihr doch die alte stinkende Anerkennung für das Gold nicht unterdrücken. Ja, ich habe Geld, mehr als jeder einzelne von euch. Ich habe Geld, und ich hinterlasse nichts. Ich verschwinde mit meinen Messern und meinem Vergewaltigerlachen. Ich habe getan, was ich wollte, mein ganzes Leben lang. Ich bin Rocco Scorta Mascalzone. Freut euch, ich sterbe.«

Mit diesen Worten sank er zurück auf sein Bett. Die Kräfte verließen ihn. Er starb offenen Auges, inmitten der Stille der versteinerten Bewohner von Montepuccio. Er röchelte nicht, stöhnte nicht. Er starb mit festem Blick.

Die Beerdigung wurde auf den nächsten Tag festgesetzt. Erst dann erlebte Montepuccio seine größte Überraschung. Vom Hügel des Anwesens der Scorta ertönte die eindringliche Musik einer Prozession, und die Einwohner sahen bald einen langen Trauerzug kommen, an dessen Spitze der alte Pater Zampanelli ein schönes silbernes Weihrauchgefäß schwenkte und so die Straßen mit einem schweren und heiligen Geruch erfüllte. Der Sarg wurde von sechs Männern getragen. Und zehn Männer trugen die Statue des Schutzpatrons, des Heiligen Elia. Die Musiker spielten die traurigsten Weisen des Landes im langsamen Rhythmus der Schritte. Noch nie war jemand in Montepuccio auf diese Weise zu Grabe getragen worden. Die Prozession kam den Corso herauf, legte eine kurze Zwischenstation auf dem Dorfplatz ein und verschwand noch einmal in den engen Gassen, bevor sie eine Schleife drehend wieder auf den Platz zurückkehrte. Dort hielt sie erneut an, bog dann wieder auf den Corso ein und betrat schließlich die Kirche. Im Anschluß an eine kurze Zeremonie, während der der Pfarrer verkündete, Rocco Scorta Mascalzone habe sein Vermögen der Kirche hinterlassen – was ein aufgeregtes und erstauntes Gemurmel zur Folge hatte –, setzte sich die Prozession unter den herzzerreißenden Klängen der Blechbläser wieder in Bewegung. Die Kirchenglocken begleiteten die klagenden Melodien des Orchesters. Das ganze Dorf war dabei. Und in allen Köpfen spukten die gleichen Fragen herum: Handelte es sich wirklich um sein gesamtes Vermögen? Und wieviel war es? Was würde der Pfarrer damit tun? Was sollte aus der Stummen werden und aus den drei Kindern? Sie suchten im Gesicht der armen Frau nach Anzeichen, daß sie über den letzten Willen ihres Mannes Bescheid gewußt hatte, doch die müden Züge der Witwe verrieten nichts. Alle aus dem Dorf waren gekommen, und Rocco Scorta lächelte in seinem Grab. Er hatte sein ganzes Leben dafür gebraucht, doch er hatte erreicht, was er sich immer gewünscht hatte: sich Montepuccio untertan machen, das Dorf in der Hand halten, durch sein Geld, denn Geld war das einzige Mittel. Und als diese Bauerntrampel glaubten, ihn einschätzen zu können, als sie ihn sogar zu lieben begannen, ihn »Don Rocco« nannten, als sie anfingen, sein Vermögen zu achten und ihm die Hände zu küssen, da hatte er alles in einem einzigen Gelächter verbrannt. Genau das hatte er sich so sehr gewünscht. Ja, Rocco grinste in seinem Sarg und scherte sich nicht mehr darum, was er hinter sich ließ.

Für die Einwohner Montepuccios lag die Sache auf der Hand. Rocco Scorta hatte den Fluch, der auf seiner Sippe lastete, verwandelt. Die Nachkommen der Mascalzone waren zum Wahnsinn verdammte Bastarde. Rocco war der erste gewesen, doch die anderen wären schlimmer, daran gab es keinen Zweifel. Durch die Schenkung seines Vermögens hatte Rocco Scorta diesen Fluch umwandeln wollen: seine Angehörigen wären von nun an nicht mehr verrückt, sondern arm. Und ganz Montepuccio hielt dies für eine respektable Lösung. Rocco Scorta hatte sich der Verantwortung nicht entzogen. Der zu entrichtende Preis war hoch, aber gerecht. Er bot seinen Nachkommen nun die Möglichkeit, gute Christen zu werden.

Am Grab ihres Vaters standen die drei Kinder eng aneinandergedrängt. Auch Raffaele stand bei ihnen und hielt Carmelas Hand. Sie weinten nicht. Keiner von ihnen empfand wirklichen

Schmerz über den Tod des Vaters. Nicht Kummer ließ sie die Zähne zusammenbeißen, sondern Haß. Sie begriffen, daß ihnen alles genommen worden war und sie sich von nun an nur noch auf ihre eigenen Kräfte würden verlassen können. Sie begriffen, daß ein brutaler Wille sie ins Elend stürzte und daß dieser Wille ihrem Vater gehörte. Domenico, Giuseppe und Carmela starrten in die Grube zu ihren Füßen und spürten, daß sie ihr ganzes Leben beerdigten. Wovon würden sie morgen leben? Von welchem Geld und wo, denn auch der Hof war ihnen genommen? Welche Kräfte würden sie aufbringen müssen für die künftigen Kämpfe? Sie standen eng beieinander, voller Haß auf die kommenden Tage. Sie hatten verstanden. Sie fühlten es bereits an den Blicken, die man ihnen zuwarf: Von nun an waren sie arm, zum Krepieren arm.

*I*ch komme gern hierher. Ich bin so oft hier gewesen. Es ist ein altes Stück Land, wo nur Unkraut wächst, vom Wind zerzaust. Man sieht noch einige Lichter aus dem Dorf schimmern und den Kampanile der Kirche dort drüben. Hier ist nichts. Nur dieses alte, halb in der Erde vergrabene Holzmöbel. Hierhin wollte ich Euch führen, Don Salvatore. Ich möchte, daß wir uns hier setzen. Wißt Ihr, was das für ein Möbel ist? Das ist der alte Beichtstuhl aus der Kirche, noch aus der Zeit von Don Giorgio. Er wurde von Eurem Vorgänger ausgewechselt. Die mit den Arbeiten beauftragten Männer haben ihn aus der Kirche getragen und hierhin gestellt. Niemand hat sich darum gekümmert. Er ist verfallen, die Farbe ist abgeblättert, das Holz verwittert. Er ist in die Erde gesackt. Ich setze mich oft darauf. Er stammt aus meiner Zeit.

Ich werde nicht beichten, Don Salvatore, versteht mich nicht falsch. Wenn ich Euch hierhergebracht habe und Euch bitte, sich neben mir auf diese alte Holzbank zu setzen, dann nicht, um Euren Segen zu erhalten. Die Scorta beichten nicht. Mein Vater war der letzte. Runzelt nicht die Stirn, ich beschimpfe Euch nicht. Ich bin nur einfach die Tochter von Rocco, und auch wenn ich das lange Zeit verabscheut habe, ändert es nichts an der Tatsache. Sein Blut fließt in meinen Adern.

Ich erinnere mich an ihn, wie er auf dem Totenbett lag. Sein Körper glänzte vor Schweiß. Er war blaß, der Tod war ihm bereits unter die Haut gefahren. Er nahm sich die Zeit, alles um ihn herum zu betrachten. Das ganze Dorf drängte sich in dem kleinen Zimmer. Sein Blick glitt über seine Frau, seine Kinder und die Menge

derer, die er terrorisiert hatte, und mit dem Grinsen des Todgeweihten sagte er: »Freut euch, ich sterbe.« Diese Worte brannten
wie eine Ohrfeige in meinem Gesicht. »Freut euch, ich sterbe.« Die
Einwohner von Montepuccio haben sich gewiß gefreut, aber wir
drei am Bettrand haben ihn mit großen leeren Augen angesehen.
Welche Freude sollten wir erleben? Warum sollten wir über sein
Verschwinden glücklich sein? Der Satz war an uns alle gleichermaßen gerichtet. Rocco stand immer allein gegen den Rest der
Welt. Ich hätte ihn verabscheuen sollen, ihm gegenüber nur den
Haß eines verunglimpften Kindes empfinden sollen. Doch ich habe
es nicht gekonnt, Don Salvatore. Ich erinnerte mich an einen Moment, kurz bevor er sich zum Sterben niederlegte, und er mir mit
der Hand durch die Haare fuhr. Wortlos. Er tat das sonst nie. Er
strich mit seiner Männerhand sanft über meinen Kopf, und ich
habe nie erfahren, ob diese Geste als ein zusätzlicher Fluch gemeint
war oder als Zeichen der Zuneigung. Ich konnte es mir nicht aus-
suchen. Letztlich kam ich zu dem Entschluß, daß es beides zugleich
war. Er hatte mich gestreichelt, wie ein Vater seine Tochter strei-
chelt, und er hatte das Unglück in meinen Haaren abgelegt, wie ein
Feind es getan hätte. Durch diese Geste bin ich die Tochter meines
Vaters. Seine Söhne hat er nicht damit bedacht, ich bin die einzige,
die so gezeichnet wurde. Auf mir lag die ganze Last. Ich bin das einzig wahre Kind meines Vaters. Domenico und Giuseppe wurden
im Laufe der Jahre sanft geboren, als hätte es keine Eltern gegeben,
die sie auf die Welt brachten. Für mich gab es diese Geste. Er hat
mich ausgewählt. Darauf bin ich stolz, und daß er es getan hat,
um mich zu verfluchen, ändert daran nichts. Könnt Ihr das verstehen?

Ich bin Roccos Tochter, Don Salvatore. Erwartet keine Beichte von
mir, gleich welcher Art. Der Pakt zwischen der Kirche und den
Scorta ist gebrochen. Ich habe Euch zu diesem Beichtstuhl unter

freiem Himmel geführt, weil ich Euch nicht in der Kirche aufsuchen wollte. Ich wollte nicht mit gesenktem Kopf und zitternder Büßerstimme zu Euch sprechen. Dieser Ort hier paßt zu den Scorta. Der Wind bläst, die Nacht umhüllt uns. Niemand hört zu, außer den Steinen, von denen unsere Stimmen widerhallen. Wir sitzen auf im Laufe der Jahre abgenutztem Holz. Diese lackierten Bretter haben so viele Beichten gehört, daß der Weltschmerz sich als Patina auf ihnen abgelagert hat. Tausende von schüchternen Stimmen haben ihre Verbrechen geflüstert, ihre Fehler zugegeben, ihre Häßlichkeit enthüllt. Hier auf dieser Bank hat Don Giorgio ihnen zugehört. Hier auf dieser Bank hat er meinem Vater zugehört am Abend seiner Beichte, bis ihm übel wurde. All diese Worte, Don Salvatore, sind in die Holzbretter eingedrungen. An windigen Abenden wie heute höre ich sie wieder heraufsteigen. Das tausendfache, im Laufe der Jahre angesammelte schuldhafte Gemurmel, die unterdrückten Tränen, die schmachvollen Geständnisse, alles steigt wieder auf, wie lange Nebelschwaden des Schmerzes, mit denen der Wind die Hügel überzieht. Das ist mir eine Hilfe. Nur hier kann ich sprechen, auf dieser alten Bank. Nur hier kann ich reden. Doch ich beichte nicht, denn ich erwarte von Euch keinen Segen. Ich will mich nicht reinwaschen. Meine Fehler liegen in mir, und ich werde sie mit in den Tod nehmen. Doch ich will, daß die Dinge ausgesprochen werden. Dann werde ich verschwinden. Vielleicht wird ein Hauch im Wind zurückbleiben, an manchen Sommerabenden. Der Duft eines Lebens wird sich vermischen mit den Gerüchen von Steinen und wilden Gräsern.

3

Die Heimkehr der Hungerleider

W artet«, schrie Giuseppe, »wartet!«

Domenico und Carmela blieben stehen, wandten sich um und betrachteten ihren Bruder, der einige Meter hinter ihnen auf einem Bein hüpfte.

»Was ist los?« wollte Domenico wissen.

»Ich habe einen Stein im Schuh.«

Er hatte sich an den Straßenrand gesetzt und begann, seine Schnürsenkel aufzuknüpfen.

»Der quält mich mindestens schon zwei Stunden«, fügte er hinzu.

»Zwei Stunden?« fragte Domenico.

»Ja«, bestätigte Giuseppe.

»Und du hältst es nicht noch ein wenig länger aus? Wir sind fast da.«

»Willst du, daß ich humpelnd in die Heimat zurückkehre?«

Domenico stieß in entschiedenem Tonfall ein gewaltiges »*Ma va fan'culo!*«* aus, woraufhin seine Schwester in schallendes Gelächter ausbrach.

Sie legten eine Pause am Wegrand ein, und tief im Innern waren sie glücklich über diese Gelegenheit, noch einmal Atem zu schöpfen und den Rest des noch vor ihnen liegenden Weges zu betrachten. Sie waren dem kleinen Kieselstein dankbar, der Giuseppe gequält hatte, denn er stellte einen willkommenen Vorwand dar. Giuseppe hatte seinen Schuh so langsam ausgezogen, als wollte er diesen Augenblick noch mehr genießen. Das Wesentliche befand sich woanders. Montepuccio lag jetzt zu ihren Füßen. Sie sahen auf den Ort ihrer Geburt mit einem

67

Verlangen in den Augen, in das sich auch Besorgnis mischte. Diese innerste Angst verspüren alle Ausgewanderten in der Stunde der Heimkehr. Die alte Furcht, daß während ihrer Abwesenheit alles verschlungen worden ist. Daß die Straßen nicht mehr so aussehen, wie sie sie verlassen haben. Daß die Menschen, die sie gekannt haben, verschwunden sind oder, schlimmer noch, sie mit verachtungsvoller Miene und finsterem Blick ansehen, der besagt: »Ach nein, ihr seid wieder da, ausgerechnet ihr?« Diese Angst teilten sie dort am Straßenrand, und der kleine Stein in Giuseppes Schuh war das Werkzeug der Vorsehung, denn jeder von ihnen wollte Zeit haben, den Anblick des Dorfes in sich aufzunehmen, tief durchzuatmen und sich vor dem Abstieg zu bekreuzigen.

Ein knappes Jahr war seit ihrem Abschied vergangen, doch sie waren gealtert. Ihre Gesichter hatten sich verhärtet, ihr Blick eine rauhe Kraft erlangt. Ein ganzes Leben war verflossen, ein Leben voller Not, Entbehrungen und unerwarteter Freuden.

Domenico – den alle »Mimi va fan'culo« nannten, weil er jeden Satz mit diesen Worten beendete, die er langsam aussprach, als wäre es keine Beleidigung, sondern ein neues Satzzeichen – Domenico war ein Mann geworden. Man hätte ihn zehn Jahre älter geschätzt als die achtzehn, die er tatsächlich alt war. Er besaß ein breites Gesicht, ohne Schönheit, und sein durchdringender Blick schien immer den Wert seines Gegenübers einzuschätzen. Er war stark und besaß große Hände, doch seine ganze Energie steckte er in die Fähigkeit, schnellstmöglich herausfinden zu können, mit wem er es zu tun hatte. »Konnte man diesem Mann vertrauen?« »Gab es hier die Möglichkeit, etwas Geld zu verdienen?« Diese Fragen wurden in seinem Geist gar nicht mehr ausformuliert, sie waren ihm in Fleisch und Blut übergegangen.

Giuseppe dagegen hatte seine kindlichen Züge behalten. Er war zwei Jahre jünger, und trotz der Monate, die hinter ihm lagen, zeigte sich sein Gesicht rund und pausbäckig. In ihrer kleinen Gruppe hatte er sich instinktiv und mit Haut und Haar der Aufgabe verschrieben, jegliche Auseinandersetzungen zu entschärfen. Er war oft fröhlich und voller Vertrauen in seine Geschwister, so daß es nur selten vorkam, daß ihn beim Blick in die Zukunft Verzweiflung überkam. Man nannte ihn »Peppe pancia piena«, was soviel hieß wie »Peppe mit dem vollen Ranzen«, denn er liebte nichts mehr, als sich den Bauch vollzuschlagen. Genug zu essen zu haben und mehr als das, davon war er besessen. Ein Tag galt als gut, wenn man eine Mahlzeit halten konnte, die diesen Namen verdiente. Zwei Mahlzeiten waren die Ausnahme und riefen bei Giuseppe eine Hochstimmung hervor, die mehrere Tage anhalten konnte. Wie oft hatte er auf der Strecke zwischen Neapel und Montepuccio in Gedanken an den Teller Gnocchi oder Nudeln gelächelt, den er am Vortag verschlungen hatte? Auf der staubigen Straße sprach er dann mit sich selbst, lächelte selig, als spürte er die Müdigkeit gar nicht mehr, bis eine innere Kraft ihn plötzlich vergnügt ausrufen ließ: »*Madonna, che pasta!* . . .« Voller Eifer wandte er sich dann an seinen Bruder: »Weißt du noch, Mimi?« Woraufhin die nicht enden wollende Beschreibung der fraglichen Nudeln folgte: ihre Beschaffenheit, ihr Geschmack, die dazugehörige Sauce, und drängend fragte er: »Weißt du noch, Mimi, mit diesem richtig schönen roten *sugo*? Man roch das Fleisch, das darin geköchelt hatte! Weißt du nicht mehr?« Und Mimi hielt diesen verrückten Wahn schließlich nicht mehr aus und stieß ein »*Ma va fan'culo**, du und deine Nudeln!« aus. Das war seine Art zu sagen, daß der Weg noch vor ihnen lag, daß die Füße schmerzten und man eben keine Ahnung hatte, wann man das nächste Mal so leckere Nudeln essen würde.

Carmela wurde von ihren Brüdern zärtlich Miuccia genannt.
Sie war noch ein Kind, was Körper und Stimme anging. Doch
die vergangenen Monate hatten sie stärker verändert als ihre
Brüder. Sie war die Ursache für das größte Unglück und die
größte Freude der kleinen Gemeinschaft auf ihrem langen Weg
gewesen. Niemand hatte ihr jemals einen Vorwurf deshalb gemacht, doch sie hatte verstanden: Alles war ihre Schuld gewesen. Und alles war auch *in extremis* durch sie gerettet worden.
Das hatte in ihr Verantwortungsbewußtsein und Intelligenz
geweckt, die ihrer Jugend nicht entsprachen. Im Alltag blieb sie
ein kleines Mädchen, lachte über die Witze ihrer Brüder, doch
wenn das Schicksal zuschlug, gab sie die Befehle und biß die
Zähne zusammen. Sie war es, die auf dem Rückweg die Zügel
des Esels hielt. Die beiden Jungen hatten alles, was sie besaßen,
in ihre Hände gelegt: den Esel und die Ansammlung von aller-
lei Dingen auf seinem Rücken. Man erkannte Koffer, eine Tee-
kanne, holländische Porzellanteller, einen Stuhl mit geflochtener
Sitzfläche, eine ganze Batterie von Kupfertöpfen, Decken. Der
Esel trug gewissenhaft seine Last. Kein einziges der Objekte
besaß für sich gesehen einen großen Wert, doch zusammen
stellten sie ihr Leben dar. Carmela verwahrte auch die Geldbörse mit ihren auf der Reise erworbenen Ersparnissen. Mit der
Eifersucht der Armen wachte sie über diesen Schatz.

»Glaubt ihr, daß sie die Lampions angezündet haben?«
    Giuseppes Stimme brach die Stille der Hügel. Drei Tage zu-
vor hatte sie ein Reiter überholt. Sie hatten sich ein wenig
unterhalten, wobei die Scorta erwähnten, daß sie nach Hause
zurückkehrten, nach Montepuccio. Der Reiter hatte daraufhin
versprochen, ihre Heimkehr anzukündigen. Daran dachte Giuseppe nun. Die brennenden Lampions auf dem Corso Garibaldi – sie wurden an den Tagen entzündet, an denen Ausge-

wanderte zurückkehrten. Die brennenden Lampions als Willkommensgruß für die »Amerikaner«.

»Natürlich nicht«, gab Domenico zurück. »Die Lampions ...«, fügte er mit einem Schulterzucken hinzu. Und erneut hüllte die Stille sie ein.

Natürlich nicht, man dürfte keine Lampions für die Scorta erhoffen. Giuseppe sah einen Moment lang traurig aus. Domenico hatte in einem Ton gesprochen, der keinen Widerspruch zu dulden schien. Doch auch er hatte daran gedacht und dachte nun wieder daran. Ja, die Lampions, nur für sie. Und das ganze Dorf wäre da. Die kleine Carmela stellte es sich ebenfalls vor. Über den Corso Garibaldi gehen und die lächelnden Gesichter voller Tränen wiedererkennen. Alle drei träumten sie davon. Ja, trotz alledem, die Lampions wären schön.

Wind war aufgekommen und hatte den Geruch der Hügel davongetragen. Die letzten Lichter des Tages verschwanden leise. Wortlos und wie in einer Bewegung machten sie sich wieder auf den Weg, erwartungsvoll und furchtsam zugleich, als zöge das Dorf sie an.

Sie betraten Montepuccio bei Nacht. Der Corso Garibaldi lag so vor ihnen, wie sie ihn zehn Monate zuvor verlassen hatten, doch er war leer. Der Wind fuhr durch die Hauptstraße und blies über die Köpfe der Katzen, die einen Buckel machten und verschwanden. Keine lebende Seele war zu sehen. Das Dorf schlief, und die Huftritte des Esels hallten im Klang der Einsamkeit wider.

Domenico, Giuseppe und Carmela marschierten mit zusammengebissenen Zähnen vorwärts. Sie brachten es nicht über sich, einander anzusehen oder miteinander zu sprechen. Sie ärgerten sich über ihre dumme Hoffnung – die Lampions... was für dämliche Lampions?... –, und nun ballten sie still die Fäuste.

Sie kamen an dem Haus vorbei, das bei ihrer Abreise noch das Kurzwarengeschäft von Luigi Zacalonia beherbergt hatte. Offensichtlich war etwas geschehen: Das Schild lag am Boden, die Fensterscheibe in Scherben. Hier wurde nichts mehr verkauft. Dieser Gedanke war ihnen unangenehm. Nicht, daß sie treue Kunden gewesen wären, doch jede Veränderung in Montepuccio erschien ihnen als schlechtes Vorzeichen. Sie wollten alles so wiederfinden, wie sie es verlassen hatten. Die Zeit sollte in ihrer Abwesenheit nichts beschädigt haben. Wenn Luigi Zacalonia sein Kurzwarengeschäft nicht mehr besaß, dann Gnade Gott, auf was für andere Enttäuschungen es sich noch einzustellen galt.

Etwas weiter höher auf dem Corso erblickten sie die Silhouette eines Mannes, der mitten im Luftzug gegen eine Mauer gelehnt schlief. Sie glaubten zunächst, einen Betrunkenen vor sich zu sehen, doch als sie nur noch wenige Schritte trennten, rief Giuseppe aus: »Raffaele! Das ist Raffaele!« Der Junge fuhr hoch und sprang auf. Die Scorta jubelten vor Freude. Raffaele strahlte glücklich über das ganze Gesicht, doch er beschimpfte sich unablässig selbst. Er verzieh sich nicht, daß er die Ankunft seiner Freunde so kläglich verpaßt hatte. Er hatte sich auf diesen Augenblick vorbereitet, sich geschworen, falls nötig die ganze Nacht zu wachen, doch nach und nach hatten ihn die Kräfte verlassen und er war eingeschlummert.

»Ihr seid da...«, sagte er mit Tränen in den Augen, »Mimi, Peppe... Ihr seid wieder da... Meine Freunde, laßt euch anschauen! Miuccia! Und ich Pfeife habe geschlafen. Ich wollte euch von weitem kommen sehen...«

Sie umarmten sich, faßten einander an, klopften sich auf den Rücken. Wenigstens eine Sache hatte sich nicht verändert in Montepuccio, denn Raffaele war da. Der junge Mann wußte gar nicht, wo ihm der Kopf stand. Den Esel und seine Ladung bemerkte er nicht einmal. Ihm war sogleich Carmelas Schönheit in die Augen gesprungen, doch dies verstärkte seine Aufregung und sein Stottern nur noch.

Schließlich gelang es Raffaele, einige Worte zu formulieren. Er bat die Freunde, seine Gäste zu sein. Es war spät, das Dorf schlief. Das Wiedersehen der Scorta mit Montepuccio konnte gut bis zum nächsten Morgen warten. Die Scorta nahmen seine Einladung an und mußten fast kämpfen, damit ihr Freund sich nicht alle Taschen und Koffer auflud, die er finden konnte. Er wohnte jetzt in einem kleinen niedrigen Haus in der Nähe des Hafens, ein ärmliches, aus dem Felsen geschlagenes und weißgekalktes Gebäude. Raffaele hatte eine Überraschung vorbereitet. Sobald er von der bevorstehenden Rückkehr der Scorta erfahren hatte, war er ans Werk gegangen und hatte sich keine Pause gegönnt. Dicke Brotlaibe hatte er gekauft, eine Fleischsauce aufgesetzt, Nudeln gekocht. Er wollte seine Freunde mit einem Festmahl willkommen heißen.

Als sie alle um den kleinen Holztisch saßen und Raffaele einen riesigen Teller selbst zubereiteter, in dicker Tomatensauce schwimmender *orecchiette* aufgetragen hatte, fing Giuseppe an zu weinen. Er fand den Geschmack seiner Heimat wieder. Er fand seinen alten Freund wieder. Mehr brauchte er nicht. Und alle Lampions auf dem Corso Garibaldi hätten ihn nicht glücklicher machen können als dieser Teller voller dampfender *orecchiette*, die er sich nun anschickte zu verspeisen.

Sie aßen. Sie bissen in die großen Weißbrotscheiben, die Raffaele mit Tomaten, Olivenöl und Salz eingerieben hatte. Sie ließen sich die vor Soße triefenden Nudeln auf der Zunge zergehen. Sie aßen, ohne zu bemerken, daß Raffaele sie traurig ansah. Nach einer Weile fiel Carmela die Schweigsamkeit des Freundes auf.

»Was ist los, Raffaele?« fragte sie.

Der junge Mann lächelte. Er wollte nicht reden, bevor die Freunde nicht zu Ende gegessen hatten. Lieber noch einige Augenblicke warten. Er wollte sehen, daß sie ihre Mahlzeit beendeten, daß Giuseppe es sich schmecken ließ, daß er Zeit und Muße genug hatte, seinen Teller zufrieden abzuschlecken.

»Raffaele?« Carmela ließ nicht locker.

»Also, New York, erzählt mal, wie war es in New York?«

Er hatte seine Nachfrage mit gespielter Begeisterung gestellt. Er versuchte, Zeit zu gewinnen. Carmela ließ sich nicht beirren.

»Zuerst du, Raffaele. Sag, was du zu sagen hast.«

Die beiden Brüder hoben den Kopf von ihren Tellern. Der Tonfall ihrer Schwester hatte sie alarmiert. Etwas Unerwartetes geschah. Alle sahen Raffaele an. Sein Gesicht war blaß.

»Was ich euch zu sagen habe...«, murmelte er und konnte nicht weitersprechen. Die Scorta saßen unbeweglich auf ihren Stühlen. »Eure Mutter... Die Stumme...«, fuhr er fort, »es ist jetzt zwei Monate her, daß sie von uns gegangen ist.«

Er senkte den Kopf. Die Scorta sagten nichts, sie warteten. Raffaele begriff, daß er mehr sagen, alles erzählen mußte. Also sah er auf, und seine kummervolle Stimme durchsetzte das Zimmer mit Traurigkeit.

Die Stumme litt an Malariafieber. In den ersten Wochen nach der Abreise ihrer Kinder hatte sie gekämpft, doch sehr schnell waren ihre Kräfte zur Neige gegangen. Sie versuchte, Zeit zu gewinnen. Sie hoffte, bis zur Rückkehr ihrer Sprößlinge durchzuhalten oder zumindest bis sie Nachricht von ihnen erhielt, doch es gelang ihr nicht. Sie erlag schließlich einem schweren Anfall.

»Hat Don Giorgio sie würdig beerdigt?« wollte Domenico wissen.

Seine Frage hing einen Augenblick unbeantwortet im Raum. Raffaele litt Qualen. Was er sagen mußte, drehte ihm den Magen um. Doch er konnte keinen Rückzieher machen und durfte nichts verschweigen.

»Don Giorgio ist noch vor ihr gestorben. Er starb wie ein Greis, mit einem Lächeln auf den Lippen und über dem Bauch gefalteten Händen.«

»Wie wurde unsere Mutter begraben?« fragte Carmela, die spürte, daß Raffaele nicht auf die Frage geantwortet hatte, weil das Schweigen eine weitere Geißel verbarg.

»Ich konnte nichts tun«, murmelte Raffaele. »Ich bin zu spät gekommen. Ich war draußen auf dem Meer, zwei volle Tage. Als ich zurückkam, war sie bereits beerdigt. Der neue Pfarrer hat sich darum gekümmert. Sie haben sie im Sammelgrab bestattet. Ich konnte nichts machen.«

Die Gesichter der Scorta hatten sich jetzt vor Zorn verhärtet. Die Kiefer zusammengepreßt, die Blicke verfinstert. Das Wort »Sammelgrab« knallte in ihren Köpfen wie eine Ohrfeige.

»Wie heißt der neue Pfarrer?« erkundigte sich Domenico.

»Don Carlo Bozzoni«, erwiderte Raffaele.

»Wir werden ihn morgen aufsuchen«, verkündete Domenico, und alle hörten an seiner Stimme, daß er bereits wußte, was er fragen würde, doch daß er jetzt an diesem Abend nicht darüber reden wollte.

Sie gingen schlafen, ohne die Mahlzeit zu beenden. Keiner von ihnen konnte mehr reden. Es galt nun, zu schweigen und sich dem Schmerz der Trauernden hinzugeben.

Am nächsten Morgen erhoben sich Carmela, Giuseppe, Domenico und Raffaele für die Frühmette. Sie trafen den neuen Pfarrer in der kalten Morgenluft.

»Pater«, rief Domenico.

»Ja, meine Kinder, was kann ich für euch tun?« fragte er mit zuckersüßer Stimme.

»Wir sind die Kinder der Stummen.«

»Wessen Kinder?«

»Der Stummen.«

»Das ist kein Name«, bemerkte Don Carlo mit einem leichten Lächeln auf den Lippen.

»Es war ihrer«, unterbrach ihn Carmela barsch.

»Ich frage euch nach ihrem christlichen Namen«, versuchte es der Pfarrer noch einmal.

»Sie besaß keinen anderen.«

»Was kann ich für euch tun?«

»Sie ist vor ein paar Monaten gestorben«, sagte Domenico. »Ihr habt sie im Sammelgrab bestattet.«

»Ich erinnere mich, ja. Mein Beileid, meine Kinder. Bekümmert euch nicht, eure Mutter sitzt jetzt an der Seite unseres Herrn.«

»Wir sind wegen der Beerdigung gekommen«, unterbrach Carmela ihn erneut.

»Ihr habt es selbst gesagt, sie wurde würdevoll beerdigt.«

»Sie ist eine Scorta.«

»Ja, eine Scorta, von mir aus. Sehr schön. Ihr seht übrigens, daß sie sehr wohl einen Namen besaß.«

»Sie muß wie eine Scorta beerdigt werden«, fuhr Carmela fort.

»Wir haben sie wie eine Christin beerdigt«, verbesserte Don Bozzoni.

Domenico war weiß vor Wut. In scharfem Ton sagte er:

»Nein, Pater, wie eine Scorta. So wie es hier geschrieben steht.«

Und er hielt Don Bozzoni das Papier unter die Nase, mit dem Rocco und Don Giorgio ihren Pakt besiegelt hatten. Der Pfarrer las leise. Zorn stieg ihm ins Gesicht, und er ließ ihm freien Lauf:

»Was soll das heißen, dieses Papier? Das ist unvorstellbar! Aberglauben ist das, Zauberei, was weiß ich!? Mit welcher Befugnis hat dieser Don Giorgio für die Kirche unterschrieben? Ein Ketzer, jawohl. Eine Scorta! Daß ich nicht lache. Und ihr nennt euch Christen. Heiden mit einer Menge geheimer Rituale, das sind die Leute hier. Eine Scorta! Sie wurde genauso in die Erde gelegt wie alle anderen. Und das war alles, worauf sie hoffen konnte.«

»Pater...«, versuchte es Giuseppe noch einmal, »die Kirche hat einen Pakt mit unserer Familie geschlossen.«

Doch der Pfarrer ließ ihn nicht ausreden. Er schrie bereits weiter:

»Das ist der helle Wahnsinn! Einen Pakt mit den Scorta. Ihr seid verrückt.«

Grob stieß er die drei beiseite, stürmte durch das Kirchenportal und verschwand.

Ihre Abwesenheit hatte die Scorta davon abgehalten, eine heilige Pflicht zu erfüllen: selbst die Grube für das Grab ihrer Mutter auszuheben. Diese letzte Geste schuldeten Söhne ihren Eltern. Jetzt waren sie zurückgekehrt und entschlossen, den sterblichen Überresten ihrer Mutter die Ehre zu erweisen. Einsamkeit, Sammelgrab und Nichtachtung des Pakts waren zu viele Beleidigungen auf einmal. Sie kamen überein, daß sie sich noch in der gleichen Nacht mit Schaufeln bewaffnet auf den Weg machen und die Stumme wieder ausgraben würden. Sollte sie in einer eigenen, von ihren Söhnen gegrabenen Grube ruhen. Und sei's drum, wenn sich diese außerhalb der Friedhofsmauer befand. Das war immer noch besser als die namenlose Erde eines Sammelgrabs bis in alle Ewigkeit.

Nach Einbruch der Nacht trafen sie sich wie verabredet. Raffaele hatte Schaufeln mitgebracht. Es war kalt. Wie Diebe schlüpften sie hinter die Umfassung des Friedhofs.

»Mimi?« fragte Giuseppe.

»Was ist?«

»Bist du auch sicher, daß wir kein Verbrechen begehen?«

Noch bevor Domenico antworten konnte, erklang Carmelas Stimme.

»Das Sammelgrab ist der Frevel.«

Da ergriff Giuseppe energisch seine Schaufel und schloß mit den Worten:

»Du hast recht, Miuccia. Da gibt es kein Zweifeln.«

Wortlos stachen sie in die kalte Erde des Sammelgrabs. Mit

jeder Ladung wurde die Schaufel schwerer zu heben. Es schien ihnen, als müßten sie jeden Moment das riesige Volk der Toten wecken. Sie versuchten, nicht zu zittern, nicht zu wanken der widerlichen Gerüche wegen, die aus der Erde aufstiegen.

Schließlich stießen ihre Schaufeln gegen das Holz eines Sarges. Nur mit äußerster Kraftanstrengung gelang es ihnen, den Sarg herauszuwuchten. Auf das Pinienholz des Deckels hatte jemand mit einem Messer »Scorta« geritzt. Hier war ihre Mutter. In dieser häßlichen Kiste, in ärmlichster Weise bestattet, ohne Marmor oder Zeremonie. Eilig hievten sie den Sarg auf ihre Schultern und machten sich davon. Außerhalb des Friedhofs gingen sie noch ein Stück an der Umfassungsmauer entlang, bis sie einen kleinen Erdwall erreichten, der sie nun vor allen Blicken verbarg. Dort stellten sie den Sarg ab. Es blieb nur noch die Grube zu graben. Die Stumme sollte in ihrem Dunkel den Atem der Söhne spüren. Als sie gerade anfangen wollten, wandte Giuseppe sich an Raffaele und stellte ihm die Frage:

»Gräbst du mit uns?«

Raffaele war sprachlos. Giuseppes Anfrage bezog sich nicht allein auf seine Hilfe, es ging nicht darum, diese schweißtreibende Arbeit gemeinsam zu erledigen. Nein, es ging darum, die Stumme so zu begraben, als wäre auch er einer ihrer Söhne. Raffaele war weiß wie ein Laken. Giuseppe und Domenico sahen ihn an, warteten auf seine Antwort. Offensichtlich hatte Giuseppe seine Frage im Namen aller drei Scorta gestellt. Keiner war überrascht gewesen. Man wartete auf Raffaeles Entscheidung. Vor dem Sarg der Stummen ergriff Raffaele eine Schaufel, und mit Tränen in den Augen sagte er: »Natürlich.« Es war, als wäre er nun selbst ein Scorta, als gäbe der Leichnam der armen Frau ihm ihren mütterlichen Segen. Von nun an wäre er ihr Bruder, ganz so als würde das gleiche Blut in seinen Adern fließen. Ihr Bruder. Er umklammerte seine Schaufel, um nicht in Schluchzen auszubrechen. In dem Augenblick, als er zu graben begann, hob er den Kopf, und sein Blick traf auf Carmela. Dort stand sie, nahe bei ihnen, reglos und still. Sie sah ihnen bei der Arbeit zu. Er verspürte ein Ziehen in seiner Brust, und ein tiefes Bedauern stieg in ihm auf. Miuccia. Wie schön sie war. Miuccia, die er von heute an wie eine Schwester betrachten mußte. Er erstickte dieses Bedauern und versenkte es tief in seinem Innern, bevor er den Kopf neigte und die Schaufel mit aller Kraft in die Erde stieß.

Als sie ihr Werk vollendet hatten und der Sarg wieder mit Erde bedeckt war, blieben sie noch einen Moment schweigend stehen. Sie wollten nicht gehen, ohne sich ein letztes Mal zu besinnen. Nach einer langen Weile ergriff Domenico das Wort:

»Wir haben keine Eltern. Wir sind die Scorta, alle vier. So haben wir es beschlossen. Dieser Name wird uns von nun an warm halten. Möge die Stumme uns verzeihen, doch erst heute sind wir wahrhaftig geboren worden.«

Es war kalt. Sie standen noch lange mit gesenktem Kopf, dicht nebeneinander vor der umgegrabenen Erde. Und tatsächlich genügte der Name der Scorta, um sie warm zu halten. Raffaele weinte leise. Ihm war eine Familie geschenkt worden, Geschwister, für die er bereit war, sein Leben zu geben. In Zukunft wäre er der vierte Scorta, das schwor er am Grab der Stummen. Er würde ihren Namen tragen: Raffaele Scorta. Und die Verachtung der Einwohner von Montepuccio würde ihm nur ein Lächeln entlocken. Raffaele Scorta, der sich mit Leib und Seele an der Seite derer schlagen würde, die er liebte und die er während ihrer Amerikareise verloren glaubte. Er hatte sich allein in Montepuccio wiedergefunden, allein wie ein Narr. Raffaele Scorta. Ja, er schwor, sich dieses Namens würdig zu erweisen.

Ich bin gekommen, um Euch von der Reise nach New York zu erzählen, Don Salvatore. Und herrschte nicht finstere Nacht, wagte ich niemals zu sprechen. Doch die Dunkelheit hüllt uns ein, Ihr raucht leise, und ich muß meine Aufgabe erfüllen.

Nach der Beerdigung meines Vaters rief uns Don Giorgio zu sich, um uns seine Pläne darzulegen. Er hätte ein kleines Haus im alten Teil des Dorfes gefunden, wo unsere Mutter, die Stumme, von nun an leben könnte. Es wäre ärmlich, aber würdig. Sie würde dorthin so bald wie möglich umziehen. Für uns dagegen galt es, eine andere Lösung zu finden. Das Leben hier in Montepuccio böte uns nichts. Wir würden unsere Armut in den Gassen des Dorfes mit dem Zorn derer herumtragen, die das Schicksal um ihren Rang gebracht hat. Daraus entstünde nichts Gutes. Don Giorgio wollte uns nicht zu einem unglücklichen Leben in der Gosse verurteilen. Er hatte sich etwas Besseres ausgedacht. Er würde sich darum kümmern, drei Schiffsfahrkarten für die Strecke Neapel–New York zu bekommen. Die Kirche würde zahlen. Wir sollten in das Land gehen, wo die Armen Gebäude bauten, die höher als der Himmel aufragten, und wo das Glück manchmal die Taschen der lumpigsten Bettler füllte.

Wir sagten sofort zu. Ich erinnere mich, daß noch am selben Abend die verrücktesten Bilder von Phantasiestädten in meinem Kopf herumspukten, und ich wiederholte unablässig das eine Wort, wie eine inständige Bitte, und meine Augen blitzten dabei: New York … New York …

Als wir Montepuccio in Begleitung von Don Giorgio verließen, der uns bis zur Anlegestelle im Hafen von Neapel begleiten wollte, schien die Erde unter unseren Füßen zu grollen. Es war, als wollte sie ihre Kinder schelten, die den Versuch wagten, sich von ihr abzuwenden. Wir verließen den Gargano, stiegen in die große trostlose Ebene von Foggia hinab und durchquerten ganz Italien von einer Seite zur anderen, bis wir Neapel erreichten. Mit großen Augen betrachteten wir das Labyrinth aus Geschrei, Dreck und Hitze. Die große Stadt stank nach verfaultem Fleisch und verdorbenem Fisch. In den Gassen von Spaccanapoli wimmelte es von Kindern mit runden Bäuchen und zahnlosen Mündern.

Don Giorgio brachte uns bis zum Hafen, und wir bestiegen einen dieser Ozeandampfer, die gebaut wurden, um die Ärmsten der Armen unter dieselgetränkten Stoßseufzern auf die andere Seite der Erdkugel zu bringen. Wir suchten uns einen Platz an Deck und standen inmitten der Menge von Gleichgesinnten, der ausgehungerten Bettler Europas. Ganze Familien oder vereinzelte Kinder. Wie alle anderen hielten wir uns an den Händen, um uns unter den vielen Menschen nicht zu verlieren. Wie alle anderen konnten wir in der ersten Nacht keinen Schlaf finden vor Angst, daß heimtückische Hände uns die Decke rauben könnten, die wir uns teilten. Wie alle anderen weinten wir, als das riesige Schiff die Bucht von Neapel verließ. »Jetzt beginnt das Leben«, murmelte Domenico. Italien verschwand am Horizont. Wie alle anderen wandten wir uns nun Richtung Amerika und warteten auf den Tag, an dem die Küste in Sichtweite käme. Wir hofften in merkwürdigen Träumen, daß dort drüben alles anders wäre, die Farben, Gerüche, Gesetze, Menschen, alles. Größer, sanfter. Während der Überfahrt hingen wir stundenlang über der Brüstung und erträumten uns diesen Kontinent, wo Abschaum wie wir willkommen war. Die Tage zogen sich in die Länge, doch das machte uns nichts aus, denn unsere Träume brauchten viele Stunden, um sich im Geiste vollständig zu entwickeln. Die Tage zogen sich in die Länge, doch wir fühlten uns glücklich und genossen sie, denn die Welt lag vor uns.

Eines Tages schließlich fuhren wir in die Bucht von New York. Das Schiff steuerte langsam auf die kleine Insel Ellis Island zu. Die Freude, die wir an diesem Tag empfanden, Don Salvatore, werde ich niemals vergessen. Wir tanzten und schrien. Eine stürmische Aufregung hatte an Deck um sich gegriffen. Alle wollten das neue Land sehen. Wir beklatschten jeden Fischkutter, an dem wir vorbeifuhren. Alle zeigten auf die Gebäude Manhattans. Jede Einzelheit der Küste verschlangen wir mit den Augen.

Als das Schiff endlich anlegte, gingen wir in einem von Freude und Ungeduld geprägten Getöse von Bord. Die große Halle der kleinen Insel füllte sich mit Menschen. Hier war die ganze Welt. Wir hörten Sprachen, die wir zunächst für Mailänder oder römischen Dialekt hielten, doch wir mußten bald erkennen, daß sich hier etwas weit Größeres abspielte. Uns umgab die ganze Welt. Wir hätten uns verloren vorkommen können. Wir waren Fremde, verstanden kein Wort. Doch ein seltsames Gefühl durchströmte uns, Don Salvatore. Wir waren überzeugt, hier am richtigen Ort zu sein. Dort, inmitten der konfusen Menge, im Gewirr der Stimmen und Dialekte, fühlten wir uns zu Hause. Die uns umgebenden Menschen waren unsere Brüder durch den gleichen Dreck im Gesicht, durch die gleiche, die Kehle zuschnürende Angst. Don Giorgio hatte recht gehabt, hier gehörten wir her, in dieses mit keinem anderen vergleichbare Land. Wir waren in Amerika, und nichts konnte uns mehr Angst einjagen. Unser Leben in Montepuccio schien von nun an weit weg und schäbig. Wir waren in Amerika, und unsere Nächte füllten sich mit freudigen und begehrlichen Träumen.

Don Salvatore, beachtet nicht, wenn meine Stimme bricht und ich die Augen senke, ich werde Euch jetzt erzählen, was niemand weiß. Niemand außer den Scorta. Hört zu. Die Nacht dehnt sich unendlich, und ich werde alles sagen.

Bei der Ankunft gingen wir voller Begeisterung von Bord. Wir waren vergnügt und ungeduldig. Man mußte sich aufs Warten einrichten, doch das störte uns überhaupt nicht. Die Schlangen nahmen kein Ende. Wir überließen uns seltsamen Vorgängen, die wir nicht verstanden. Alles ging langsam. Sie dirigierten uns zu einem Schalter, dann zu einem anderen. Wir drängten uns dicht aneinander, um uns nicht zu verlieren. Stunden vergingen, ohne daß die Menge kleiner zu werden schien. Alle traten auf der Stelle. Domenico stand immer vorn. Auf einmal verkündete er, daß wir den Ärzten vorgeführt werden würden. Wir sollten die Zunge herausstrecken, mehrmals tief einatmen und keine Angst haben, das Hemd zu öffnen, wenn man es verlangte. Wir mußten das tun, aber das machte nichts. Wir waren bereit, notfalls tagelang zu warten. Das Land lag vor uns, in Reichweite.

Als ich an dem Arzt vorbeiging, hielt er mich auf. Er schaute meine Augen an, und ohne ein Wort malte er mir ein Kreidezeichen auf die Hand. Ich wollte fragen, was das zu bedeuten habe, doch man gab mir zu verstehen, ich solle in einen anderen Raum gehen. Ein zweiter Arzt untersuchte mich, er war gründlicher. Er stellte mir Fragen, doch ich verstand nichts und wußte nicht, was ich sagen sollte. Ich war ein kleines Mädchen, Don Salvatore, ein kleines Mädchen, und meine Knie zitterten vor diesen Fremden, die sich über mich beugten wie über ein Stück Vieh. Etwas später gesellten sich meine Brüder dazu. Sie mußten gekämpft haben, damit man sie vorließ.

Erst als ein Dolmetscher eintraf, verstanden wir, worum es ging. Ich hatte eine Infektionskrankheit. Tatsächlich war ich mehrere Tage auf dem Schiff krank gewesen. Fieber, Durchfall, rote Augen – doch ich war überzeugt, das würde vorbeigehen. Ich war ein kleines Mädchen unterwegs nach New York, und mir schien, keine Krankheit der Welt könnte mich besiegen. Der Mann sprach *lange, und alles, was ich verstand, war, daß die Reise für mich hier zu Ende war. Mir wurde der Boden unter den Füßen weggezogen. Ich war abgelehnt, Don Salvatore. Alles war vorbei. Ich schämte mich und senkte den Kopf, um nicht dem Blick meiner Brüder zu begegnen. Sie standen stumm an meiner Seite. Ich betrachtete die lange Schlange der Einwanderer, die weiter an uns vorbeizogen, und ich dachte nur eines:* »All diejenigen, die vorbeigehen, und sogar die Kümmerliche da drüben und sogar der Alte, der vielleicht in zwei Monaten abkratzt, all die, und warum nicht ich?«

Der Dolmetscher sprach weiter: »Ihr werdet zurückfahren . . . Die Überfahrt ist kostenlos . . . kein Problem . . . kostenlos . . .«, *er wiederholte dieses Wort immer wieder. In diesem Moment schlug Giuseppe Domenico vor, allein weiterzugehen.* »Mimi, du gehst durch. Ich bleibe bei Miuccia.«

Ich sagte gar nichts. Unser Leben entschied sich hier, in diesem Gespräch auf dem Flur, unser Leben für die kommenden Jahre, aber ich sagte nichts. Ich konnte nicht, hatte keine Kraft. Ich schämte mich einfach nur. Ich konnte nur zuhören und mein Schicksal in die Hände meiner Brüder legen. Unser dreier Leben entschieden sich hier. Durch meine Schuld. Alles hing von ihrem Beschluß ab. Giuseppe wiederholte: »Es ist besser, Mimi. Du gehst durch, du wirst es allein schaffen. Ich bleibe bei Miuccia. Wir kehren nach Hause zurück. Wir versuchen es später noch einmal . . .«

Ein endloser Augenblick verging. Glaubt mir, Don Salvatore, in dieser einen Minute bin ich um Jahre gealtert. Alles hing in der Luft. Ich wartete. Vielleicht so lange, bis das Schicksal unsere drei Leben gewogen hatte und eine ihm gefällige Lösung präsentierte. Und dann begann Domenico zu sprechen: »Nein. Wir sind zusammen gekommen und wir werden zusammen gehen.« *Giuseppe wollte ihn noch einmal überreden, doch Domenico unterbrach ihn.*

Er hatte seine Entscheidung getroffen. Er preßte den Kiefer zusammen und machte eine kurze Handbewegung, die ich niemals vergessen werde: »Entweder alle drei oder gar keiner. Sie wollen uns nicht. Dann sollen sie sich zum Teufel scheren.«

4

Der Tabakladen der Schweigsamen

Die Exhumierung der Stummen und ihr zweites Begräbnis lösten ein Erdbeben in Montepuccio aus. Es gab nun außerhalb des Friedhofs diesen Erdhügel, den niemand ignorieren konnte und der einen unannehmbaren Schandfleck für das Dorf darstellte. Die Bewohner Montepuccios hatten Angst, daß es bekannt würde, daß die Neuigkeit die Runde machte und die ganze Gegend mit dem Finger auf sie zeigte. Sie fürchteten, daß man sagte, die Toten würden in Montepuccio schlecht begraben, daß die Friedhofserde umgegraben würde wie ein Acker. Diese wilde Grabstätte abseits der anderen wirkte als ständiger Vorwurf. Don Carlo war immer noch in Aufruhr. Er verbreitete überall Beleidigungen, sprach von Grabschändern. Seiner Meinung nach hatten die Scorta jede Grenze überschritten. Sie hatten die Erde aufgegraben und einen Körper seiner letzten Ruhestätte entrissen; das zeigte nur, daß sie Ungläubige waren. Niemals hätte er geglaubt, daß derartige Barbaren in Italien leben könnten!

Eines Nachts hielt er es nicht mehr aus und ging so weit, das Holzkruzifix herauszureißen, das die Scorta auf dem Erdhügel hatten aufstellen lassen, und zornig schlug er es in Stücke. Einige Tage geschah nichts, doch dann tauchte das Kreuz wieder auf. Der Pfarrer unternahm eine zweite Strafaktion, doch jedesmal wurden die Kreuze, die er herausriß, erneuert. Don Carlo glaubte, gegen die Scorta zu kämpfen, doch er täuschte sich. Er maß seine Kräfte mit dem ganzen Dorf. Jeden Tag ersetzten unbekannte Hände, die empört waren über dieses elende Grab ohne Stein oder Marmor, das Holzkreuz. Nach einigen Wochen des Versteckspiels erschien eine Abordnung der Dorfbewohner bei Don Carlo und versuchte, ihn umzustimmen. Man bat ihn, eine Zeremonie abzuhalten und die Stumme wieder auf dem Friedhof aufzunehmen. Man schlug sogar vor, damit die Arme nicht erneut ausgegraben werden mußte, einfach die Friedhofsmauer zu versetzen und die Exkommunizierte so wieder mit einzubeziehen. Don Carlo wollte nichts hören. Seine Verachtung für die Dorfbewohner wuchs nur noch. Er wurde jähzornig und neigte zu heftigen Wutanfällen.

Von diesem Moment an zog Pater Bozzoni sich den Haß ganz Montepuccios zu. Die Dorfbewohner schworen sich einer nach dem anderen, keinen Fuß mehr in die Kirche zu setzen, solange dieser »Hohlkopf von Pfarrer aus dem Norden« dort predigte. Was die Scorta eingefordert hatten, darauf hatten alle Leute aus dem Dorf gewartet. Als sie vom Tod der Stummen erfuhren, dachten sie sofort, das Begräbnis würde genauso glanzvoll ausfallen wie Roccos. Don Carlos Entscheidung hatte sie empört. Wofür hielt sich dieser Priester, der nicht von hier stammte und die unveränderlichen Regeln des Dorfes ignorierte? Die Entscheidung des »Neuen« (wie ihn die Frauen auf dem Markt nannten, wenn sie von Don Carlo sprachen) wurde wie ein Schlag ins Gesicht des geliebten und verehrten Don Giorgio empfunden. Und das konnte niemand verzeihen. Der »Neue« mißachtete die örtlichen Gepflogenheiten. Er kam von Gott weiß woher und wollte ihnen seine eigenen Gesetze aufzwingen. Die Scorta waren beleidigt worden. Und mit ihnen hatte das gesamte Dorf eine Kränkung erfahren. Niemand hatte je eine solche Beerdigung erlebt. Dieser Mann – und da konnte er Priester sein, wie er wollte – respektierte gar nichts, und Montepuccio lehnte ihn ab. Doch es gab auch noch einen anderen Grund für diese heftige Feindseligkeit: Angst. Die alte, nie ganz vergessene Schreckensherrschaft Rocco Scorta Mascalzones. Indem Don Carlo diejenige, die seine Frau gewesen war, solcherart unter die Erde brachte, gab er das ganze Dorf Roccos Zorn preis. Man erinnerte sich an die Verbrechen, die er zu Lebzeiten begangen hatte, und zitterte bei dem Gedanken, wozu er tot fähig wäre. Es gab keinen Zweifel, ein furchtbarer Schicksalsschlag würde Montepuccio treffen, ein Erdbeben oder eine Dürre. Der Atem Rocco Scorta Mascalzones hing bereits in der Luft. Man spürte ihn hier, im heißen Abendwind.

Das Verhältnis zwischen Montepuccio und den Scorta bestand in einem unentwirrbaren Gemenge aus Verachtung, Stolz und Furcht. Normalerweise beachtete das Dorf Carmela, Domenico und Giuseppe nicht. Die drei waren nichts als Hungerleider, die Brut eines Straßenräubers. Doch sobald ihnen jemand auch nur ein Haar krümmen oder an das Andenken des wilden Rocco tasten wollte, wogte eine Art Mütterlichkeit durch das Dorf, und man verteidigte sie wie eine Löwin ihre Jungen. »Die Scorta sind Taugenichtse, aber sie gehören zu uns«, so dachten die meisten Einwohner Montepuccios. Und sie waren nach New York gereist. Dies verlieh ihnen etwas Heiliges und machte sie in den Augen der Mehrzahl der Dorfbewohner unantastbar.

Innerhalb von wenigen Tagen war die Kirche vereinsamt. Niemand ging mehr zur Messe. Don Carlo wurde auf der Straße nicht mehr gegrüßt. Man hatte ihm einen neuen Spitznamen gegeben, der einem Todesurteil gleichkam: »der Mailänder«. Montepuccio fiel zurück in altüberliefertes Heidentum. Im Schatten der Kirche praktizierte man alle Arten von Zeremonien. In den Hügeln wurde die Tarantella getanzt. Die Fischer verehrten fischköpfige Götzen, Mischungen aus Schutzheiligen und Wassergeistern. Im Winter brachten die alten Frauen im Schutze ihrer Häuser die Toten zum Sprechen. Mehrmals nahm man bei einfachen Geistern Teufelsaustreibungen vor, da man sie vom Satan besessen glaubte. Vor den Türen einiger Häuser wurden tote Tiere gefunden. Die Revolte wuchs heran.

Einige Monate vergingen, bis zu dem Tag, an dem am späten Vormittag eine ungewöhnliche Erregung Besitz von Montepuccio ergriff. Ein Gerücht ging um und verzerrte die Gesichter. Man senkte die Stimme beim Sprechen. Die alten Frauen bekreuzigten sich. Etwas war an diesem Morgen geschehen, jeder sprach davon. Pater Bozzoni war tot. Und das war noch nicht das Schlimmste: Er war auf eine merkwürdige Art gestorben, von der es die Schicklichkeit verbot, sie weiter auszuführen. Stundenlang erfuhr man nicht mehr. Dann, je weiter der Tag voranschritt und die Sonne die Hausmauern wärmte, zeichneten sich die Ereignisse deutlicher ab. Don Carlo war in den Hügeln gefunden worden, etwa einen Tagesmarsch von Montepuccio entfernt, nackt wie ein Wurm, mit heraushängender Zunge. Wie war das möglich? Was hatte Don Carlo allein in den Hügeln und so weit entfernt von seiner Gemeinde gesucht? Diese Fragen stellten sich die Männer und Frauen immer wieder, während sie in Grüppchen ihren Sonntagskaffee tranken. Doch es wurde noch ungewöhnlicher. Gegen elf Uhr vernahm man, daß der Körper Pater Bozzonis von der Sonne verbrannt worden war, überall, auch von vorn, obwohl er mit dem Gesicht auf der Erde gelegen hatte, als man ihn fand. Man mußte den Tatsachen ins Auge sehen: Er war bereits nackt gewesen, bevor er starb. Stundenlang mußte er in der prallen Sonne gelaufen sein, bis seine Haut Brandblasen bildete und seine Füße bluteten. Dann war er vor Erschöpfung und Wasserverlust gestorben. Blieb das größte Geheimnis: Warum war er in der Mittagshitze allein in die Hügel aufgebrochen? Die Frage sollte in Montepuccio noch jahrelang für Gesprächsstoff sorgen. Doch an dem Tag wollte man wenigstens provisorisch eine Erklärung finden und verkündete, daß ihn die Einsamkeit ganz offensichtlich in den Wahnsinn getrieben habe, daß er am Morgen wohl aufgestanden sei und sich völlig umnachtet entschieden habe, dieses so gehaßte Dorf – koste es, was es wolle – zu verlassen. Die Sonne hatte ihm den Garaus gemacht. Und dieser so groteske Tod, diese so obszöne Nacktheit für einen Mann der Kirche, verstärkte das Gefühl der Dorfbewohner noch: Dieser Don Carlo taugte wirklich gar nichts.

Als Raffaele die Neuigkeit erfuhr, erblaßte er. Er ließ sich die Mitteilung wiederholen und konnte sich nicht trennen von dem Platz, wo die Gespräche sich ohne Unterlaß drehten wie der Wind in den Gassen. Er mußte mehr darüber wissen, alle Einzelheiten erfahren, sichergehen, daß all das tatsächlich der Wahrheit entsprach. Er schien unter der Neuigkeit zu leiden, was seine Bekannten erstaunte. Er war ein Scorta. Er hätte sich über das Verschwinden freuen sollen. Raffaele blieb noch lange auf den Terrassen der Cafés. Als er dann den Tatsachen ins Auge sehen mußte, als es keinen Zweifel mehr gab, daß der Pfarrer wirklich tot war, spie er aus und murmelte: »Dieser Halunke hat einen Weg gefunden, mich mit in sein Unglück zu stürzen.«

Am Vortag waren sich die beiden Männer in den Hügeln begegnet. Raffaele kam den Pfad vom Meer herauf, und Don Carlo befand sich auf einem seiner einsamen Spaziergänge. Mit großen Schritten die Pfade des Hinterlands zu durchmessen stellte das einzige Vergnügen dar, das ihm noch geblieben war. Die vom Dorf auferlegte Isolation hatte ihn zunächst in Wut versetzt, im Laufe der Wochen dann in dichte Einsamkeit gehüllt. Sein Verstand war verwirrt. In diesem Ausmaß allein zu sein, das ließ ihn den Halt verlieren. Sein Verbleiben im Ort entwickelte sich zu einem wahren Martyrium. Ruhe fand er nur bei seinen Spaziergängen.

Raffaele war es, der das Gespräch begann. Er hielt es für eine günstige Gelegenheit, um ein letztes Mal zu verhandeln.

»Don Carlo«, begann er, »Ihr habt uns beleidigt. Es ist Zeit, Eure Entscheidung rückgängig zu machen.«

»Ihr seid eine Bande Geistesgestörter«, schrie der Pfarrer ihm als Antwort entgegen. »Der Herr sieht euch, und Er wird euch strafen.«

Zorn stieg in Raffaele auf, doch er versuchte, sich zu beherrschen, und sprach weiter.

»Ihr haßt uns. Sei's drum, aber diejenige, die Ihr bestraft, hat damit nichts zu tun. Die Stumme hat ein Anrecht auf die Friedhofserde.«

»Sie war dort, bevor ihr sie wieder ausgegraben habt. Sie bekommt nur, was sie verdient, die Sünderin, wenn sie eine derartige Bande Ungläubiger zur Welt gebracht hat.«

Raffaele wurde weiß. Ihm schien, als würden die Hügel

selbst ihm den Befehl geben, auf diese Schmach zu antworten.

»Euch steht das Priesterkleid, das Ihr tragt, nicht zu, Bozzoni. Versteht Ihr mich? Ihr seid eine Ratte, die sich unter der Soutane versteckt. Zieht sie aus. Gebt sie mir, oder ich bringe Euch um.«

Und wie ein bissiger Hund warf er sich auf den Pfarrer. Er packte ihn am Kragen und riß ihm mit einer einzigen Bewegung sein Priestergewand vom Leibe. Der Pfarrer konnte es nicht fassen. Hilflos schnappte er nach Luft. Doch Raffaele war noch nicht fertig mit ihm. Er brüllte wie ein Verrückter: »Bis auf die Haut, Mistkerl, bis auf die Haut!« Und mit aller Kraft zerriß er die Soutane und schlug auf den Pfarrer ein.

Erst als es ihm gelungen war, Pater Bozzoni vollständig zu entkleiden, beruhigte er sich. Don Carlo hatte aufgegeben. Er weinte wie ein Kind, hielt seine Blöße mit fleischigen Händen bedeckt. Er murmelte Gebete, als befände er sich vor einer Horde Ketzer. Raffaele frohlockte in seiner wilden Rachsucht. »Und so werdet Ihr fortan umhergehen: nackt wie ein Wurm. Ihr habt kein Recht, dieses Gewand zu tragen. Wenn ich Euch noch einmal damit sehe, werde ich Euch töten, habt Ihr mich verstanden?«

Don Carlo antwortete nicht. Er ging weinend davon und verschwand. Und kehrte nie mehr zurück. Dieser Vorfall hatte ihn endgültig um den Verstand gebracht. Er wanderte ziellos durch die Hügel wie ein Kind, das sich verlaufen hat, achtete weder auf die Müdigkeit noch auf die Sonne. Lange zog er so umher, bevor er kraftlos zusammenbrach und auf die so gehaßte Erde des Südens sank.

Raffaele blieb noch eine Weile an der Stelle stehen, wo er dem Pfarrer eine Tracht Prügel verpaßt hatte. Er stand reglos, wartete, daß sein Zorn verrauchte, er seine Sinne wiederfand und ins Dorf zurückkehren konnte, ohne daß man ihm etwas ansah. Zu seinen Füßen lag die zerrissene Soutane des Priesters. Er konnte seine Augen nicht von ihr abwenden. Ein Sonnenstrahl ließ ihn zwinkern, etwas glitzerte im Licht. Er beugte sich hinunter, und ohne nachzudenken hob er eine goldene Uhr auf. Wäre er in diesem Augenblick gegangen, hätte er die Uhr wahrscheinlich nach ein paar Metern voller Ekel fortgeworfen, doch er bewegte sich nicht. Er spürte, daß er noch nicht fertig war. Erneut bückte er sich, und langsam, behutsam, hob er das zerrissene Priestergewand auf und durchsuchte die Taschen. Er leerte Don Bozzonis Geldbörse und ließ sie offen wie einen knochenlosen Kadaver etwas weiter entfernt auf den Weg fallen. Seine Hand umklammerte das Bündel Geldscheine und die goldene Uhr, auf seinem Gesicht lag ein grauenhaftes irres Lächeln.

Dieser Halunke hat einen Weg gefunden, mich mit in sein Unglück zu stürzen.« Raffaele war klar geworden, daß ihre Auseinandersetzung mit einem Todesfall geendet hatte, und auch wenn er sich immer wieder sagte, daß er niemanden getötet hatte, fühlte er nur zu gut, daß dieser Tote immer auf seinem Gewissen lasten würde. Er sah den Pfarrer vor sich, nackt, kindliche Tränen weinend, als er in den Hügeln verschwand wie ein armer Schlucker, den man in die Verbannung schickt. »Jetzt bin ich verdammt«, dachte er. »Verdammt durch diesen dreckigen Lumpen, der es nicht einmal verdiente, daß man ihn anspuckt.«

Gegen Mittag traf der Körper Pater Bozzonis auf einem Eselsrücken in Montepuccio ein. Man hatte ein Laken über den Leichnam gebreitet, weniger, um die Fliegen fernzuhalten, als um sicherzugehen, daß die Nacktheit des Pfarrers Frauen und Kinder nicht schockierte.

Nach der Ankunft in Montepuccio geschah etwas Unerwartetes. Der Besitzer des Esels – ein schweigsamer Bauer – legte den Körper vor der Kirche ab, erklärte dann mit lauter Stimme, daß er seine Pflicht getan habe, und kehrte auf sein Feld zurück. Der Leichnam blieb liegen, in das Laken gewickelt, voller Erde. Man betrachtete ihn. Niemand rührte sich. Die Bewohner Montepuccios waren nachtragend, niemand wollte ihn begraben. Niemand war bereit, an der Zeremonie teilzunehmen oder seinen Sarg zu tragen. Und überhaupt, wer sollte sich um die Messe kümmern? Der Pfarrer von San Giocondo war nach Bari gefahren. Bis zu seiner Rückkehr wäre Don Carlos Körper verwest. Nach einer Weile, als die Hitze unerträglich wurde, räumten sie schließlich ein, daß die Leiche des Mailänders über kurz oder lang wie Aas stinken würde, ließe man sie dort liegen. Dies wäre eine zu schöne Rache für ihn – Montepuccio zu verpesten oder, warum nicht, sogar Krankheiten zu verbreiten. Nein, er mußte beerdigt werden. Nicht aus Anstand oder Nächstenliebe, sondern um sicherzugehen, daß er ihnen nicht mehr schaden würde. Man einigte sich darauf, hinter dem Friedhof ein Loch zu buddeln, außerhalb der Umfassungsmauer. Vier Männer wurden ausgelost. Sie warfen den Körper wortlos und ohne Sakramente in die Erde. Don Carlo wurde wie ein Ungläubiger begraben, und kein Gebet linderte die Stiche der Sonne.

Dieser Todesfall stellte für die Bewohner von Montepuccio ein bedeutendes Ereignis dar, doch offensichtlich kümmerte es den Rest der Welt überhaupt nicht. Das Dorf wurde nach dem Verschwinden Don Carlos erneut vom Episkopat vergessen. Das war den Dorfbewohnern gerade recht, sie waren daran gewöhnt. Manchmal murmelten sie sogar unter sich, wenn sie an der geschlossenen Kirche vorbeikamen: »Besser keiner als ein neuer Bozzoni.« Sie fürchteten, daß man ihnen als eine Art göttliche Strafe einen neuen Mann aus dem Norden schicken würde, der sie wie Strolche behandeln, sich über ihre Sitten und Gebräuche hinwegsetzen und sich weigern würde, ihre Kinder zu taufen.

Der Himmel schien sie erhört zu haben. Niemand kam, und die Kirche blieb verschlossen wie die Paläste dieser bedeutenden Familien, die plötzlich verschwinden und den Duft von Großartigkeit und alter trockener Gemäuer hinterlassen.

Die Scorta hatten ihr ärmliches Leben in Montepuccio wieder aufgenommen. Beengt lebten sie zu viert im einzigen Zimmer in Raffaeles Haus. Jeder hatte eine Arbeit gefunden und brachte das Nötigste zum Leben mit – mehr nicht. Raffaele war Fischer. Er besaß kein eigenes Boot, doch jeden Morgen ließ der eine oder andere im Hafen ihn für den Tag mit hinausfahren – gegen einen Teil des Fangs. Domenico und Giuseppe liehen ihre Arme den Grundbesitzern. Sie pflückten Tomaten oder Oliven, spalteten Holz. Den ganzen Tag lang bückten sie sich über der Erde, die nichts hervorbrachte. Was Carmela anging, so kochte sie für die drei, kümmerte sich um die Wäsche und erledigte kleine Stickarbeiten für das Dorf.

Das, was sie »das New Yorker Geld« nannten, hatten sie nicht angerührt. Lange planten sie, es für den Kauf eines Hauses zu nutzen. Momentan galt es zwar, den Gürtel enger zu schnallen und Geduld zu haben, doch sobald sich eine Gelegenheit bot, würden sie kaufen. Sie besaßen genug, um ein durchaus anständiges Haus zu erwerben, denn damals stellte Grund und Boden in Montepuccio keinen Wert dar. Das Olivenöl war kostbarer als die Quadratmeter steinigen Landes.

Ungeachtet dessen hob Carmela eines Abends den Blick von ihrem Teller Suppe und erklärte:

»Wir müssen es anders machen.«

»Was?« erkundigte sich Giuseppe.

»Das New Yorker Geld«, erklärte sie, »wir müssen es für etwas anderes als ein Haus verwenden.«

»Das ist lächerlich«, sagte Domenico. »Wo sollen wir leben?«

»Und wenn wir ein Haus kaufen«, gab Carmela zurück, die bereits stundenlang darüber nachgedacht hatte, »werdet ihr weiterhin den lieben langen Tag wie die Stiere schwitzen, um euren Lebensunterhalt zu verdienen. Mit etwas anderem brauchen wir nicht zu rechnen. Und die Jahre werden vergehen. Nein. Wir haben Geld, wir müssen etwas Besseres kaufen.«

»Und was sollte das sein?« wollte Domenico wissen, der neugierig geworden war.

»Das weiß ich noch nicht, aber ich werde es herausfinden.«

Carmelas Gedanken hatten die drei Brüder in Ratlosigkeit gestürzt. Sie hatte recht, daran gab es keinen Zweifel. Denn was käme nach dem Hauskauf? Wenn man wenigstens genug gehabt hätte, um vier Häuser zu kaufen, doch das war nicht der Fall. Sie mußten etwas anderes finden.

»Morgen ist Sonntag«, fing Carmela wieder an. »Nehmt mich mit. Ich will sehen, was ihr seht; tun, was ihr tut, den ganzen Tag. Ich werde mich umschauen. Und ich werde es herausfinden.«

Wieder wußten die Männer nicht, was sie sagen sollten. Die Frauen in Montepuccio gingen nicht aus, oder nur zu genau festgelegten Tageszeiten. Früh am Morgen auf den Markt. Zur Messe – doch seit Don Carlos Tod gab es diesen Gang nicht mehr. Zur Zeit des Olivenpflückens, wenn Erntezeit auf den Feldern war. Und zu den Patronatsfesten. Die übrige Zeit blieben sie zu Hause, verborgen hinter den dicken Mauern der Häuser, geschützt vor der Sonne und der Begehrlichkeit der Männer. Was Carmela da vorschlug, lief dem Dorfleben entgegen, doch seit ihrer Rückkehr aus Amerika brachten die Scorta-Brüder dem Instinkt ihrer kleinen Schwester vollkommenes Vertrauen entgegen.

»In Ordnung«, sagte Domenico.

Am nächsten Morgen zog Carmela ihr schönstes Kleid an und ging in Begleitung ihrer drei Brüder ins Café. Dort tranken die Männer – wie jeden Sonntag – einen Espresso, der einem die Eingeweide umdrehte und das Herz rasen ließ. Dann setzten sie sich draußen an einen Tisch und spielten Karten. Carmela saß, etwas abseits, kerzengerade auf ihrem Stuhl. Sie sah die Männer vorbeigehen. Sie beobachtete das Leben im Dorf. Anschließend gingen sie einige Fischerfreunde besuchen. Am Abend dann machten sie ihre *passeggiata* auf dem Corso Garibaldi. Sie gingen die Straße auf und ab, grüßten ihre Bekannten, erkundigten sich nach den Neuigkeiten des Tages. Carmela hatte zum ersten Mal in ihrem Leben einen ganzen Tag in den Dorfstraßen verbracht, in dieser Welt der Männer, die sie alle mit großen Augen ansahen. Sie hatte die Bemerkungen in ihrem Rücken gehört, man wunderte sich über ihre Anwesenheit, man kommentierte ihren Aufzug. Doch ihr war es egal, und sie blieb konzentriert bei ihrer Aufgabe. Als sie am Abend nach Hause zurückgekehrt waren, zog sie erleichtert die Schuhe aus. Die Füße schmerzten. Domenico stand aufrecht vor ihr, sah sie stumm an.

»Also?« fragte er schließlich. Giuseppe und Raffaele hoben die Köpfe und hörten auf zu reden, damit sie die Antwort nicht verpaßten.

»Zigaretten«, entgegnete sie ruhig.

»Zigaretten?«

»Ja, wir müssen einen Tabakladen in Montepuccio eröffnen.«
Domenicos Gesicht leuchtete auf. Ein Tabakladen, natürlich. Montepuccio besaß keinen. Der Lebensmittelhändler verkaufte einige Zigaretten. Auch auf dem Markt fand man welche, aber ein richtiges Tabakwarengeschäft, nein, in der Tat, das gab es in Montepuccio nicht. Carmela hatte das Leben der Männer den ganzen Tag lang beobachtet, und die einzige Gemeinsamkeit

zwischen den Fischern im alten Teil des Dorfes und den Bürgern auf dem Corso war, daß all diese Männer gierig an kleinen Zigaretten zogen. Im Schatten, zum Aperitif oder mitten in der Sonne, während der Arbeit – alle rauchten. Da war etwas zu machen. Ein Tabakladen, ja, auf dem Corso. Carmela war sicher, ein Tabakwarenladen. Jede Wette, der wäre immer voll.

Die Scorta bemühten sich tatkräftig, ihren Wunsch in die Tat umzusetzen. Sie kauften einen im Erdgeschoß gelegenen Geschäftsraum auf dem Corso Garibaldi, einen großen Raum von etwa dreißig Quadratmetern. Auch den Keller erwarben sie als Lagerraum. Danach blieb nichts mehr übrig. Am Abend des Geschäftskaufs war Carmela düster und schweigsam.

»Was ist los?« forschte Domenico.

»Wir haben keinen einzigen Pfennig mehr in der Tasche, um die Lizenz zu kaufen«, meinte Carmela.

»Wieviel braucht man dafür?« erkundigte sich Giuseppe.

»Der Preis für die Lizenz ist nicht das Problem, aber wir brauchen genug Geld, um den Leiter des Lizenzbüros zu schmieren. Wir müssen ihm Geschenke machen, jede Woche, bis er uns die Genehmigung erteilt. Dafür haben wir nicht genug.«

Domenico und Giuseppe waren bestürzt. Ein neues unvorhergesehenes Hindernis baute sich vor ihnen auf, und sie hatten keine Ahnung, wie sie es bewältigen konnten. Raffaele schaute die drei an und sagte dann leise:

»Ich habe das Geld. Und ich gebe es euch. Unter einer Bedingung: Fragt mich weder, woher es stammt, noch, wie lange ich es schon besitze. Auch nicht, warum ich euch nie davon erzählt habe. Ich habe es, nur das zählt.«

Und damit legte er ein Bündel zerknüllter Geldscheine auf den Tisch. Es handelte sich um das Geld Pater Bozzonis. Raffaele hatte die Uhr verkauft. Bis zu diesem Tag hatte er das Geld immer bei sich getragen, ohne zu wissen, was er damit machen sollte, da er weder wagte, es wegzuwerfen, noch, es auszugeben. Die Scorta brachen in Freudentaumel aus, doch selbst jetzt spürte er keine Erleichterung in sich. Die irrsinnige Gestalt Bozzonis spukte in seinem Kopf herum, und die Schuldgefühle verursachten ihm Bauchschmerzen.

Mit Raffaeles Geld arbeiteten sie an der Lizenz. Sechs Monate lang verließ Domenico alle zwei Wochen Montepuccio und ritt auf einem Esel nach San Giocondo. Dort gab es ein Büro des *Monopolio di Stato**. Er brachte dem Vorsteher Schinken, *caciocavalli**, einige Flaschen *limoncello**. Unermüdlich ritt er hin und her. Das ganze Geld wurde für den Einkauf dieser Lebensmittel ausgegeben. Nach sechs Monaten erhielten sie die Genehmigung. Sie besaßen nichts mehr, nicht einen Pfennig in Reserve. Lediglich die Mauern eines leeren Raums und ein Stück Papier, das ihnen erlaubte, zu arbeiten. Es war nicht einmal mehr etwas übrig, um Tabak zu kaufen. Die ersten Zigarettenkisten erwarben sie auf Kredit. Domenico und Giuseppe brachten sie aus San Giocondo mit. Sie beluden den Esel, und auf dem Rückweg hatten sie zum ersten Mal in ihrem Leben das Gefühl, daß endlich etwas Neues beginnen würde. Bis dahin hatten sie alles nur über sich ergehen lassen, Entscheidungen waren ihnen aufgedrängt worden. Zum ersten Mal würden sie sich nun selbst durchschlagen, und diese glückliche Aussicht ließ sie erstrahlen.

Die Zigaretten stellten sie auf Kartons. Sie bauten Stapel aus Zigarettenstangen. Es sah aus wie ein Schmuggellager, kein Ladentisch, keine Kasse, nur die Ware direkt auf dem Boden. Ein Holzschild war das einzige, was verriet, daß der Laden offiziell zum Verkauf berechtigt war. Sie hatten *Tabaccheria Scorta Mascalzone Rivendita No. 1** darauf geschrieben und es über der Tür aufgehängt. Der erste Tabakladen in Montepuccio war geboren, und er gehörte ihnen. Von nun an sollten sie sich mit

Leib und Seele diesem schweißtreibenden Dasein verschreiben, das ihnen den Rücken beugen und sie in die Erschöpfung treiben würde, in ein Leben ohne Schlaf. Das Schicksal der Scorta sollte an diese Tabakkisten gebunden sein, die sie frühmorgens vom Esel hoben, bevor die Arbeiter auf die Felder gingen und die Fischer vom Meer kamen. Ihr ganzes Leben würde an diesen kleinen weißen Stäbchen hängen, welche die Männer fest in den Fingern hielten und die an den lauen Sommerabenden in der sanften Brise schrumpften. Ein Leben voll Schweiß und Rauch. Es begann hier. Endlich bot sich die Chance, dem Elend zu entgehen, zu dem ihr Vater sie verurteilt hatte. *Tabaccheria Scorta Mascalzone Rivendita No. 1.*

Neun Tage blieben wir auf Ellis Island. Wir warteten auf ein Schiff für die Rückfahrt. Neun Tage, Don Salvatore, betrachteten wir dieses uns verbotene Land. Neun Tage vor den Toren des Paradieses. Damals habe ich das erste Mal wieder an den Augenblick gedacht, als mein Vater nach seiner Beichte nach Hause zurückgekehrt und mir mit der Hand durch die Haare gefahren war. Mir schien, ich würde erneut eine Hand in meinen Haaren spüren, die gleiche wie damals, die meines Vaters, die des verfluchten Windes in den Hügeln Apuliens. Diese Hand rief mich zurück. Es war die harte Hand des Unglücks, die immer schon ganze Generationen zu einem elenden Bauerndasein verdammt hat. Sie lebten und starben unter der Sonne in einem Land, das seine Olivenbäume besser behandelt als die Menschen.

Wir gingen an Bord des Schiffes für die Rückfahrt, und diesmal war es ganz anders als in Neapel, wo ein Gewimmel und Stimmengewirr geherrscht hatte. Jetzt gingen wir langsamen Schrittes, als wären wir zum Tode verurteilt, und suchten uns still einen Platz. Der Abschaum der Erde bestieg das Schiff, die Leidenden Europas, die Ärmsten der Armen. Das Boot war voll entmutigter Trostlosigkeit, der Dampfer der Pechvögel, der Verdammten, die mit der nicht abzuschüttelnden Schmach einer Niederlage in die Heimat zurückkehrten. Der Dolmetscher hatte nicht gelogen, die Reise war kostenlos. Es hätte auch niemand das Geld für die Rückfahrt besessen. Wenn die Regierung vermeiden wollte, daß sich die Bettler auf Ellis Island stapelten, hatte sie keine andere Wahl, als die Rückfahrten selbst zu organisieren. Doch daher kam es auch überhaupt nicht in Frage, ein Schiff pro Land oder Zielhafen einzusetzen. Der Dampfer der Zurückgewiesenen überquerte den Atlantik und fuhr, nachdem er Europa erreicht hatte, langsam von einem der wichtigsten Häfen zum nächsten und entlud seine menschliche Fracht.

Diese Reise, Don Salvatore, zog sich endlos hin. Die Stunden vergingen auf diesem Schiff wie in einem Krankenhaus, im langsamen Rhythmus der Transfusionen. Man starb in den Schlafsälen, man litt an Krankheiten, Enttäuschung und Einsamkeit. Diesen von allem im Stich gelassenen Geschöpfen fiel es schwer, einen Grund zum Leben zu finden, an den sie sich klammern konnten. Oft ließen sie sich mit einem leisen Lächeln in den Tod hinübergleiten, im tiefsten Innern glücklich, diese Abfolge von Schicksalsschlägen und Erniedrigungen, aus denen ihr Leben bestanden hatte, zu beenden.

Seltsamerweise kam ich wieder zu Kräften. Das Fieber sank. Bald konnte ich von einem Ende des Decks zum anderen gehen. Ich eilte die Treppen hinauf und hinunter, marschierte durch die Gänge. Ich war überall, ging von einer Gruppe zur nächsten. Nach einigen Tagen kannten mich alle – egal welchen Alters oder welcher Muttersprache. Ich verbrachte meine Tage damit, ihnen kleine Dienste zu erweisen: Strümpfe stopfen, etwas Wasser für den alten Iren finden oder einen Käufer für eine kleine Silbermedaille, die eine Dänin gegen eine Decke eintauschen wollte. Ich kannte alle mit Namen oder mit Spitznamen. Ich wischte den Kranken die Stirn ab. Ich bereitete den Alten das Essen. Man nannte mich »die Kleine«. Ich bezog auch meine Brüder mit ein, gab ihnen Aufträge. Sie brachten die Kranken an schönen Tagen an Deck, verteilten in den Schlafsälen Wasser. Wir fungierten je nachdem als Boten, Kaufleute, Schwesternhelferinnen, Beichtväter. Und ganz langsam konnten wir unser eigenes Los verbessern. Wir verdienten ein paar Münzen, einige Vorrechte. Woher stammten diese Mittel? Meist von den Toten. Es gab zahlreiche Todesfälle. Es galt als unbestritten, daß die wenigen Hinterlassenschaften der Verstorbenen der Gemeinschaft zufielen. Es wäre auch schwierig gewesen, dies anders zu regeln. Die Unglücklichen kehrten in den meisten Fällen in ein Land zurück, in dem sie niemand mehr erwartete. Sie hatten ihre Angehörigen in Amerika gelassen oder in Ländern, in die sie keinen Fuß mehr zu setzen gedachten. Sollte man die wenigen in ihren Klamotten versteckten Münzen an eine Adresse schicken, die sie niemals erreichen würden? Die Beute wurde an Bord verteilt. Oft bediente sich die Besatzung zuerst. Und hier griffen wir ein. Wir legten es darauf an, daß die Mannschaft so spät wie möglich benachrichtigt wurde, und organisierten selbst die Aufteilung im Dunkel der Laderäume. Das waren lange Verhandlungen. Besaß der Verstorbene eine Familie an Bord, erhielten die Überlebenden alles, doch im anderen Fall – und dies war der häufigere – versuchten wir, gerecht zu teilen. Manchmal dauerte es Stunden, bis wir uns über eine Erbschaft von einem Paar Schuhen und drei Bindfäden geeinigt hatten. Wenn ich mich um einen Kranken kümmerte, dachte ich nie an seinen baldigen Tod und den Nutzen, den ich daraus ziehen könnte. Das schwöre ich Euch. Ich tat es, weil ich kämpfen wollte, und dies war die einzige Möglichkeit, die ich gefunden hatte.

Ich umsorgte besonders einen alten Polen, den ich gern mochte. Es ist mir nie gelungen, seinen Namen vollständig auszusprechen, Korniewski oder Korzeniewki ... Ich nannte ihn »Korni«. Klein und hager war er, und er muß so um die siebzig Jahre alt gewesen sein. Sein Körper verabschiedete sich langsam. Vor der Hinfahrt hatte man ihm abgeraten, sein Glück zu versuchen. Man hatte ihm erklärt, er wäre zu alt, zu schwach. Doch er hatte nicht aufgegeben. Er wollte das Land sehen, von dem alle Welt sprach. Seine Kräfte begannen ihn bald zu verlassen. Die Augen lachten noch, aber er magerte zusehends ab. Manchmal flüsterte er mir Worte ins Ohr, die ich nicht verstand, die mich aber zum Lachen brachten, weil diese Laute an alles erinnerten, nur nicht an eine Sprache.

Korni – er hat uns aus dem Elend gerettet, das an unserem Leben nagte. Er starb vor unserer Ankunft in England, in einer Nacht mit sanftem Wellengang. Als er den Augenblick des Abschieds nahen fühlte, rief er mich zu sich und gab mir ein kleines, verschnürtes Stoffpäckchen. Er sagte einen Satz, den ich nicht verstand, dann warf er den Kopf zurück aufs Kissen und begann, mit offenen Augen auf Lateinisch zu beten. Ich habe mit ihm gebetet bis zu dem Moment, als der Tod ihm seinen letzten Atemzug stahl.

In dem Stoffpäckchen befanden sich acht Goldstücke und ein kleines silbernes Kruzifix. Dieses Geld hat uns gerettet.

Bald nach dem Tod des alten Korni begann das Schiff mit seiner langsamen Fahrt durch die Häfen Europas. Es legte zunächst in London an, ging dann in Le Havre vor Anker, machte sich anschließend auf ins Mittelmeer, wo es in Barcelona Station machte, dann in Marseille und schließlich in Neapel. Bei jedem Zwischenstop leerte das Schiff seine dreckigen Passagiere aus und füllte sich mit Waren. Wir nutzten diese Etappen zum Handeln. In jeder Stadt blieb der Dampfer zwei oder drei Tage am Kai, bis die Ladung an Bord gebracht und die Mannschaft wieder nüchtern war. In den dazwischenliegenden wertvollen Stunden kauften wir einige Dinge wie Tee, Töpfe, Tabak. Wir wählten landestypische Waren und verkauften sie beim nächsten Halt wieder. Es war ein lächerlicher kleiner Handel mit geringfügigen Summen, doch wir wandten große Sorgfalt beim Horten unserer winzigen Schätze auf. Und bei unserer Ankunft in Neapel waren wir reicher als bei der Ab-

fahrt. Das ist es, was zählt, Don Salvatore, darauf bin ich stolz. Wir kehrten reicher zurück, als wir abgefahren waren. Ich hatte entdeckt, daß ich eine Gabe besaß, die Gabe des Handelns. Meine Brüder kamen aus dem Staunen nicht mehr heraus. Dieser kleine Schatz, aus Dreck und Geschick gewonnen, hat uns geholfen, bei der Rückkehr im dichten Gedränge Neapels nicht wie Vieh zu verenden.

5

Das Festessen

Es war später Abend. Carmela ließ das Eisengitter herunter, sie wollte nicht mehr gestört werden. »Sicher kommen noch einige letzte Kunden, doch mit ein wenig Glück«, sagte sie sich, »geben sie beim Anblick des halb heruntergelassenen Gitters auf.« Sie war jedenfalls entschlossen, nicht zu reagieren, egal ob sie riefen oder klopften. Sie hatte etwas zu erledigen und wollte nicht gestört werden. Sie ging hinter den Ladentisch, und nervös ergriffen ihre Hände die als Kasse dienende Holzkiste. »Eigentlich müßte es jetzt genug sein«, dachte sie und öffnete die Kiste. Ihre Finger tauchten in die große Menge kleiner zerknitterter Geldscheine und versuchten, sie zu ordnen, zu glätten, zu zählen. Mit der Leidenschaft der Armen tauchten sie hinein. Sorge lag in ihren Bewegungen. Sie wartete angstvoll auf das Urteil: War es genug? Normalerweise machte sie die Abrechnung erst zu Hause, ganz ohne Hast. Sie wußte recht gut, ob der Tag erfreulich gewesen war oder nicht, und empfand keine Eile, durch das genaue Zählen der Geldscheine bestätigt zu werden. Doch an diesem Abend war es anders. Ja, an diesem Abend stand sie im Halbdunkel des Ladens über ihre Kasse gebeugt wie ein Dieb über seiner Beute.

»Fünfzigtausend Lire«, murmelte sie schließlich, als ein kleiner Stapel geordneter Scheine vor ihr lag. Sie nahm das Bündel und schob es in einen Umschlag, dann packte sie den Rest des Kisteninhalts in ihr Stoffportemonnaie, in dem sie gewöhnlich ihre Tageseinnahmen aufbewahrte.

Erst jetzt schloß sie das Tabakgeschäft – mit schnellen und nervösen Handbewegungen wie eine Verschwörerin.

Sie schlug nicht den Weg nach Hause ein, sondern bog schnellen Schrittes in die Via dei Martiri ein. Es war zehn Minuten vor ein Uhr nachts. Die Straßen waren leer. Als sie den Kirchenvorplatz erreichte, stellte sie befriedigt fest, daß sie als erste da war. Sie wollte sich nicht auf eine der Bänke setzen. Kaum war sie ein wenig umhergegangen, näherte sich ein Mann. Carmela fühlte sich wie ein kleines Mädchen mitten im Wind. Er grüßte sie höflich mit einem Kopfnicken. Sie war nervös, wollte dieses Treffen nicht ausdehnen, denn sie fürchtete, daß man sie um diese unschickliche Uhrzeit sehen könnte und das Dorf anfinge zu klatschen. Sie zog den vorbereiteten Umschlag heraus und überreichte ihn ihrem Gegenüber.

»Das ist für Sie, Don Cardella. Wie abgemacht.«

Der Mann grinste und ließ den Umschlag in die Tasche seiner Leinenhose gleiten.

»Wollen Sie nicht nachzählen?« wunderte sich Carmela.

Der Mann grinste wieder – als Zeichen, daß er diese Art von Vorsichtsmaßnahmen nicht nötig hatte –, dann nickte er ihr noch einmal zu und ging.

Carmela blieb auf dem Vorplatz stehen. Das Ganze hatte nur einige Sekunden gedauert. Jetzt war sie allein, es war vorbei. Das Treffen hatte sie wochenlang verfolgt, die Zahlungsverpflichtung hatte sie ganze Nächte um den Schlaf gebracht, und jetzt war es vorbei, ohne daß dieser Augenblick im Abendwind oder Gemurmel der Straßen als etwas Besonderes gekennzeichnet worden wäre. Und doch fühlte sie, daß ihr Schicksal erneut eine Wendung genommen hatte.

Die Scorta hatten viel Geld geliehen, um ihr Tabakgeschäft zum Leben zu erwecken. Seit sie sich in dieses Abenteuer gestürzt hatten, mußten sie sich immer wieder verschulden. Carmela kümmerte sich um die Finanzen. Ohne es ihren Brüdern zu offenbaren, war sie in den Teufelskreis der Wucherer geraten. Die Geldverleiher in Montepuccio arbeiteten zu dieser Zeit nach einem einfachen Prinzip. Man einigte sich auf eine Summe, eine Zinsrate und ein Rückzahlungsdatum. Am vereinbarten Tag brachte man das Geld. Es gab weder Vertrag noch Zeugen, nur das gegebene Wort und den Glauben an den guten Willen und die Ehrbarkeit des Geschäftspartners. Unglück über den, der seine Schulden nicht ernst nahm. Die Familienfehden verliefen blutig und nahmen kein Ende.

Don Cardella war Carmelas letzter Gläubiger. Sie hatte sich einige Monate zuvor an ihn gewandt, um das Geld zurückzuzahlen, das sie beim Besitzer des Cafés auf dem Corso geliehen hatte. Don Cardella war ihre letzte Rettung gewesen. Er hatte ihr aus der Klemme geholfen, wofür er mehr als das Doppelte der geliehenen Summe zurückerhalten hatte, doch so lauteten die Regeln und Carmela wußte nichts dagegen vorzubringen.

Sie sah die Gestalt ihres letzten Gläubigers um die Ecke biegen und lächelte. Sie hätte johlen und tanzen mögen. Zum ersten Mal gehörte der Tabakladen ihnen, zum ersten Mal war er wirklich ihr Eigentum. Die Gefahr der Pfändung verschwand. Keine Hypotheken mehr. Ab heute würden sie nur noch für sich arbeiten, und jede gewonnene Lira würde eine Lira für die Scorta sein. »Wir haben keine Schulden mehr.« Sie wiederholte sich diesen Satz, bis sie von einer Art Schwindel ergriffen wurde. Als wäre sie frei, zum allerersten Mal.

Sie dachte an ihre Brüder. Sie hatten unzählige Stunden gearbeitet. Giuseppe und Domenico hatten sich um die Maurerarbeiten gekümmert. Sie hatten einen Ladentisch gebaut, den Boden erneuert, den Innenraum weiß gekalkt. Langsam, aber sicher, Jahr für Jahr ein Stückchen mehr, hatte der Laden Form angenommen. Er war zum Leben erwacht und erblüht, als nährte sich dieser kalte, aus alten Steinen erbaute Raum vom Schweiß der Männer. Je mehr sie arbeiteten, desto schöner wurde der Tabakladen. Die Menschen spüren das – ob es sich um einen Laden, ein Feld oder ein Boot handelt, ein unsichtbarer Faden verläuft zwischen dem Menschen und seinem Werkzeug, gesponnen aus Achtung und Haß. Man kümmert sich darum, man erweist ihm tausend kleine Aufmerksamkeiten, und in der Nacht verflucht man es. Es setzt dir zu, es zerbricht dich, es stiehlt deine Sonntage und dein Familienleben, doch um nichts in der Welt würde man sich davon trennen. Und so war es auch mit dem Tabakladen und den Scorta. Gleichermaßen verfluchten sie ihn und hielten ihn in Ehren, wie man etwas in Ehren hält, das einen ernährt, und etwas verflucht, was einen frühzeitig altern läßt.

Carmela dachte an ihre Brüder. Sie hatten ihre Zeit und ihren Schlaf gegeben. Und von dieser Schuld, wußte sie, konnte sie sich niemals befreien. Diese Schuld würde sie nie abtragen können.

Sie durfte sie noch nicht einmal an ihrem Glück teilhaben lassen, denn dann hätte sie von den Schulden sprechen müssen, von den Risiken, die sie eingegangen war, und das wollte sie nicht. Doch sie konnte es kaum erwarten, an ihrer Seite zu sein. Morgen würde sie alle sehen. Raffaele hatte eine merkwürdige Einladung ausgesprochen. Vor einer Woche war er vorbeigekommen, um den ganzen Klan – Frauen, Kinder, alle – nach Sanacore zu bitten. Er hatte keinen Grund genannt, doch am morgigen Sonntag würden sich alle dort einfinden. Sie schwor sich, noch aufmerksamer als bisher über ihre Angehörigen zu wachen. Sie würde jeden einzelnen beachten, sie alle mit ihrer Zuneigung umhüllen, sie alle, die ihr Zeit geschenkt hatten: ihre Brüder, ihre Schwägerinnen, all diejenigen, die für das Überleben des Tabakladens etwas von ihrer Kraft gegeben hatten.

Als sie vor ihrer Haustür ankam, trat sie, noch bevor sie zu ihrem Mann und den Kindern hineinging, in den kleinen höhlenartigen Raum, der an das Haus grenzte und ihnen als Stall diente. Der alte Esel stand hier in der warmen Luft des fensterlosen Ortes. Es war der Esel, den sie aus Neapel mitgebracht hatten und von dem sie sich nie hatten trennen wollen. Sie nutzten ihn zum Transport des Tabaks von San Giocondo nach Montepuccio. Der Alte lief unermüdlich. Er hatte sich bestens an den apulischen Himmel und sein neues Leben angepaßt, so sehr, daß die Scorta ihn sogar rauchen ließen. Das gute Tier liebte es, sehr zur Freude der Kinder im Dorf oder in San Giocondo, die ihm bei seiner Ankunft johlend das Geleit gaben: »*È arrivato l'asino fumatore! L'asino fumatore!*«* Der Esel rauchte tatsächlich, nicht die Zigaretten aus dem Tabakladen, dafür waren die Scorta mit jeder einzelnen ihrer Zigaretten zu geizig. Nein, unterwegs pflückten sie am Straßenrand lange trockene Gräser, rollten daraus ein fingerdickes Bündel und zündeten es an. Der Esel zog daran, während er weiterlief. Mit vollkommener Gelassenheit stieß er den Rauch aus den Nasenlöchern wieder aus. Wurde der Stengel kleiner und die Hitze zu groß, spuckte er die Kippe resolut zur Seite, was die Scorta immer zum Lachen brachte. Daher hatten sie ihren Esel »Muratti« getauft, den rauchenden Esel von Montepuccio.

Carmela klopfte dem Tier die Flanken und flüsterte ihm ins Ohr: »Danke, Muratti. Danke, *caro*. Auch du hast deinen Schweiß für uns gegeben.« Und der Esel überließ sich den Zärtlichkeiten sanft, als verstünde er, daß die Scorta ihre Freiheit feierten und daß die Arbeitstage von nun an nie wieder unter der drückenden Last der Knechtschaft stehen würden.

Als Carmela ins Haus ging und ihr Blick auf ihren Mann fiel, bemerkte sie sofort, daß er sich in einem Zustand ungewöhnlicher Erregung befand. Einen Augenblick lang glaubte sie, er hätte erfahren, daß sie Geld von Don Cardella ohne sein Einverständnis geliehen hatte, doch das war es nicht. Seine Augen leuchteten wie die eines entzückten Kindes und nicht im häßlichen Licht des Vorwurfs. Sie betrachtete ihn lächelnd und begriff, noch bevor er anfing zu reden, daß er sich für ein neues Projekt begeisterte.

Ihr Mann Antonio Manuzio war der Sohn Don Manuzios, Rechtsanwalt und Gemeinderat, einer der Honoratioren der Stadt, reich, an der Spitze hunderter Hektar Olivenbäume. Don Manuzio gehörte zu denen, die wiederholt die Plünderungen Rocco Scorta Mascalzones über sich hatten ergehen lassen müssen. Mehrere seiner Männer waren damals getötet worden. Als er erfuhr, daß sein Sohn die Tochter dieses Kriminellen heiraten wollte, stellte er ihn vor die Wahl: seine Familie oder diese »Hure«. Er hatte *puttana* gesagt, was aus seinem Mund ebenso schockierend war wie ein Tomatensaucenfleck auf einem weißen Hemd. Antonio wählte und heiratete Carmela, wodurch er sich von seiner Familie und einem zu erwartenden bürgerlichen Leben des Müßiggangs lossagte. Er heiratete Carmela ohne Hab und Gut, ohne einen einzigen Pfennig in der Tasche, mit nichts als seinem Namen.

»Was ist los?« erkundigte sich Carmela und gönnte Antonio damit die Freude, ihr zu erzählen, was ihm unter den Nägeln brannte. Antonios Gesicht leuchtete dankbar auf, und er rief:

»Miuccia, ich habe eine Idee! Ich habe den ganzen Tag darüber nachgedacht. Oder vielmehr, ich denke schon lange
daran, aber heute bin ich mir sicher, und ich habe eine Entscheidung getroffen. Deine Brüder haben mich indirekt darauf
gebracht . . .«

Carmelas Gesicht verdüsterte sich ein wenig. Sie mochte es
nicht, wenn Antonio von ihren Brüdern sprach. Sie hätte es
vorgezogen, wenn er öfter von ihren beiden Söhnen Elia und
Donato gesprochen hätte, doch das tat er nie.

»Was ist los?« fragte sie noch einmal, und ein Hauch von
Überdruß lag in ihrer Stimme.

»Wir brauchen Abwechslung«, verkündete Antonio.

Carmela antwortete nicht. Sie wußte jetzt, worauf ihr
Mann hinauswollte, nicht in allen Einzelheiten natürlich, aber
sie spürte, daß es sich um eine dieser Ideen handelte, die sie
nicht teilen konnte, und das machte sie traurig und mißmutig.
Sie hatte einen Mann mit dem Kopf voller windiger Ideen
geheiratet, dessen Augen blitzten, der jedoch wie ein Seiltän-
zer durchs Leben hüpfte. Das machte sie traurig und schlecht
gelaunt. Aber Antonio war jetzt in Fahrt und mußte alles
erklären.

»Wir brauchen Abwechslung, Miuccia«, wiederholte Antonio. »Schau deine Brüder an. Sie haben recht. Domenico hat
seine Bar. Peppe und Faelucc' haben den Fischfang. Man muß
an etwas anderes als an diese verfluchten Zigaretten denken.«

»Nur der Tabak paßt zu den Scorta«, sagte Carmela lako-
nisch.

Ihre drei Brüder waren verheiratet, und alle drei hatten mit
der Heirat ein neues Leben begonnen. Domenico hatte an
einem schönen Junitag im Jahre 1934 Maria Faratella gehei-
licht, die Tochter einer wohlhabenden Kaufmannsfamilie. Es
war keine Heirat aus Leidenschaft, aber sie verschaffte Dome-

nico einen Komfort, den er nie gekannt hatte. Gegenüber Maria empfand er daher eine Dankbarkeit, die an Liebe erinnerte. Maria schützte ihn vor der Armut. Die Faratellas lebten nicht im Luxus, doch sie besaßen – neben mehreren Olivenhainen – eine Bar auf dem Corso Garibaldi. Von da an teilte Domenico seine Zeit zwischen dem Tabakladen und der Bar, je nachdem, wo er mehr gebraucht wurde. Was Raffaele und Giuseppe anging, hatten sie Fischerstöchter geheiratet, was bedeutete, daß sie die meiste Zeit und einen Großteil ihrer Kraft auf dem Meer ließen. Ja, ihre Brüder hatten sich von dem Tabakwarengeschäft entfernt, doch so war das Leben, und daß Antonio diese Wechselfälle des Schicksals mit dem Wort »Abwechslung« belegte, ärgerte Carmela. Es erschien ihr falsch und beinahe anrüchig.

»Der Tabakladen ist unser Unglück«, nahm Antonio den Faden wieder auf, während Carmela schwieg. »Oder er wird es werden, wenn wir nicht etwas anderes versuchen. Du hast getan, was du tun mußtest, und du hast es besser getan als jeder andere, aber wir müssen jetzt daran denken, uns weiterzuentwickeln. Mit deinen Zigaretten verdienst du Geld, aber du wirst nie das besitzen, was wirklich zählt: die Macht.«

»Was schlägst du vor?«

»Ich werde als Bürgermeister kandidieren.«

Carmela konnte ein Auflachen nicht unterdrücken.

»Und wer wird dich wählen? Du besitzt noch nicht einmal die Unterstützung deiner Familie. Domenico, Faelucc' und Peppe, das sind alle. Du kannst auf drei Stimmen zählen, mehr nicht.«

»Ich weiß«, meinte Antonio verletzt wie ein kleines Kind, doch er war sich der Richtigkeit der Bemerkung durchaus bewußt. »Ich muß mich beweisen. Ich habe darüber nachgedacht.

Diese Dummköpfe hier in Montepuccio wissen nichts über Politik und erkennen den Wert eines Mannes nicht. Ich muß ihre Achtung verdienen, deshalb werde ich fortgehen.«

»Wohin?« wunderte sich Carmela über soviel Entschlossenheit bei ihrem großen Jungen von Ehemann.

»Nach Spanien«, versetzte er. »Der Duce braucht gute Italiener, die bereit sind, ihre Jugend zu geben, um die Roten zu zermalmen. Ich werde einer von ihnen sein. Und wenn ich mit Orden übersät zurückkomme, werden sie in mir den Mann erkennen, den sie als Bürgermeister brauchen, glaub mir.«

Carmela schwieg einen Augenblick. Sie hatte noch nie von diesem Krieg in Spanien gehört, auch nichts von den Plänen des Duce für diesen Teil der Welt. Etwas in ihr – eine tiefe Vorahnung – sagte, daß der Platz der Männer in der Familie nicht dort war. Der wahre Kampf der Scorta fand hier statt, in Montepuccio, und nicht in Spanien. An diesem Tag im Jahr 1936 brauchten sie den gesamten Familienklan, wie an jedem anderen Tag des Jahres auch. Der Duce und sein Krieg in Spanien konnten ruhig andere Männer rufen. Sie sah ihren Mann lange an und wiederholte mit leiser Stimme:

»Nur der Tabak paßt zu den Scorta.«

Doch Antonio hörte nicht zu, oder vielmehr: er hatte seine Entscheidung getroffen, und in seinen Kinderaugen blitzten schon die Träume von fernen Ländern.

»Zu den Scorta vielleicht«, sagte er. »Aber ich bin ein Manuzio, und du auch, seit ich dich geheiratet habe.«

Antonio Manuzio hatte sich entschieden, er wollte nach Spanien gehen und an der Seite der Faschisten kämpfen, seine politische Ausbildung vervollkommnen und sich in dieses neue Abenteuer stürzen.

Er redete immer weiter und erklärte bis spät in die Nacht, warum diese Idee so wundervoll war, und wie er bei seiner Rückkehr zwangsläufig von der Aura des Helden profitieren würde. Carmela hörte ihm nicht zu. Wie ein großes Kind sprach er noch immer vom faschistischen Ruhm, während sie in den Schlaf sank.

Am nächsten Morgen erwachte sie voller Panik. Es gab tausend Dinge zu tun: in die Kleider schlüpfen, die Kinder anziehen, die Haare zum Knoten aufstecken, überprüfen, ob das von Antonio ausgesuchte weiße Hemd auch gut gebügelt war, Elias und Donatos Haare mit Pomade bändigen, sie parfümieren, damit sie schön und wie aus dem Ei gepellt aussahen. Den Fächer nicht vergessen – denn es war ein heißer Tag, und sicher wäre die Luft bald zum Ersticken. Sie war so aufgeregt, als handelte es sich um die Kommunion ihrer Söhne oder ihre eigene Hochzeit. Es gab so vieles zu erledigen. Nichts vergessen. Und versuchen, nicht zu spät zu kommen. Sie rannte von einem Zimmer ins andere, mit einer Bürste in der Hand, einer Nadel zwischen den Zähnen, suchte ihre Schuhe und verfluchte ihr Kleid, das eingelaufen sein mußte und das sie nur mit Mühe zuknöpfen konnte.

Endlich war die Familie bereit, sie konnten aufbrechen. Antonio fragte zum wiederholten Male, wo sie sich trafen, und Carmela sagte noch einmal: »Sanacore.« »Aber wo bringt er uns hin?« beunruhigte sich Antonio. »Ich weiß es nicht«, antwortete Carmela, »es ist eine Überraschung.« Sie gingen los, verließen den oberen Teil Montepuccios und folgten der Küstenstraße bis zum angegebenen Ort. Dort schlugen sie einen kleinen Schmugglerpfad ein, der sie zu einer Art Erdwall über dem Meer führte. Einen Moment blieben sie unschlüssig stehen und wußten nicht weiter, doch dann entdeckten sie eine Holztafel mit der Aufschrift *Trabucco Scorta*, die zu einer Treppe wies. Nach einem schier endlosen Abstieg erreichten sie eine große, sich an die Felsen klammernde Holzplattform, die über den Wellen thronte. Sie standen vor einem der an der ganzen Küste Apuliens verteilten *trabucchi*, dieser wie große Holzskelette aussehenden Fischerplattformen. Ein Haufen von der Zeit gebleichter Planken, die sich an den Felsen klammern und aussehen, als könnten sie keinem Unwetter standhalten. Und doch sind sie da, schon immer. Ihr langer Mast ragt über dem Wasser auf, widersteht Wind und Wellen. Früher nutzte man sie zum Fischen, wenn man nicht hinausfahren wollte. Doch die Menschen haben sie aufgegeben, und sie sind nur noch seltsame Wachposten, die im Wind knarrend die Fluten festhalten. Man glaubt sie aus allen möglichen Dingen zusammengeflickt, und doch widerstehen diese unsicheren Brettertürme allem. Auf der Plattform liegt ein unentwirrbarer Haufen von Seilen, Kurbeln und Rollen. Wenn die Männer an der Arbeit sind, knackt und zieht alles. Der *trabucco* holt seine Netze langsam und majestätisch hoch, wie ein großer hagerer Mann, der seine Hände ins Wasser taucht und sie langsam wieder herauszieht, als würde er alle Schätze des Meeres festhalten.

Dieser *trabucco* gehörte der Familie von Raffaeles Frau, das wußten die Scorta. Doch bis heute hatte es sich nur um eine verlassene Konstruktion gehandelt, die niemand mehr benutzte, ein Haufen Bretter und halbverfallener Masten. Vor einigen Monaten hatte Raffaele sich an die Instandsetzung des *trabucco* gemacht. Er arbeitete abends nach seinem Tag auf dem Meer, oder an Sturmtagen. Immer heimlich. Er war ständig beschäftigt gewesen, und um in manchen Momenten angesichts des Ausmaßes der Aufgabe nicht den Mut zu verlieren, hatte er an die Überraschung gedacht, die er Domenico, Giuseppe und Carmela bereiten würde, wenn sie diesen Ort, ganz neu und nutzbar, entdecken würden.

Die Scorta kamen aus dem Staunen nicht heraus. Dieser Holz-
haufen verströmte nicht nur ein seltsames Gefühl der Unver-
wüstlichkeit, es war vielmehr alles auch geschmackvoll und
schön eingerichtet. Ihre Überraschung wuchs noch, als sie beim
Näherkommen mitten zwischen Seilen und Netzen einen riesigen Tisch entdeckten, auf dem eine schöne weiße bestickte
Tischdecke lag. Aus einer Ecke des *trabucco* stieg der Duft von
gegrilltem Fisch und Lorbeer auf. Raffaele steckte seinen Kopf
hinter einer kleinen Nische hervor, wo er einen Holzofen und
einen Grill eingebaut hatte. Mit einem breiten Grinsen auf
dem Gesicht rief er: »Setzt euch! Herzlich Willkommen auf
dem *trabucco*! Setzt euch!« Und während sie ihn umarmten,
stellten sie Fragen, doch er lachte nur verschwörerisch. »Aber
wann hast du diesen Ofen gebaut?« »Wo hast du diesen Tisch
aufgetrieben?« »Du hättest uns sagen sollen, daß wir etwas mit-
bringen ...« Raffaele lächelte und meinte nur: »Setzt euch,
kümmert euch um nichts, setzt euch.«

Carmela und ihre Familie waren die ersten, doch kaum saßen
sie am Tisch, als von der kleinen Treppe her laute Rufe er-
tönten. Domenico und seine Frau kamen mit ihren beiden
Töchtern, gefolgt von Giuseppe, seiner Frau und dem kleinen
Vittorio. Jetzt waren sie vollzählig. Man umarmte sich, die
Frauen machten sich gegenseitig Komplimente über die Ele-
ganz ihrer Garderobe, die Männer tauschten Zigaretten und
warfen ihre Nichten und Neffen in die Luft, die in den Armen
der Großen vor Freude johlten. Carmela setzte sich einen
Moment abseits, um die kleine versammelte Gemeinschaft zu
betrachten. All ihre Lieben waren da, strahlten im Licht dieses Sonntags, wo die Kleider der Frauen das leuchtende Weiß
der Männerhemden streichelten. Das Meer lag sanft und glücklich da. Ein seltenes Lächeln huschte über ihr Gesicht, ein Lächeln voll des Vertrauens in das Leben. Ihr Blick glitt über jeden

einzelnen von ihnen. Giuseppe und seine Frau Mattea, eine Fischerstochter, die in ihrem Wortschatz das Wort »Frau« durch »Hure« ersetzt hatte; was nicht selten dazu führte, daß man hörte, wie sie auf der Straße eine Freundin mit »*Ciao puttana!*« begrüßte, was die Passanten zum Lachen brachte. Carmelas Augen betrachteten voll Wärme die Kinder: Lucrezia und Nicoletta, die beiden Mädchen von Domenico, die mit schönen weißen Kleidern ausstaffiert waren; Vittorio, Giuseppes und Matteas Sohn, dem seine Mutter beim Stillen zuflüsterte: »Trink, Blödmann, trink, ist alles für dich«; und Michele, der letzte des Familienclans, der in seinen Windeln schrie und den sich die Frauen abwechselnd zureichten. Sie betrachtete sie und sagte sich, daß sie alle würden glücklich sein können, einfach glücklich.

Raffaeles Stimme riß sie aus ihren Gedanken, er rief: »Zu Tisch! Zu Tisch!« So stand sie auf und tat, was sie sich vorgenommen hatte: sich um ihre Angehörigen kümmern, mit ihnen lachen, sie umarmen, bei ihnen sein; für jeden da sein, nacheinander, voller Anmut und Glück.

Sie saßen um den Tisch und schauten sich einen Moment lang an, überrascht, wie sehr der Klan gewachsen war. Raffaele strahlte vor Glück und Vorfreude auf die Leckereien. Er hatte diesen Moment herbeigesehnt. Alle, die er liebte, waren hier bei ihm versammelt, auf seinem *trabucco*. Er rannte von einer Ecke in die andere, vom Ofen in die Küche, von den Fischernetzen zum Tisch, ohne Unterlaß, damit alle bedient wurden und es an nichts fehlte.

Dieser Tag grub sich tief in die Erinnerung der Scorta, denn für alle, Erwachsene wie Kinder, war es das erste Mal, daß sie so zusammen aßen. Onkel Faelucc' hatte sich mächtig ins Zeug gelegt. Als Antipasti stellten Raffaele und Giuseppina ein Dutzend verschiedene Speisen auf den Tisch. Es gab Miesmuscheln, daumengroß und gefüllt mit einer Mischung aus Ei, Brotkrume und Käse; marinierte Sardellen, deren festes Fleisch doch auf der Zunge zerging; Krakenspitzen; Tomaten-Chicoree-Salat; einige hauchzarte Scheiben gegrillte Aubergine; frittierte Sardellen. Man gab die Platten vom einen Ende des Tisches zum anderen. Jeder pickte sich etwas heraus mit dem glücklichen Gedanken, nicht wählen zu müssen, sondern von allem probieren zu können.

Als die Teller leer waren, brachte Raffaele zwei riesige dampfende Schüsseln. In einer befanden sich die traditionellen Nudeln der Region: mit Tintenfischtinte gefärbte *troccoli*, in der anderen einen Risotto mit Meeresfrüchten. Die Gerichte wurden mit einem allgemeinen Hurra aufgenommen, was die Köchin erröten ließ. In diesem Moment ist der Appetit geweckt, und man glaubt, tagelang essen zu können. Auch fünf Flaschen des landestypischen Weines stellte Raffaele auf den Tisch, einen rauhen Rotwein, dunkel wie das Blut Christi. Die Hitze hatte jetzt ihren Höhepunkt erreicht. Zum Schutz vor der Sonne saßen die Gäste unter einem Strohgeflecht, doch an der brennenden Luft war zu spüren, daß selbst die Eidechsen schwitzen mußten.

Die Gespräche entwickelten sich beim Geklapper von Tellern und Besteck – nur hin und wieder unterbrochen von der Frage eines Kindes oder einem umgestoßenen Glas Wein. Man sprach über alles und nichts. Giuseppina erzählte, wie sie die Nudeln und den Risotto zubereitet hatte, als stellte das Sprechen über das Essen während des Mahls ein noch größeres Vergnügen dar. Man unterhielt sich, man lachte. Jeder achtete darauf, daß der Teller seines Nachbarn immer gefüllt blieb.

Als die großen Schüsseln leer waren, fühlten sich alle satt und zufrieden, hatten die Bäuche voll. Doch Raffaele hatte sein letztes Wort noch nicht gesprochen. Er trug fünf riesige Platten mit den verschiedensten, am Morgen frisch gefangenen Fischen auf: Seebarsche, Goldbrassen, eine bis oben hin gefüllte Schüssel mit *calamari fritti*, über dem Holzfeuer gegrillte, dicke rosige Garnelen, sogar einige Hummer. Beim Anblick der Platten schworen die Frauen, sie nicht anzurühren. Es wäre zuviel, sie würden sterben. Doch man mußte Raffaele und Giuseppina die Ehre erweisen, und nicht nur ihnen, auch dem Leben selbst, das ihnen dieses Festessen schenkte, welches sie niemals vergessen sollten. Im Süden ißt man mit einer Art besessenen Leidenschaft und Gier, solange man kann, als stünde das Schlimmste zu befürchten, als wäre es das letzte Mal. Man muß essen, solange es zu essen gibt. Es ist wie eine Art panischer Instinkt. Und sei's drum, wenn einem danach schlecht wird. Man muß essen – freudig und maßlos.

Der Fisch ging herum, und es wurde begeistert probiert. Man aß nicht mehr für den Magen, sondern für den Gaumen. Doch obwohl der Appetit groß war, gelang es ihnen nicht, die *calamari fritti* aufzuessen. Und dieser Umstand erfüllte Raffaele mit einem schwindelartigen Wohlbefinden. Bei Tisch muß etwas übrig bleiben, sonst hatten die Gäste nicht genug. Nach dem Essen wandte Raffaele sich an seinen Bruder Giuseppe und klopfte ihm fragend auf den Bauch: »*Pancia piena?*« Und alle lachten, öffneten ihren Gürtel oder holten ihren Fächer hervor. Es war nicht mehr ganz so heiß, doch die satten Körper begannen ob all der verabreichten Nahrung und des fröhlichen Kauens zu schwitzen. Jetzt stellte Raffaele Kaffee und drei Flaschen mit Verdauungsschnäpsen für die Männer auf den Tisch: einen Grappa, einen *limoncello* und einen Lorbeerschnaps. Als sich alle eingegossen hatten, sprach er:

»Wie ihr wißt, nennt uns das ganze Dorf ›die Schweigsamen‹. Man sagt, daß wir die Kinder der Stummen seien und daß unser

Mund uns zu nichts anderem als zum Essen diene, nie zum Sprechen. Sehr schön, seien wir stolz darauf. Wenn dies Neugierige fernhält und solche Hornochsen wie sie in Wut versetzt, sollen sie uns ›die Schweigsamen‹ nennen. Doch das Schweigen soll ihnen gelten, nicht uns. Ich habe nicht alles erlebt, was ihr erlebt habt. Wahrscheinlich werde ich in Montepuccio krepieren, ohne jemals etwas anderes von der Welt gesehen zu haben als die vertrockneten Hügel dieses Landes. Doch ihr seid auch hier, und ihr wißt einiges mehr als ich. Versprecht mir, mit meinen Kindern zu sprechen, ihnen zu erzählen, was ihr gesehen habt. Damit das, was ihr auf eurer Reise nach New York an Erfahrungen gesammelt habt, nicht mit euch untergeht. Versprecht mir, daß jeder von euch meinen Kindern eine Sache erzählen wird, etwas, was er gelernt hat, eine Erinnerung, ein Wissen. Laßt uns das gegenseitig tun, von Onkeln zu Neffen, von Tanten zu Nichten. Ein Geheimnis, das ihr euch bewahrt habt und das ihr niemand anderem erzählt. Wenn nicht, werden unsere Kinder wie die anderen Einwohner von Montepuccio sein, unwissend, was in der Welt vorgeht, nur die Stille und Hitze der Hügel kennend.«

Die Scorta stimmten zu. Ja, so sollte es sein. Jeder sollte wenigstens einmal in seinem Leben sprechen, mit einer Nichte oder einem Neffen. Um ihm zu sagen, was er wußte, bevor er dahinging. Einmal im Leben sprechen, um einen Rat zu geben, etwas Wissen weiterzugeben. Reden. Um nicht nur wie die Tiere zu sein, die unter dieser lautlosen Sonne leben und vergehen.

Das Mahl war beendet. Vier Stunden, nachdem sie sich zu Tisch gesetzt hatten, lehnten sich die Männer in ihren Stühlen zurück, die Kinder gingen in den Seilen spielen, und die Frauen begannen, das Geschirr abzuräumen.

Alle waren jetzt erschöpft wie nach einer Schlacht, erschöpft und glücklich, denn die heutige Schlacht hatten sie gewonnen. Sie hatten sich gemeinsam an einem Stück Leben erfreut. Sie hatten sich der Härte des Alltags entzogen. Das Festessen blieb in der Erinnerung als das große Bankett der Scorta haften. Es war das einzige Mal, daß der Klan vollzählig versammelt war. Hätten die Scorta einen Photoapparat besessen, diesen gemeinsamen Nachmittag hätten sie für die Ewigkeit festgehalten. Alle waren da, Eltern und Kinder. Die Familie befand sich auf ihrem Höhepunkt. Und nichts hätte sich jemals ändern dürfen.

Doch es sollte nicht lange dauern, bis die Dinge zu verwelken begannen. Der Boden unter ihren Füßen bekam Risse, und die pastellfarbenen Kleider der Frauen färbten sich dunkel mit der häßlichen Farbe der Trauer. Antonio Manuzio sollte nach Spanien gehen und dort schwer verwundet sterben – ohne Ruhm und ohne Auszeichnung –, was Carmela mit ihren zwei Söhnen als Witwe zurückließ. Dies würde der erste Schleier über dem Familienglück sein. Domenico, Giuseppe und Raffaele sollten sich entscheiden, das Tabakgeschäft ihrer Schwester zu überlassen, die nichts anderes besaß und zwei hungrige Mäuler zu stopfen hatte. Damit Elia und Donato nicht bei Null anfangen mußten und nicht das gleiche Elend erlebten wie ihre Onkel.

Das Unglück sollte Risse durch das volle Leben dieser Männer und Frauen ziehen, doch daran dachte im Augenblick noch niemand. Antonio Manuzio goß sich noch einen Grappa ein. Sie fühlten sich vollkommen glücklich unter dem großzügigen Blick Raffaeles, in dem der Anblick seiner Geschwister, wie sie sich die Fische schmecken ließen, die er selbst gegrillt hatte, Freudentränen hervorrief.

Am Ende des Mahls hatten sie sich den Bauch vollgeschla-

134

gen, die Finger waren schmierig, die Hemden bekleckert und die Stirn in Schweiß gebadet, doch sie waren selig. In großem Bedauern verließen sie den *trabucco* und kehrten in ihr Leben zurück.

Noch lange war der heiße und intensive Geruch gegrillten Lorbeers für sie eins mit dem Geruch des Glücks.

Versteht Ihr jetzt, warum ich gestern gezittert habe, als ich Kornis Namen vergessen hatte? Wenn ich diesen Mann vergesse, und sei es nur eine Sekunde lang, dann gerät alles ins Wanken. Ich habe noch nicht alles erzählt, Don Salvatore. Doch laßt mir ein wenig Zeit. Raucht, raucht in Ruhe.

Bei unserer Ankunft in Montepuccio ließ ich meine Brüder schwören, daß wir niemals von unserem New Yorker Mißerfolg sprechen würden. Raffaele weihten wir an dem Abend ein, als wir die Stumme begruben, denn er hatte uns gebeten, von unserer Reise zu erzählen, und keiner von uns wollte ihn belügen. Er war einer von uns, er hat mit den anderen geschworen. Und sie haben alle Wort gehalten. Ich wollte, daß niemand Bescheid weiß. Für ganz Montepuccio sind wir nach New York gegangen und haben einige Monate dort gelebt, lange genug, um ein bißchen Geld zu verdienen. Wenn uns jemand fragte, warum wir so schnell zurückgekehrt waren, antworteten wir, daß es sich nicht gehörte, unsere Mutter allein hier zurückzulassen, daß wir nichts von ihrem Tod hatten wissen können. Das genügte, die Leute fragten nicht weiter. Ich wollte nicht, daß die Leute Bescheid wußten, daß die Scorta dort drüben abgelehnt worden waren. Es zählt nur das, was man über dich sagt, die Geschichte, die man jemandem zuschreibt. Ich wollte, daß man die Scorta mit New York verbindet, daß wir keine Familie von Geistesgestörten oder Notleidenden mehr waren. Ich kenne die Leute hier. Sie hätten vom Unglück gesprochen, das an uns klebte. Sie hätten Roccos Fluch erwähnt. Und davon befreit man sich nicht. Wir kehrten reicher zurück, als wir weggegangen waren.

Nur das zählt. Meinen Söhnen habe ich es nie erzählt. Keines unserer Kinder weiß Bescheid. Ich habe es meine Brüder schwören lassen, und sie haben Wort gehalten. Alle mußten an New York glauben können. Wir sind sogar noch weitergegangen, wir haben über die Stadt und unser Leben dort erzählt, bis ins Detail. Das konnten wir, weil der alte Korni es uns erzählt hatte. Auf der Rückreise fand er einen Mann, der italienisch sprach, und er bat ihn, uns die Briefe seines Bruders zu übersetzen. Nächtelang haben wir ihm zugehört. An einige von ihnen kann ich mich noch erinnern. Der Bruder des alten Korni sprach über sein Leben, sein Viertel. Er beschrieb die Straßen, die Leute in seinem Haus. Korni hat uns diese Briefe hören lassen, und das bedeutete keine zusätzliche Qual für uns. Er öffnete uns damit die Pforten der Stadt. Wir gingen dort spazieren, richteten uns in Gedanken ein. Dank der Briefe des alten Korni konnte ich meinen Söhnen von New York erzählen. Giuseppe und Domenico haben es genauso gehalten. Aus diesem Grund, Don Salvatore, habe ich Euch das Votivbild »Neapel–New York« mitgebracht. Ich bitte Euch, es im Kirchenschiff aufzuhängen. Eine Fahrkarte nach New York. Ich möchte, daß sie in der Kirche von Montepuccio hängt und daß die Kerzen für den alten Korni brennen. Es ist eine Lüge, aber Ihr versteht, nicht wahr, daß es doch keine ist? Ihr werdet es tun. Ich will, daß Montepuccio weiterhin glaubt, daß wir dorthin gegangen sind. Wenn Anna das richtige Alter erreicht hat, hängt es ab und gebt es ihr. Sie wird Fragen stellen. Ihr werdet ihr antworten. Doch so lange sollen die Augen der Scorta im Glanz der großen gläsernen Stadt erstrahlen.

6

Die Sonnenverzehrer

An einem Augustmorgen des Jahres 1946 ritt ein Mann auf einem Esel in Montepuccio ein. Er hatte eine lange gerade Nase und kleine schwarze Augen. Sein Gesicht entbehrte nicht einer gewissen Würde. Er war jung, vielleicht fünfundzwanzig Jahre alt, doch seine langen hageren Züge verliehen ihm eine Strenge, die ihn älter erscheinen ließ. Die Greise unter den Dorfbewohnern fühlten sich an Luciano Mascalzone erinnert. Der Fremde bewegte sich mit dem gleichen langsamen und schicksalsschweren Schritt vorwärts. Vielleicht war es einer seiner Nachkommen. Doch er ritt direkt zur Kirche, und noch bevor er seine Taschen ausgepackt, seinem Reittier zu fressen gegeben oder sich gewaschen hatte, ja sogar bevor er nur ein wenig Wasser getrunken und sich gestreckt hatte, läutete er zur allgemeinen Verblüffung alle Glocken. Montepuccio hatte einen neuen Pfarrer: Don Salvatore, der schon bald »der Kalabrier« genannt wurde.

Noch am Tag seiner Ankunft hielt Don Salvatore die Messe vor drei alten Frauen, die von der Neugier in die Kirche getrieben worden waren. Sie wollten sehen, aus welchem Holz der Neue geschnitzt wäre. Es verschlug ihnen schlicht die Sprache, und sie streuten das Gerücht, der junge Mann hätte eine unerhört kraftvolle Predigt gehalten. Das weckte die Neugier der Bewohner Montepuccios. Am nächsten Tag kamen fünf Leute mehr, und so ging es weiter bis zum ersten Sonntag. An dem Tag war die Kirche voll. Die Familien hatten sich vollzählig eingefunden. Alle wollten sehen, ob der neue Pfarrer der passende Mann wäre oder ob man ihm das gleiche Schicksal wie seinem

Vorgänger angedeihen lassen müßte. Don Salvatore wirkte keineswegs eingeschüchtert. Als es Zeit für die Predigt war, ergriff er energisch das Wort:

»Ihr nennt euch Christen«, begann er, »und ihr sucht Trost bei unserem Herrn, weil ihr ihn als gütig und gerecht in allen Dingen kennt, doch ihr betretet Sein Haus mit schmutzigen Füßen und schlechtem Atem. Ich spreche nicht von euren Seelen, die so schwarz sind wie die Tinte des Tintenfischs. Fischer. Ihr seid als Fischer geboren, wie wir alle, doch ihr gefallt euch in diesem Zustand, wie das Schwein sich im Schlamm gefällt. Auf den Bänken dieser Kirche lag eine dicke Staubschicht, als ich vor einigen Tagen hereinkam. Was ist das für ein Dorf, das zuläßt, daß sich die Heimstatt unseres Herrn mit Staub überzieht? Wofür haltet ihr euch, daß ihr unserem Herrn so den Rücken zuwendet? Und kommt mir nicht mit eurer Armut. Kommt mir nicht mit der Notwendigkeit, Tag und Nacht zu arbeiten, mit der wenigen Zeit, die nach den Feldern noch bleibt. Ich stamme aus einem Landstrich, wo eure Felder als Garten Eden angesehen würden. Ich stamme aus einem Landstrich, wo der Ärmste von euch wie ein Prinz behandelt würde. Nein, gebt es doch zu, ihr seid vom Weg abgekommen. Ich kenne eure bäuerlichen Rituale. Ich errate sie, wenn ich eure Fratzen anschaue. Eure Teufelsaustreibungen, eure Holzgötzen. Ich kenne euer schändliches Verhalten gegen den Allmächtigen, eure weltlichen Riten. Gebt es zu und bereut, ihr Haufen Pfeifenköpfe. Die Kirche kann euch Vergebung erweisen und aus euch das machen, was ihr niemals gewesen seid: anständige und ehrliche Christen. Die Kirche kann es, denn sie ist gut zu ihren Kindern, doch der Weg dahin führt über mich, und ich bin gekommen, um euch das Leben unerträglich zu machen. Verbleibt ihr in eurer Schande, flieht ihr weiterhin die Kirche und achtet ihren Priester nicht, frönt ihr weiterhin dem Brauchtum von Wilden, dann hört, was geschehen wird, und zweifelt nicht daran: Der Himmel wird sich bedecken, und mitten im Sommer wird es dreißig Tage und dreißig Nächte regnen. Die Fische werden eure Netze meiden. Die Olivenbäume werden nur an den Wurzeln wachsen. Die Esel werden blinde Katzen gebären. Und bald wird von Montepuccio nichts mehr bleiben, denn das wird der Wille Gottes sein. Betet um Gnade. Amen.«

Die Gemeinde war verblüfft. Anfangs hörte man noch ein Murren. Es wurde leise protestiert. Doch nach und nach kehrte Ruhe ein, eine faszinierte und bewundernde Ruhe. Beim Hinausgehen war man sich in seinem Urteil einig: »Der hat Charakter, nicht zu vergleichen mit diesem Mailänder Grünschnabel.«

Don Salvatore war akzeptiert worden. Man mochte seine feierliche Würde. Er besaß die Rauheit der südlichen Länder und den dunklen Blick von Männern ohne Angst.

Einige Monate nach seiner Ankunft mußte Don Salvatore seine erste Feuerprobe bestehen: die Vorbereitung des Patronatsfestes zu Ehren des Heiligen Elia. Eine Woche lang schlief er nicht mehr. Am Vorabend der Feierlichkeiten eilte er noch mit gerunzelter Stirn hin und her. Die Straßen zeigten sich in festlichem Kleid. Man hatte Lampions und Girlanden aufgehängt. Am Morgen, beim ersten Hahnenschrei, hatten Kanonenschüsse die Hausmauern erzittern lassen. Alles war bereit, die Aufregung stieg. Die Kinder traten von einem Fuß auf den anderen. Die Frauen bereiteten schon das Festessen für die folgenden Tage vor. Im Küchendampf frittierten sie eine nach der anderen die Auberginenscheiben für die *parmigiana*. Die Kirche war geschmückt worden. Die Holzstatuen der Heiligen waren herausgebracht und der Gemeinde präsentiert worden: Sant'Elia, San Rocco und San Michele. Wie es der Brauch verlangte, waren sie über und über mit Schmuck bedeckt: Ketten und Medaillen aus Gold, Opfergaben, die im Kerzenschein leuchteten.

Um elf Uhr abends, als ganz Montepuccio auf dem Corso versammelt war und sich friedlich an Erfrischungsgetränken oder Eis labte, ertönte plötzlich ein wildes Heulen, und Don Salvatore erschien, leichenblaß, mit verdrehten Augen und weißen Lippen, als hätte er den Teufel gesehen, einer Ohnmacht nahe. Wie ein verletztes Tier schrie er: »Man hat die Medaillen von San Michele gestohlen!«, und mit einem Mal herrschte Stille im ganzen Dorf. Sie dauerte an, bis jeder die Worte des Pfarrers wirklich begriffen hatte. Die Medaillen von San Michele, gestohlen, hier in Montepuccio. Das war unmöglich.

Also verwandelte sich die Stille plötzlich in dumpfes, wütendes Lärmen, und alle Männer erhoben sich. Wer? Wer hatte ein derartiges Verbrechen begehen können? Wer nur? Das war eine Beleidigung für das ganze Dorf. So etwas hatte es seit Menschengedenken nicht gegeben. San Michele zu bestehlen! Am Vorabend des Festes! Das würde Unglück für ganz Montepuccio bedeuten. Eine Gruppe von Männern kehrte in die Kirche zurück, stellte den Betenden Fragen. Hatten sie einen Fremden in der Nähe herumstromern sehen? Gab es etwas Auffälliges? Man suchte überall. Man überprüfte, ob die Medaillen nicht von der Statue heruntergefallen waren. Nichts. Niemand hatte etwas gesehen. Don Salvatore hörte nicht auf zu wiederholen: »Ein Fluch! Unheil! Dieses Dorf ist eine Ansammlung von Kriminellen!« Er wollte alles absagen, die Prozession, die Messe, alles.

Bei Carmela zu Hause herrschte die gleiche Bestürzung wie überall. Giuseppe war zum Essen gekommen. Während der ganzen Mahlzeit rutschte Elia auf seinem Stuhl herum. Als seine Mutter schließlich die Teller abräumte, rief er aus:

»Aber habt ihr gesehen, was Don Salvatore für ein Gesicht gemacht hat?!«

Und er begann zu lachen, ein gewisses Lachen, das seine Mutter erbleichen ließ. Sie verstand sofort.

»Du, Elia? Du warst das?« fragte sie mit zitternder Stimme.

Und der Junge lachte aus vollem Halse, dieses irre Lachen, das die Scorta so gut kannten. Ja, er war es gewesen. Was für ein Spaß! Das Gesicht von Don Salvatore. Und das ganze Dorf in Aufruhr!

Carmela war aschfahl. Mit schwacher Stimme, als läge sie im Sterben, wandte sie sich an ihren Bruder:

»Ich gehe. Töte du ihn.«

Sie stand auf und ließ die Tür hinter sich ins Schloß fallen. Sie ging direkt zu Domenico und erzählte ihm alles. Giuseppe hingegen ließ die Wut in sich aufsteigen. Er dachte daran, was das Dorf sagen würde. Er dachte an die Schande, die wieder auf ihnen liegen würde. Als er sein Blut schließlich kochen fühlte, erhob er sich und verpaßte seinem Neffen eine derartige Tracht Prügel, wie es noch kein Onkel je getan hatte. Er schlug ihm die Augenbraue auf und spaltete ihm die Lippe. Dann setzte er sich neben ihn. Die Wut war verraucht, aber er verspürte keinerlei Erleichterung. Eine große Verzweiflung erfüllte sein Herz. Er hatte geschlagen, doch letztlich blieb das Ergebnis gleich, es gab keinen Ausweg. Also wandte er sich an das geschwollene Gesicht seines Neffen und sagte:

»Das war der Zorn eines Onkels. Jetzt übergebe ich dich dem Zorn des Dorfes.«

Er wollte hinausgehen und den Jungen seinem Schicksal überlassen, als ihm etwas einfiel.

»Wo hast du die Medaillen versteckt?« wollte er wissen.

»Unter meinem Kopfkissen«, antwortete Elia zwischen zwei Schluchzern.

Giuseppe ging in das Zimmer des Jungen, griff unter das Kissen und nahm den Sack, in den der Dieb seinen Schatz gestopft hatte. Niedergeschlagen, mit gesenktem Kopf und stumpfem Blick ging er direkt zur Kirche. »Soll wenigstens die Feier des Heiligen Elia stattfinden«, sagte er sich. »Was soll's, wenn man uns massakriert, weil wir ein solch gottloses Balg hervorgebracht haben, doch das Fest soll stattfinden.«

Giuseppe verschwieg nichts. Er weckte Don Salvatore, und ohne ihm Zeit zu lassen, zu sich zu kommen, hielt er ihm die Medaillen entgegen:

»Don Salvatore, ich bringe euch die Medaillen des Heiligen

wieder. Ich verschweige nicht, wer der Verbrecher ist, Gott weiß es bereits. Es ist mein Neffe Elia. Wenn er die Strafe überlebt, die ich ihm verpaßt habe, bleibt ihm nur noch, Frieden mit dem Herrgott zu schließen, bevor sich die Dorfbewohner auf ihn stürzen. Ich bitte Euch um nichts, um keine Gunst und keine Gnade. Ich bin nur gekommen, um Euch die Medaillen zu bringen. Damit das Fest morgen, wie an jedem 20. Juli seit Anbeginn der Welt, in Montepuccio stattfinden kann.«

Dann, ohne eine Antwort des Pfarrers abzuwarten, der versteinert, hin- und hergerissen zwischen Freude, Erleichterung und Zorn, vor ihm stand, drehte er sich um und ging nach Hause.

Giuseppe hatte recht, wenn er glaubte, das Leben seines Neffen schwebe in Gefahr. Niemand wußte, woher es kam, doch noch in derselben Nacht ging das Gerücht, daß Elia Manuzio der gottlose Dieb gewesen war. Männer hatten sich bereits zusammengefunden und schworen, dem Schänder eine ordentliche Tracht Prügel zu verpassen. Man suchte ihn überall.

Das erste, was Domenico tat, als er seine in Tränen aufgelöste Schwester sah, war, seine Pistole zu holen, und er war entschlossen, sie auch zu benutzen, falls man ihm den Weg versperren würde. Er ging direkt zu Carmela, wo er seinen halb ohnmächtigen Neffen fand. Er hob ihn auf, nahm sich nicht einmal die Zeit, ihm das Gesicht zu säubern, sondern setzte ihn auf eines seiner Maultiere und brachte ihn zu einer kleinen Steinhütte mitten in seinen Olivenhainen. Er warf ihn aufs Stroh, gab ihm ein wenig zu trinken und sperrte ihn für die Nacht ein.

Das Patronatsfest am nächsten Morgen lief ab wie üblich. Auf den Gesichtern war von den Dramen des Vorabends nichts mehr zu sehen. Domenico Scorta nahm am Fest teil, wie es seine Gewohnheit war. Er trug während der Prozession das Bild San Micheles und erzählte jedem, der es hören wollte, daß sein entarteter Neffe ein Schurke war und er ihn eigenhändig umbringen würde, wenn er nicht fürchtete, Hand an sein eigen Fleisch und Blut zu legen. Niemand hegte auch nur einen Moment den Verdacht, daß er der einzige war, der wußte, wo Elia sich versteckte.

Am nächsten Tag machten sich die Männer wieder auf die Suche nach dem Verbrecher. Die Messe und die Prozession hatten stattfinden können, das Wichtigste war gerettet, doch jetzt galt es, den Dieb zu bestrafen, und zwar tüchtig, damit sich Derartiges nicht wiederholte. Zehn Tage lang machte man Jagd auf ihn. Sie suchten ihn überall im Dorf. Mitten in der Nacht ging Domenico ihn heimlich verpflegen. Er sprach nicht oder nur sehr wenig. Er gab ihm zu trinken, zu essen und verschwand wieder. Und achtete sorgfältig darauf, ihn wieder einzuschließen. Nach zehn Tagen beruhigte sich das Dorf, und die Nachforschungen wurden eingestellt. Doch es war undenkbar, daß er nach Montepuccio zurückkehrte. Domenico fand einen Platz für ihn bei einem alten Freund in San Giocondo, dem Vater von vier Söhnen, die hart auf den Feldern arbeiteten. Es wurde ausgemacht, daß Elia ein Jahr dort bleiben sollte und er erst danach nach Montepuccio zurückkehren würde.

Nachdem sie den Esel mit einigen Sachen beladen hatten, wandte Elia sich reumütig an seinen Onkel und sagte: »Danke, *zio*.« Domenico erwiderte zunächst nichts. Die Sonne ging über den Hügeln auf, ein schöner rosiger Schein kitzelte die Bergkämme. Dann drehte er sich zu seinem Neffen herum und sprach die folgenden Worte, die Elia niemals vergaß. In dem herrlichen Licht eines anbrechenden Tages enthüllte Domenico ihm, was er als seine persönliche Weisheit sah:

»Du bist nichts, Elia. Und ich auch nicht. Die Familie ist es, die zählt. Ohne sie wärest du tot, und die Erde würde sich weiter drehen, ohne dein Verschwinden auch nur zu bemerken. Wir werden geboren. Wir sterben. Und dazwischen gibt es nur eine Sache, die zählt. Du und ich, allein betrachtet, sind nichts. Doch die Scorta, die Scorta stellen etwas dar. Deshalb habe ich dir geholfen, nur aus diesem Grund. Du trägst von nun an eine Schuld, eine Schuld gegenüber denen, die deinen Namen tragen. Eines Tages, vielleicht in zwanzig Jahren, wirst du diese Schuld abtragen, indem du einem unserer Angehörigen hilfst. Deshalb habe ich dich gerettet, Elia, weil wir dich brauchen werden, wenn du ein besserer Mensch geworden bist – so brauchen wir jeden unserer Söhne. Vergiß das nicht. Du bist nichts. Das Blut der Scorta fließt auch in deinen Adern. Das ist alles. Geh jetzt. Und mögen Gott, deine Mutter und das Dorf dir verzeihen.«

Die Verbannung seines Bruders stürzte Donato in eine wolfs-
kindartige Melancholie. Er sprach nicht mehr, spielte nicht
mehr, stand stundenlang mitten auf dem Corso und bewegte
sich nicht. Wenn Carmela ihn fragte, was er da tue, erwiderte er
stets: »Ich warte auf Elia.«

Diese plötzliche Einsamkeit, die ihm in seinen Kinderspielen
aufgezwungen wurde, hatte seine Welt ins Wanken gebracht.
Wenn Elia nicht mehr da war, wurde die Welt häßlich und
langweilig.

Eines Morgens saß Donato vor seiner Milchtasse und schaute
seine Mutter mit großen ernsten Augen an.

»Mama?«

»Ja«, sagte sie.

»Wenn ich die Medaillen von San Michele stehle, kann ich
dann zu Elia?«

Die Frage entsetzte Carmela. Sie brachte kein Wort heraus
und eilte zu ihrem Bruder Giuseppe, dem sie alles erzählte.

»Peppe«, fügte sie hinzu, »du mußt dich um Donato kümmern, sonst wird er ein Verbrechen begehen. Wenn er nicht
vorher eingeht. Er will nichts mehr essen. Er redet nur noch
von seinem Bruder. Nimm ihn mit dir und bring ihn zum Lächeln. In seinem Alter sollte man nicht mit solch leeren Augen
herumlaufen. Dieses Kind hat die Traurigkeit der Welt in sich
aufgesogen.«

Giuseppe gehorchte. Noch am gleichen Abend holte er seinen Neffen und nahm ihn mit zum Hafen und auf sein Boot.

Als Donato fragte, wohin sie führen, erwiderte Peppe, es sei Zeit für ihn, einige Dinge zu begreifen.

Die Scorta schmuggelten, schon immer. Während des Krieges hatten sie begonnen, denn die rationierten Lebensmittelkarten bremsten den Handel ernsthaft. Für Carmela war die Tatsache, daß sie pro Einwohner nur eine begrenzte Anzahl Zigarettenpäckchen verkaufen konnte, absurd. Sie begann mit den englischen Soldaten, die nur zu gerne einige Stangen gegen Schinken tauschten. Man brauchte nur Soldaten zu finden, die Nichtraucher waren. Dann erhielt Giuseppe den Auftrag, sich um den Handel mit Albanien zu kümmern. Boote legten nachts an, voll mit aus den staatlichen Lagern oder anderen Tabakwarenläden der Region gestohlenen Zigaretten. Die illegalen Kisten waren billiger und erlaubten es, eine Kasse zu unterhalten, die den Steuerkontrollen entging.

Giuseppe hatte sich entschieden, Donato auf seine erste Schmuggelfahrt mitzunehmen. Im langsamen Rhythmus der Ruder nahmen sie Kurs auf die kleine Bucht von Zaiana. Dort erwartete sie ein Motorboot. Giuseppe begrüßte einen Mann, der schlecht italienisch sprach, und dann luden sie zehn Zigarettenkisten in ihr Boot. Schließlich kehrten sie im ruhigen Wasser der Nacht nach Montepuccio zurück. Ohne ein Wort zu wechseln.

Als sie den Hafen erreichten, geschah etwas Unerwartetes. Der kleine Donato wollte nicht aussteigen. Er blieb entschlossen und mit verschränkten Armen auf dem Boden des Bootes sitzen.

»Was ist los, Donato?« erkundigte sich sein Onkel amüsiert.

Der Kleine betrachtete ihn lange, dann fragte er ruhig:

»Machst du das öfter, *zio*?«

»Ja«, antwortete Giuseppe.

»Und immer nachts?«

»Ja, immer nachts«, erwiderte der Onkel.

»Damit verdienst du Geld?« wollte das Kind wissen.

»Ja.«

Der Junge blieb noch einen Moment still, dann erklärte er in einem Tonfall, der keinen Widerspruch duldete:

»Das will ich auch machen.«

Diese nächtliche Fahrt hatte ihn mit Glück erfüllt. Das Geräusch der Wellen, die Dunkelheit, die Stille – all das besaß etwas Geheimnisvolles und Heiliges, das ihn berührt hatte. Diese Fahrten im Lauf des Wassers, immer nachts, Schmuggel als Beruf. Dies erschien ihm voll wunderbarer Freiheit und Wagemut.

Auf dem Rückweg nahm ihn Giuseppe, der von der Begeisterung seines Neffen beeindruckt war, bei den Schultern und sagte:

»Man muß sich zu helfen wissen, Donato. Erinnere dich daran. Sich zu helfen wissen. Laß dir nicht erzählen, was illegal, verboten oder gefährlich ist. Die Wahrheit ist, daß du deine Familie ernähren mußt, und das ist alles.«

Der Junge blieb nachdenklich. Es war das erste Mal, daß sein Onkel so mit ihm sprach, mit einer solch ernsten Stimme. Er hatte zugehört, und da er nicht wußte, was er auf diese Regel, die ihm gerade dargelegt worden war, antworten sollte, blieb er still und war stolz darauf, daß sein Onkel ihn als einen Mann ansah, mit dem man reden konnte.

Domenico war der einzige, der Elia in dem Jahr seiner Verbannung sah. Während alle Welt den Diebstahl der Medaillen San Micheles als schallende Ohrfeige empfunden hatte, bot er für Domenico die Gelegenheit, seinen Neffen kennenzulernen. Irgend etwas an dieser Geste war ihm sympathisch.

Am Jahrestag des Diebstahls an San Michele tauchte Domenico unangemeldet in Elias Gastfamilie auf, bat, ihn zu sehen, und nahm ihn dann für einen Spaziergang in die Hügel beim Arm. Onkel und Neffe unterhielten sich im langsamen Rhythmus ihrer Schritte. Am Ende drehte Domenico sich zu Elia und reichte ihm einen Umschlag mit den Worten:

»Elia, wenn alles gutgeht, wirst du in einem Monat ins Dorf zurückkehren können. Ich glaube, daß man dich wieder aufnehmen wird. Niemand spricht mehr über dein Verbrechen, die Gemüter haben sich beruhigt. Ein neues Fest des Heiligen Elia wird stattfinden. In einem Monat kannst du, wenn du willst, wieder bei uns sein. Doch ich bin gekommen, um dir einen anderen Vorschlag zu machen. Hier in diesem Umschlag liegt Geld, viel Geld, mit dem du sechs Monate leben kannst. Nimm es und geh. Wohin du willst, nach Neapel, nach Rom oder nach Mailand. Ich werde dir noch mehr schicken, wenn das Geld im Umschlag nicht reicht. Versteh mich richtig, Elia, ich jage dich nicht davon. Doch ich möchte, daß du eine Wahl treffen kannst. Du kannst der erste Scorta sein, der dieses Land verläßt. Du bist der einzige, der dazu fähig ist. Dein Diebstahl hat gezeigt, daß du Mumm in den Knochen hast. Deine Verbannung hat dich reifen lassen. Du brauchst nichts anderes. Ich habe niemandem etwas gesagt. Deine Mutter weiß nichts davon, und auch deine Onkel nicht. Wenn du dich entscheidest, wegzugehen, werde ich es ihnen erklären. Jetzt hör mir zu, Elia, dir bleibt ein Monat. Ich überlasse dir den Umschlag. Ich will, daß du nachdenkst.«

Domenico gab seinem Neffen einen Kuß auf die Stirn und umarmte ihn. Elia war völlig benommen. Wünsche und Ängste kämpften in seinem Innern. Der Bahnhof von Mailand. Die

153

großen Städte des Nordens, eingehüllt in eine Wolke von Fabrik-
abgasen. Das einsame Leben des Auswanderers. Seinem Geist
gelang es nicht, sich einen Weg durch diesen Haufen von Bildern
zu schlagen. Sein Onkel hatte ihn einen Scorta genannt. Was
hatte er damit sagen wollen? Hatte er einfach nur vergessen,
daß sein richtiger Name Manuzio lautete?

Einen Monat später klopfte es um die Zeit, wenn das Morgen-
licht langsam die Steine erwärmt, an der Tür von Domenicos
schönem Haus. Er öffnete selbst, und Elia stand vor ihm, grinsend. Er hielt ihm sogleich den vollen Umschlag mit dem Rei-
segeld entgegen.

»Ich bleibe hier«, verkündete er.

»Ich wußte es«, murmelte der Onkel.

»Wieso?« wunderte sich Elia.

»Das Wetter ist zu schön im Moment«, sagte Domenico. Und
weil Elia nicht verstand, winkte er ihn herein, bot ihm etwas zu
trinken an und erklärte: »Das Wetter ist zu schön. Seit einem
Monat brennt die Sonne. Es war unmöglich, daß du gehst. Wenn
die Sonne am Himmel regiert, daß die Steine zu klappern anfangen, ist nichts zu machen. Wir lieben diese Erde zu sehr. Sie
gibt uns nichts, ist ärmer als wir, doch wenn die Sonne sie
erhitzt, kann niemand von uns sie verlassen. Wir sind Kinder
der Sonne, Elia. Wir tragen ihre Wärme in uns. Solange unsere
Körper sich erinnern können, war sie da, hat unsere Säuglings-
haut gewärmt. Und wir lassen nicht ab, sie zu verschlingen, mit
allen Zähnen hineinzubeißen. Sie ist in den Früchten, die wir
essen, Pfirsiche, Oliven, Orangen. Es ist ihr Geruch. Mit dem
Öl, das wir trinken, fließt sie durch unsere Kehlen. Sie ist in
uns. Ich wußte, du würdest nicht gehen. Hätte es in den letzten
Tagen geregnet, sähe es vielleicht anders aus, ja. Aber so war es
unmöglich.«

Amüsiert lauschte Elia dieser Theorie, die Domenico mit einem gewissen Pathos ausführte – als wollte er zeigen, daß er selbst nur halb daran glaubte. Er war glücklich, er wollte reden. Dies war seine Art, Elia zu danken, daß er zurückgekehrt war. Also ergriff der junge Mann das Wort und sagte:

»Ich bin deinetwegen zurückgekommen, *zio*. Ich habe keine Lust, die Neuigkeit von deinem Tod am Telefon zu hören und weit weg und allein in einem Mailänder Zimmer zu weinen. Ich möchte hier sein, an deiner Seite, und von dir lernen.«

Domenico hörte die Worte seines Neffen mit traurigen Augen. Natürlich freute er sich über Elias Entscheidung. Natürlich hatte er nächtelang gebetet, daß der junge Mann sich nicht entscheiden würde, zu gehen, doch etwas in ihm empfand diese Rückkehr auch als Kapitulation. Es erinnerte an den New Yorker Mißerfolg. Also konnte ein Scorta sich diesem Land niemals entziehen. Niemals würde ein Scorta der Sonne Apuliens entfliehen, niemals.

Als Carmela ihren Sohn in Begleitung Domenicos kommen sah, bekreuzigte sie sich und dankte dem Herrn. Elia war wieder da, nach mehr als einem Jahr Abwesenheit. Er ging entschlossen über den Corso, und niemand verstellte ihm den Weg. Es gab kein Murren, keinen finsteren Blick, keine Gruppe von Männern, die sich in seinem Rücken zusammenfand. Montepuccio hatte verziehen.

Donato war der erste, der sich in Elias Arme warf und dabei Freudenschreie ausstieß. Sein großer Bruder war zurück. Er hatte es eilig, ihm alles zu erzählen, was er während seiner Abwesenheit gelernt hatte: die nächtlichen Fahrten auf dem Meer, der Schmuggel, die Verstecke für die illegalen Zigarettenkisten. Er wollte ihm alles erzählen, doch im Moment begnügte er sich damit, ihn still in die Arme zu schließen.

Das Leben in Montepuccio ging weiter. Elia arbeitete mit seiner Mutter im Tabakladen. Donato bedrängte seinen Onkel Giuseppe jeden Tag, daß er ihn mitnehmen solle, bis der gute Mann sich schließlich angewöhnte, ihn jedes Mal mitzunehmen, wenn er nachts aufs Meer fuhr.

Elia gesellte sich, sobald er konnte, zu Domenico auf seine Ländereien. Der älteste Scorta alterte leise im Laufe der Jahre. Der harte und verschlossene Mann hatte sich in ein sanftes, offenes Wesen verwandelt, das eine edle Schönheit besaß. Er war von einer Leidenschaft für die Olivenbäume ergriffen und hatte seinen Traum verwirklichen können: Besitzer mehrerer Hektar Land zu werden. Mehr als alles andere liebte er es, die

hundertjährigen Bäume zu betrachten, wenn die Hitze ab-
flaute und der Wind vom Meer die Blätter erzittern ließ. Er
kümmerte sich nur noch um seine Olivenbäume. Das Olivenöl
sei der Segen des Südens, sagte er immer. Wenn er der Flüssigkeit zusah, wie sie langsam aus der Flasche floß, konnte er ein
Lächeln des Wohlbefindens nicht unterdrücken.

Kam Elia ihn besuchen, lud er ihn immer auf die große Terrasse ein und ließ einige Scheiben Weißbrot und ein Fläschchen
Öl aus eigener Herstellung bringen. Diesen Nektar kosteten sie
voller Andacht.

»Das ist Gold«, sagte der Onkel. »Wer sagt, wir seien arm, hat
niemals ein in heimisches Öl getunktes Stück Brot gegessen. Es
duftet nach Steinen und Sonne. Es glitzert. Es ist schön, dick-
flüssig und cremig. Olivenöl ist das Blut unserer Erde. Und
wer uns als Bauerntrampel behandelt, braucht nur das Blut
zu betrachten, das in unseren Adern fließt. Es ist weich und
edel, denn das sind wir auch: vollblütige Bauerntrampel. Arme
Schlucker mit von der Sonne zerfurchten Gesichtern und
schwieligen Händen, aber festem Blick. Schau dir an, wie trok-
ken die Erde um uns herum ist, und genieße dieses reichhaltige
Öl. Zwischen beiden liegt die Arbeit der Menschen. Und danach riecht es auch, das Öl, nach dem Schweiß unseres Volkes,
nach den schwieligen Händen unserer Frauen, die die Früchte
geerntet haben. Ja, und das adelt es, deshalb ist es so gut. Wir
sind vielleicht arm und unwissend, doch für die Herstellung
unseres Olivenöls aus nichts als staubigen Steinen – dafür, daß
wir aus so wenig etwas so Wunderbares gemacht haben – dafür
werden wir gerettet werden. Gott achtet es, wenn man sich an-
strengt. Und unser Olivenöl spricht für uns.«

Elia sagte nichts dazu, doch diese Terrasse über den Hügeln,
auf die sich sein Onkel so gerne setzte, war der einzige Ort, an
dem er sich lebendig fühlte. Hier konnte er atmen.

Domenico ging immer seltener ins Dorf. Er setzte sich lieber mit einem Stuhl zwischen die Bäume und betrachtete im Schatten eines Olivenbaumes, wie der Himmel die Farbe wechselte. Doch es gab eine Verabredung, die er um nichts in der Welt versäumt hätte. An Sommerabenden traf er jeden Abend um sieben seine beiden Brüder Giuseppe und Raffaele auf dem Corso. Sie setzten sich auf die Terrasse eines Cafés, stets desselben, des *Da Pizzone*, wo ihr Tisch sie schon erwartete. Peppino, der Besitzer des Cafés, gesellte sich zu ihnen, und sie spielten Karten, von sieben bis neun. Diese Partien stellten ein heiliges Ritual dar. Sie ließen sich einen San Bitter oder einen Artischockenschnaps schmecken und droschen die Karten unter Gelächter und Geschrei auf den Holztisch. Sie johlten, beschimpften sich, verfluchten den Himmel bei jeder verlorenen Runde oder dankten dem Heiligen Elia und der Madonna, wenn sie Glück hatten. Sie neckten sich freundlich, nahmen die Pechvögel auf den Arm, klopften sich gegenseitig auf den Rücken. Sie waren vollkommen glücklich. Ja, in diesen Augenblicken fehlte es ihnen an nichts. Waren die Gläser leer, brachte Peppino neue Getränke, verkündete den neuesten Dorfklatsch. Giuseppe rief nach den Kindern aus dem Viertel, die ihn alle »zio« nannten, denn er gab ihnen immer ein Geldstück, damit sie gebrannte Mandeln kaufen gingen. Sie spielten Karten, und die Zeit stand still. Auf dieser Terrasse fühlten sie sich an den wunderbar milden Sommerabenden zu Hause. Und der Rest zählte nicht.

An einem Junitag erschien Domenico nicht um sieben im

Da Pizzone. Man wartete ein wenig, vergeblich. Raffaele und Giuseppe spürten, daß etwas Ernstes passiert war. Sie liefen zum Tabakladen und wollten wissen, ob Elia seinen Onkel gesehen hätte. Nichts. Dann rannten sie zum Anwesen hinauf mit der Gewißheit, daß sie bald dem Schlimmsten ins Auge sehen würden. Sie fanden ihren Bruder auf seinem Stuhl sitzend mitten zwischen den Olivenbäumen, mit hängenden Armen und dem Kopf auf der Brust, der Hut am Boden. Tot. Ganz ruhig. Ein kleiner warmer Wind bewegte sanft seine Haarsträhnen. Die Olivenbäume ringsum schützten ihn vor der Sonne und umgaben ihn mit einem leisen Blätterrauschen.

Seit Mimis Tod denke ich immer wieder über eine Sache nach.«

Giuseppe hatte leise gesprochen, ohne den Blick zu heben. Raffaele sah ihn an und wartete auf den Rest des Satzes. Als er dann sah, daß Giuseppe nicht weitersprach, fragte er sachte:

»Worüber?«

Giuseppe zögerte noch einen Moment, doch dann erleichterte er seinen Geist.

»Wann waren wir glücklich?«

Raffaele sah den Bruder fast mitfühlend an. Domenicos Tod hatte Giuseppe unerwartet stark erschüttert. Seit der Beerdigung war er um einen Schlag gealtert und hatte sein pausbäkkiges Aussehen verloren, das ihn sein ganzes Leben lang und selbst noch im reifen Alter wie einen jungen Mann hatte wirken lassen. Domenicos Tod hatte zum Aufbruch geblasen, und Giuseppe hielt sich von nun an bereit, instinktiv spürend, daß er der Nächste war. Raffaele fragte seinen Bruder:

»Und? Was antwortest du auf diese Frage?«

Giuseppe schwieg, als hätte er ein Verbrechen zu beichten. Er schien zu zögern.

»Das ist es ja gerade«, meinte er schüchtern. »Ich habe nachgedacht und versucht, eine Liste der glücklichen Momente meines Lebens aufzustellen.«

»Sind es viele?«

»Ja, viele, glaube ich wenigstens. Genug. Der Tag, als wir den Tabakladen gekauft haben. Die Geburt Vittorios. Meine Hochzeit. Meine Neffen. Meine Nichten. Ja, es gab glückliche Momente.«

»Warum siehst du dann so traurig aus?«

»Weil mir, wenn ich versuche, nur einen einzigen zurückzuhalten, die glücklichste Erinnerung von allen, weißt du, welche mir dann einfällt?«

»Nein.«

»Der Tag, als du uns alle das erste Mal auf den *trabucco* eingeladen hast. Diese Erinnerung drängt sich auf, dieses Bankett. Wir haben vollkommen selig gegessen und getrunken.

»*Pancia piena?*«, lachte Raffaele.

»Ja, *pancia piena*«, erwiderte Giuseppe mit Tränen in den Augen.

»Was ist daran traurig?«

»Was würdest du zu einem Mann sagen, der am Ende seines Lebens erklärt, daß der glücklichste Moment seines Lebens ein Essen war? Gibt es keine größeren Freuden im Leben eines Menschen? Ist das nicht ein Zeichen für ein elendes Dasein? Sollte ich mich nicht schämen? Und doch, glaub mir, immer wenn ich nachdenke, drängt sich diese Erinnerung auf. Ich sehe alles noch vor mir. Es gab Risotto mit Meeresfrüchten, der auf der Zunge zerging. Deine Giuseppina trug ein himmelblaues Kleid. Sie war bildschön und eilte ohne Unterlaß zwischen Tisch und Küche hin und her. Ich erinnere mich, wie du am Herd standest und wie ein Bergarbeiter geschwitzt hast. Und das Zischen der Fische auf dem Grill. Du siehst, nach einem ganzen Leben ist diese Erinnerung die schönste von allen. Macht das aus mir nicht den Ärmsten aller Armen?«

Raffaele hatte ihm zärtlich zugehört. Die Stimme seines Bruders ließ ihn das Essen noch einmal erleben, auch er hatte das fröhliche Beisammensein der Scorta vor Augen gehabt. Die Schüsseln, die von Hand zu Hand gingen, das Glück, gemeinsam zu essen.

»Nein, Peppe«, sagte er zu seinem Bruder, »du hast recht. Wer

161

kann sich schon rühmen, ein derartiges Glück erlebt zu haben. Wir sind nicht so zahlreich. Und warum sollte man es verachten? Weil wir gegessen haben? Weil es nach Gebratenem roch und unsere Hemden mit Tomatensauce bekleckert waren? Jeder kann sich glücklich schätzen, der dieses Essen erlebt hat. Wir saßen zusammen, haben gegessen, uns unterhalten, geschrien, gelacht und getrunken wie Menschen. Seite an Seite. Dies waren kostbare Augenblicke, Peppe. Du hast recht. Und ich würde viel darum geben, noch einmal diesen Duft einzuatmen. Noch einmal euer lautes Lachen beim Geruch des gegrillten Lorbeers zu hören.«

Domenico war der erste, der ging, doch Giuseppe überlebte ihn nicht lange. Im folgenden Jahr erlitt er einen schweren Sturz auf den Treppen im alten Dorf und verlor das Bewußtsein. Das einzige Krankenhaus des Gargano befand sich in San Giovanni Rotondo, zwei Fahrstunden von Montepuccio entfernt. Giuseppe wurde in einen Krankenwagen geschoben, der mit heulender Sirene auf der Straße durch die Hügel davonbrauste. Die Minuten vergingen langsam wie ein Messer, das über die Haut gleitet. Giuseppe wurde schwächer. Nach vierzig Minuten Fahrt schien der Krankenwagen noch immer ein winziger Punkt inmitten der Unendlichkeit der Felsen zu sein. Giuseppe erlebte einen Augenblick der Klarheit, seine Schmerzen ließen nach. Er wandte sich an den Sanitäter und erklärte ihm mit der Bestimmtheit eines Sterbenden:

»In einer halben Stunde werde ich tot sein, das wissen Sie. In einer halben Stunde, länger halte ich nicht durch. Wir werden das Krankenhaus nicht rechtzeitig erreichen. Also legen Sie den Rückwärtsgang ein und drücken aufs Gaspedal. Sie haben noch Zeit, mich meinem Dorf zurückzugeben, denn dort möchte ich sterben.«

Die beiden Sanitäter verstanden diese Worte als letzten Willen eines Todgeweihten und gehorchten. In der armseligen unermeßlichen Weite der Hügel drehten sie um und fuhren mit weiterhin heulender Sirene in wilder Fahrt zurück nach Montepuccio. Sie erreichten es. Giuseppe erlebte die Befriedigung, auf dem Hauptplatz des Dorfes zu sterben, inmitten seiner Angehörigen, die verblüfft waren über die Rückkehr des Krankenwagens, der sich dem Tod geschlagen gegeben hatte.

Carmela trug nun endgültig Trauer. Was sie für ihren Ehemann nicht getan hatte, tat sie für ihre Brüder. Raffaele war untröstlich, als hätte man ihm die Finger seiner Hand abgeschnitten. Er irrte im Dorf umher und wußte nichts mit sich anzufangen. Er dachte nur an seine Brüder. Jeden Tag ging er ins *Da Pizzone* und sagte zu seinem Freund:

»Es lebe der Tag, an dem wir uns zu ihnen gesellen, Peppino. Sie sind beide dort oben, wir zwei sind hier, und niemand kann mehr Karten spielen.«

Jeden Tag ging er zum Friedhof und sprach stundenlang zu den Schatten. Eines Tages nahm er seinen Neffen Elia mit, und vor den Gräbern der beiden Onkel beschloß er zu sprechen. Lange hatte er es hinausgezögert, weil ihm schien, er hätte niemandem etwas beizubringen, er war ja nie gereist. Doch er hatte es versprochen. Die Zeit verging, und er wollte nicht sterben, ohne sein Versprechen eingelöst zu haben. Also legte er am Grab der beiden Onkel seine Hand auf Elias Nacken und sagte zu ihm:

»Wir waren weder besser noch schlechter als die anderen, Elia. Wir haben uns bemüht, das ist alles. Mit vereinten Kräften haben wir uns bemüht. Jede Generation bemüht sich. Etwas zu bauen, ihren Besitz zu festigen, oder ihn zu vergrößern. Sich um die Seinen zu kümmern. Jeder versucht, sein Bestes zu geben. Es gibt nichts anderes zu tun, als es zu versuchen, doch man darf sich vom Ausgang des Rennens nichts erwarten. Weißt du, was am Ende steht? Das Alter, nichts anderes. Also hör mir zu, Elia, hör deinem alten Onkel Faelucc' zu, der von nichts eine Ahnung und der nicht studiert hat. Man muß vom

Schweiß profitieren. Das ist meine Meinung, denn das sind die schönsten Augenblicke im Leben. Wenn du um etwas kämpfst, wenn du Tag und Nacht wie ein Sträfling arbeitest und keine Zeit mehr für deine Frau und deine Kinder hast, wenn du schwitzt, um etwas aufzubauen, was du dir wünschst, dann erlebst du die schönsten Momente deines Lebens. Glaub mir, nichts wog für deine Mutter, deine Onkel und mich die Jahre auf, in denen wir nichts hatten, keine Münze in der Tasche, und als wir für den Tabakladen gekämpft haben. Es waren harte Jahre. Doch für jeden von uns waren es die schönsten Augenblicke unseres Lebens. Alles galt es aufzubauen, und wir hatten einen Bärenhunger. Man muß vom Schweiß profitieren, Elia. Vergiß das nie, danach vergeht alles so schnell, das kannst du mir glauben.«

Raffaele standen die Tränen in den Augen. Er hatte von seinen Brüdern gesprochen und über diese glänzenden Jahre, in denen sie alles geteilt hatten, und das berührte ihn wie ein Kind.

»Du weinst?« fragte Elia, den der Anblick seines aufgewühlten Onkels sehr beeindruckte.

»Ja, *amore di zio**«, antwortete Raffaele, »aber es tut gut, glaub mir, es tut gut.«

Ich hab es Euch gesagt, Don Salvatore, ich trug eine Schuld meinen Brüdern gegenüber, eine riesige Schuld. Ich wußte, ich würde Jahre brauchen, um sie abzutragen, vielleicht mein ganzes Leben. Doch es war mir gleich. Ich empfand es als Pflicht. Aber was ich nicht bedacht hatte, war, daß ich sie eines Tages nicht mehr würde erfüllen wollen. Ich hatte mir geschworen, ihnen alles zu geben. Wollte mein ganzes Leben lang arbeiten und ihnen schenken, was ich angehäuft hatte. Das war ich ihnen schuldig. Ich hatte mir geschworen, eine Schwester zu sein, und nur das. Und das war ich auch, Don Salvatore, ich war eine Schwester, mein ganzes Leben lang. Daran hat auch die Heirat nichts geändert. Der Beweis ist, daß die Leute bei der Nachricht meines Todes nicht sagen werden: »Die Witwe Manuzio ist gestorben.« Niemand weiß, wer die Witwe Manuzio ist. Sie werden sagen: »Die Schwester der Scorta ist tot.« Jeder wird verstehen, daß es um mich geht, Carmela. Das macht mich glücklich. Denn das bin ich und bin es immer gewesen: eine Schwester für meine Brüder. Antonio Manuzio gab mir seinen Namen, doch ich hatte ihn nicht gewollt. Ist es eine Schande, das zu sagen? Ich habe nie aufgehört, eine Scorta zu sein. Antonio hat mein Leben nur durchquert.

Glücklich war ich einzig im Kreis meiner Brüder, meiner drei Brüder. Wenn wir zusammen waren, konnten wir es mit der ganzen Welt aufnehmen. Ich glaubte, das würde immer so weitergehen, bis zum Ende, doch ich machte mir etwas vor. Das Leben ging weiter, und die Zeit erfüllte ihre Aufgabe, alles unmerklich zu verändern. Sie machte eine Mutter aus mir.

Wir haben alle Kinder bekommen. Der Klan ist gewachsen. Ich begriff nicht, daß das alles veränderte. Meine Söhne wurden geboren, ich war Mutter. Und von da an verwandelte ich mich in eine Löwin, wie alle Mütter. Was ich schuf, war nun für sie. Was ich ansammelte, war für sie bestimmt. Ich bewahrte alles für Elia und Donato. Eine Löwin, Don Salvatore, die nur an ihre Sippe denkt und beißt, wenn man sich nähert. Ich trug eine Schuld, und sie wurde nicht bezahlt. Was ich meinen Brüdern geben sollte, hätte ich meinen Söhnen wegnehmen müssen. Wer hätte das gekonnt? Ich tat, was alle Mütter getan hätten. Ich vergaß meine Schuld und kämpfte für meine Jungen. Ich sehe an Eurem Blick, daß Ihr mich fast entschuldigt. In der Tat ist es das, was Mütter tun, sagt Ihr Euch, und es ist normal, alles seinen Kindern zu geben. Ich habe meine Brüder ruiniert, Don Salvatore. Ich bin es, die sie davon abgehalten hat, das Leben zu führen, von dem sie träumten. Meinetwegen mußten sie Amerika verlassen, wo sie ihr Glück gefunden hätten. Ich habe sie zurück auf diese Erde des Südens gelockt, die nichts bietet. Ich hatte nicht das Recht, diese Schuld zu vergessen, auch nicht für meine Kinder.

Domenico, Giuseppe und Raffaele – ich habe diese Männer geliebt. Ich bin eine Schwester, Don Salvatore, aber eine Schwester, die für ihre Brüder immer nur das häßliche Gesicht des Unglücks trug.

7

Tarantella

Langsam zog sich Carmela aus dem Tabakgeschäft zurück. Zunächst kam sie seltener, schließlich gar nicht mehr. Elia übernahm ihren Platz. Er öffnete und schloß den Laden, machte die Abrechnung, verbrachte seine Tage hinter dem Ladentisch, an dem bereits seine Mutter vor ihm ihr Leben verschlissen hatte. Er langweilte sich, wie sich Hunde an Tagen großer Hitze langweilen, doch was sollte er sonst tun? Donato lehnte es kategorisch ab, auch nur einen einzigen Tag im Laden zu verbringen. Er hatte unter einer Bedingung zugestimmt, für das Tabakgeschäft zu arbeiten – und da ließ er auch nicht mit sich reden: Er wollte weiterhin seine Schmuggelfahrten machen. Der illegale Handel, der so lange im Zentrum der familiären Aktivitäten gestanden hatte, verbrannte nun jedem die Finger, der sich darauf einließ. Niemand wollte es tun. Elia hatte sich entschlossen, seinen Platz hinter dem Ladentisch einzunehmen, aber nur, weil er keine andere Möglichkeit sah. Jeden Morgen beschimpfte er sich selbst, daß er nur dafür gut genug sei.

Nachdem er eine Weile so gelebt hatte, wurde er seltsam. Er war abwesend, geriet leicht in Wut und suchte mit finsterem Blick den Horizont ab. Den ganzen Tag schien er seine Zigaretten zu verkaufen, ohne es auch nur zu bemerken. Eines Tages nutzte Donato einen Augenblick des Alleinseins mit seinem Bruder und erkundigte sich: »Was hast du, *fra'*?« Elia sah ihn erstaunt an, zuckte mit den Schultern und verzog das Gesicht: »Gar nichts.«

Elia war so überzeugt, daß sich seine innere Aufgewühltheit

nicht in seinem Verhalten niederschlug, daß ihn die Frage seines
Bruders verblüffte. Was hatte er gesagt oder getan, daß Donato
glaubte, etwas wäre nicht in Ordnung? Nichts, rein gar nichts.
Er hatte nichts gesagt. Er hatte nichts getan, was er nicht
gewöhnlich auch tat: die verdammten Zigaretten verkaufen,
den ganzen Tag hinter dem verfluchten Ladentisch stehen, die
verflixten Kunden bedienen. Dieses Leben widerte ihn an. Er
fühlte sich wie am Vorabend eines großen Umbruchs, wie der
Mörder am Vorabend seines Verbrechens. Doch er hatte diese
Wut und diese Angriffslust ganz tief in seinem Innern versenkt,
um sie vor aller Augen zu verstecken, wie ein Verschwörer, und
als sein Bruder ihm in die Augen sah und ihn einfach fragte:
»Was ist los, Bruder?«, hatte er sich demaskiert und entlarvt gefühlt. Und das steigerte seinen Zorn nur noch mehr.

Die Wahrheit hieß Maria Carminella, und Elia war in sie ver-
liebt. Das junge Mädchen stammte aus einer reichen Familie,
der das Grand Hotel Tramontane gehörte – das schönste in
ganz Montepuccio. Vater Carminella war Arzt, der seine Zeit
zwischen Praxis und Hotelverwaltung teilte. Elias Blut begann
zu kochen, wenn er an der hohen Fassade des Vier-Sterne-
Hotels vorüberging. Er verfluchte diesen riesigen Swimmingpool, die im Wind flatternden Fahnen, das große Restaurant
mit Meerblick und das Nutzungsrecht für den Strand, der mit
roten und goldenen Liegestühlen übersät war. Er verfluchte
diesen Luxus, denn er wußte, er stellte eine unüberwindliche
Barriere zwischen ihm und Maria dar. Er war nur ein Bauerntrampel, und alle wußten das. Da half ihm auch der Tabakladen
nichts. Es ging nicht um Geld, sondern um Vermögen. Was
hatte er der Tochter eines Arztes zu bieten? An Sommerabenden mit ihm gemeinsam zu schwitzen, wenn der Laden sich
nicht leerte? All das war lächerlich und im voraus verloren.
Tausendmal hatte er diese Diskussion in schlaflosen Nächten

geführt, und tausendmal war er zum gleichen Schluß gelangt: Es war besser, Maria zu vergessen, als sich einer vorhersehbaren Demütigung auszusetzen. Und doch. Trotz all dieser Reden, trotz all dieser stichhaltigen Argumente gelang es ihm nicht, die Arzttochter aus seinen Gedanken zu verbannen.

Eines Tages schließlich traf er eine Entscheidung. Er nahm all seinen Mut zusammen und ging zum alten Gaetano Carminella. Er hatte angefragt, ob er am späten Vormittag vorbeikommen könne, und der Arzt hatte ihm freundlich und mit ruhiger Stimme geantwortet, daß es ihm jederzeit ein Vergnügen sei und daß er ihn auf der Hotelterrasse erwarte. Zu dieser Zeit lagen die Touristen bereits am Strand. Der alte Gaetano und Elia waren allein, jeder im weißen Hemd. Der Arzt hatte zwei Campari bringen lassen, doch Elia war zu beschäftigt mit dem, was er sagen wollte, und rührte ihn nicht an. Als die üblichen Höflichkeiten ausgetauscht waren und Gaetano Carminella sich langsam zu fragen begann, was der schweigsame junge Mann vor ihm eigentlich wollte – denn er hatte wohl kaum den ganzen Weg zurückgelegt, um ihn nach dem Wohlbefinden seiner Familie zu befragen –, fing Elia schließlich an zu sprechen. Er hatte diese Rede tausend- und abertausendmal gehalten, dabei jedes Wort gewogen, über jede Wendung nachgedacht, doch die nun folgenden Worte hatten mit dem, was er sich so oft wiederholt hatte, nichts zu tun. Seine Augen glänzten. Er sah aus wie ein Mörder, der sein Verbrechen bekennt, und in seinem Innern erhob sich langsam, während er sprach, die sanfte Trunkenheit des Geständnisses.

»Don Gaetano«, sagte er, »ich werde Sie nicht belügen und möchte ganz offen sein. Ich habe nichts. Ich besitze nur dieses verfluchte Tabakwarengeschäft, das mir mehr zur Last als zum Heil gereicht. Ich bin arm, und dieser elende Laden verstärkt meine Armut nur noch. Wenige Leute können das verstehen, doch Sie, Don Gaetano, verstehen das, da bin ich sicher, denn Sie sind ein kluger Mann. Der Tabakladen ist mein schlimmstes Unglück, und er ist alles, was ich habe. Wenn ich hierherkomme und dieses Hotel betrachte, wenn ich an dem Haus vorbeigehe, das Sie im alten Dorf besitzen, sage ich mir, daß es schon sehr freundlich von Ihnen ist, daß Sie mich anhören. Und doch, Don Gaetano, und doch begehre ich eure Tochter. Sie liegt mir im Blut. Glauben Sie mir, ich habe versucht, vernünftig zu sein. Alle Gründe, die Sie meinem Wunsch entgegensetzen können, kenne ich bereits. Sie sind begründet, ich habe sie mir immer wieder vorgesagt. Doch es hilft nichts, Don Gaetano. Ihre Tochter liegt mir im Blut. Und wenn Sie sie mir nicht zur Frau geben, wird etwas Schlimmes geschehen, das uns alle hinwegfegen wird, die Carminella wie die Scorta. Denn ich bin verrückt, Don Gaetano. Verstehen Sie? Ich bin verrückt.«

Der alte Arzt war ein vorsichtiger Mann. Er verstand, daß Elias letzte Worte nicht als Drohung gemeint waren, sondern schlicht und einfach eine Tatsache darstellten. Elia war verrückt. Frauen können so etwas auslösen. Und es war besser, ihn nicht zu provozieren. Der alte Mann mit dem weißen gepflegten Bart und den kleinen blauen Augen nahm sich Zeit für seine Antwort. Er wollte damit zeigen, daß er über Elias Antrag nachdachte und seine Argumente ernst nahm. Dann sprach er mit seiner ruhigen Honoratiorenstimme vom Respekt, den er der Familie Scorta entgegenbrachte – einer tapferen Familie, die sich aus eigener Kraft emporgearbeitet hatte. Doch er fügte hinzu, daß er als Vater nur an die Interessen seiner Angehörigen denken mußte. Das war sein einziges Bestreben, darauf zu achten, daß es seiner Tochter und seiner Familie gutgehe. Er werde überlegen und Elia so schnell wie möglich Antwort geben.

Elia kehrte zum Tabakladen zurück. Sein Kopf fühlte sich leer an. Das Geständnis hatte ihm keinerlei Erleichterung verschafft. Er war einfach nur erschöpft. Während er mit gesenktem Kopf und gerunzelter Stirn davonmarschierte, ahnte er nicht, daß im Hotel Tramontane helle Aufregung herrschte. Kaum war die Unterredung beendet, drängten die Frauen des Hauses, die eine amouröse Intrige witterten, den alten Gaetano, die Gründe für Elias Kommen preiszugeben, und der von allen Seiten belagerte alte Mann gab schließlich nach und erzählte alles. Von da an rollte ein Tornado von Geschrei und Gelächter durch das Haus. Marias Mutter und Schwestern kommentierten die Vor- und Nachteile dieses überraschenden Antrags. Man ließ den alten Arzt Elias Rede Wort für Wort wiederholen. »Ich bin verrückt‹, hat er wirklich gesagt: ›Ich bin verrückt?‹« »Ja«, bestätigte Gaetano, »er hat es sogar wiederholt.« Es war der erste Heiratsantrag in der Familie Carminella. Maria war die Älteste, und niemand hatte gedacht, daß sich die Frage schon so bald stellen würde. Während die Familie sich die Unterredung zum x-ten Mal wiederholen ließ, machte Maria sich davon. Sie lachte nicht. Die Röte stieg ihr in die Augen, als hätte sie eine Ohrfeige bekommen. Sie stürmte aus dem Hotel hinter Elia her. Kurz bevor er seinen Tabakladen erreichte, holte sie ihn ein. Er war so überrascht, sie allein hinter sich herlaufen zu sehen, daß er mit offenem Mund stehenblieb und sie nicht einmal grüßte. Als sie nur noch einige Meter von ihm entfernt war, begann sie zu sprechen:

»Also, du kommst einfach zu uns nach Hause und bittest meinen Vater um meine Hand.« Sie sah aus, als hätte eine animalische Wut von ihr Besitz ergriffen. »Diese Sitten stammen wahrhaft von deiner rückständigen Familie. Mich fragst du überhaupt nichts. Ich bin sicher, du bist nicht einmal auf die Idee gekommen. Du sagst, es wird ein Unglück geben, wenn ich dir nicht gehöre. Was hast du mir zu bieten? Du heulst vor meinem Vater, daß du nicht reich genug bist. Du sprichst von Hotels, von Häusern. Ist es das, was du mir bieten würdest, wenn du die Mittel hättest, ja? Ein Haus? Ein Auto? Antworte, du Esel, ist es das?«

Elia war fassungslos. Er verstand nicht. Das junge Mädchen schrie immer lauter, also stammelte er:

»Ja, das ist es.«

»Also, dann sei beruhigt«, erwiderte sie mit einem verächtlichen Lächeln auf den Lippen, das sie in das schönste und stolzeste aller Mädchen des Gargano verwandelte, »sei beruhigt, denn selbst wenn du den Palazzo Cortuno besitzen würdest, du bekämest gar nichts. Ich bin mehr wert als das. Ein Hotel, ein Haus, ein Auto, all das wische ich vom Tisch, verstehst du? Ich bin teurer. Kannst du das verstehen, du elender Bauer? Sehr viel teurer. Ich will alles, ich plündere alles.«

Und kaum hatte sie diese Worte gesprochen, drehte sie sich auf dem Absatz um und verschwand, ließ Elia bestürzt zurück. In diesem Augenblick wußte er, daß Maria Carminella für ihn zu einer wahren Obsession werden würde.

Die Messe war zu Ende, und die letzten Gemeindemitglieder gingen in ungleichen Grüppchen hinaus. Elia wartete auf dem Kirchenvorplatz, mit traurigen Augen und hängenden Armen. Als der Pfarrer ihn erblickte, erkundigte er sich nach seinem Befinden, und nachdem Elia nicht antwortete, lud er ihn auf ein Glas ein. Als sie im Café saßen, verlangte Don Salvatore nachdrücklich zu wissen:

»Was ist los?«

»Ich halte es nicht mehr aus, Don Salvatore«, antwortete Elia, »ich werde verrückt. Ich will . . . Ich weiß nicht. Etwas anderes machen, ein neues Leben anfangen, das Dorf verlassen, den verfluchten Tabakladen verscherbeln.«

»Was hält dich davon ab?« fragte der Pfarrer.

»Die Freiheit, Don Salvatore. Um frei zu sein, muß man reich sein«, meinte Elia, erstaunt, daß Don Salvatore nicht verstand.

»Hör auf zu jammern, Elia. Wenn du Montepuccio verlassen oder dich in Ich-weiß-nicht-was stürzen willst, brauchst du nur den Tabakladen zu verkaufen. Du weißt sehr genau, daß ihr einen guten Preis erzielen würdet.«

»Das würde meine Mutter umbringen.«

»Laß deine Mutter, wo sie ist. Wenn du gehen willst, verkaufe. Wenn du nicht verkaufen willst, hör auf dich zu beklagen.«

Der Pfarrer hatte seine Meinung in dem Ton kundgetan, den die Leute von hier so sehr mochten. Er war direkt, hart und schonte niemanden.

Elia merkte, dass er nicht mehr weitersprechen konnte, ohne das wahre Problem zu nennen, den wirklichen Grund, warum er den Himmel verfluchte: Maria Carminella. Doch von alldem wollte er nicht reden, schon gar nicht mit Don Salvatore. Der Pfarrer unterbrach seine Gedanken.

»Erst am letzten Tag seines Lebens kann man sagen, ob man glücklich gewesen ist«, meinte er. »Vorher muß man sein Schiff so gut steuern, wie man es vermag. Folge deinem Weg, Elia, das ist alles.«

»Der mich nirgendwo hinführt«, murmelte Elia und dachte ganz fest an Maria.

»Das ist etwas anderes. Das ist nicht das gleiche, und wenn du dafür keine Abhilfe schaffst, machst du dich schuldig.«

»Schuldig woran? Verdammt bin ich, ja!«

»Schuldig«, sprach Don Salvatore weiter, »daß du dein Leben nicht bis zu dem Höhepunkt geführt hast, den es hätte erreichen können. Vergiß das Glück, vergiß das Schicksal. Und gib dir einen Ruck, Elia. Reiß dich zusammen, und geh bis zum Ende, denn bis heute hast du noch nichts geleistet.«

Nach diesen Worten erhob sich der alte Mann, klopfte ihm noch einmal mit seiner faltigen kalabrischen Bauernhand auf die Schulter und ging. Elia dachte über ihr Gespräch nach. Der Pfarrer hatte wahr gesprochen. Er hatte nichts geleistet, gar nichts. Zum ersten Mal als Mann gehandelt hatte er bei seinem Gang zu Gaetano, um Maria zur Frau zu erbitten, und selbst da war er mit gesenktem Kopf erschienen, im voraus besiegt. Der Pfarrer hatte recht, Elia hatte noch nichts getan. Und es war Zeit, daß er sich einen Ruck gab. Er saß allein auf der Terrasse des *Da Pizzone*. Mechanisch rührte er mit seinem Löffel im Kaffee und bei jeder Umdrehung murmelte er wie hypnotisiert: »Maria, Maria, Maria . . .«

Seit seiner Unterhaltung mit Don Salvatore war Elia entschlossen, sein Glück erneut zu versuchen. Er hatte sowieso keine andere Wahl. Er schlief nicht mehr, sprach nicht mehr. In dem Rhythmus, wie die Dinge sich entwickelten, gab er sich keinen weiteren Monat mehr, bevor er vollkommen verrückt würde und von den Klippen über Montepuccio ins Meer, das keinen Körper mehr hergibt, springen würde. Er wußte nicht, wie er es anstellen sollte, mit Maria allein zu sein. Weder am Strand noch im Café konnte er sie ansprechen, immer war sie in Begleitung. Er tat also das, was Mörder und Verzweifelte tun, er folgte ihr eines Tages auf dem Rückweg vom Einkaufen. Und als sie in eine kleine Gasse im alten Dorfteil einbog, in der nur einige schläfrige Katzen herumlagen, sprang er auf sie zu wie ein Schatten, packte sie am Arm und sprach mit fiebrig rollenden Augen zu ihr.

»Maria . . .«

»Was willst du?« schnitt sie ihm das Wort ab, ohne auch nur zu erschrecken, als hätte sie seine Anwesenheit in ihrem Rükken gespürt.

Ihr schroffer Tonfall brachte ihn um den Verstand. Er sah zu Boden, dann hob er den Kopf. Sie war so schön, daß er Kopf und Kragen riskieren wollte. Er fühlte, wie er rot anlief, was ihn zornig machte. Sie war so nahe. Er konnte sie berühren, sie umarmen, doch ihr Blick verdammte ihn zum Erröten und Stottern. Ich muß es wagen, dachte er. Gib dir einen Tritt, es muß alles gesagt werden. Und sei's drum, wenn sie sich über dich lustig macht und gemeinsam mit den Katzen auslacht.

»Maria, heute rede ich mit dir und nicht mit deinem Vater. Du hast recht, ich war ein Dummkopf. Du hast mir gesagt, du würdest alles nehmen, erinnerst du dich? ›Ich plündere alles.‹ Das hast du gesagt. Nun gut, ich bin gekommen, um dir zu sagen, daß alles für dich ist. Ich gebe dir alles, bis zur letzten Lira, und das wird noch wenig genug sein. Andere könnten dir mehr bieten, denn ich bin nicht der reichste Mann, doch niemand wird bereit sein, dir wie ich seinen gesamten Besitz zu geben. Ich behalte nichts für mich, du kannst alles nehmen.«

Er hatte sich in Rage geredet, und seine Augen zeigten jetzt ein ungesundes Lachen, was ihn hässlich machte. Maria stand gerade da, mit unbewegtem Gesicht. Sie schaute Elia an, als würde ihr Blick ihn entkleiden.

»Du kommst wirklich aus einer Kaufmannsfamilie«, versetzte sie mit verächtlichem Lächeln. »Geld, das ist alles, was du anbieten kannst. Sehe ich aus wie ein Zigarettenpäckchen, daß du mich auf diese Art bekommen willst? Du möchtest deine Frau erwerben. Nur Huren und Mailänderinnen kann man mit Gold und Schmuck kaufen. Doch du verstehst dich auf nichts anderes. Kaufen. Hau ab, laß mich vorbei. Geh dir auf dem Viehmarkt eine Frau suchen, setz den Preis fest, den du zahlen willst. Ich bin auf jeden Fall zu teuer für dich.«

Mit diesen Worten ging sie weiter Richtung nach Hause. Ohne zu überlegen, packte Elia sie mit einer heftigen Bewegung am Arm. Er war leichenblaß, seine Lippen zitterten. Er wußte selbst nicht, warum er es tat, doch er hielt sie fest. Zwei Gedanken kämpften in seinem Innern, der eine sagte ihm, er solle sie sofort loslassen. Es sei alles lächerlich. Er solle sie loslassen und sich entschuldigen. Doch ein unbestimmter Trieb ließ ihn gehässig den Arm umklammern. »Ich könnte sie vergewaltigen«, sagte er sich. »Hier, in dieser Straße, jetzt. Sie vergewaltigen, egal was hinterher geschieht. Sie ist so nah, ihr Arm hier vor mir, der sich wehrt, aber nicht stark genug ist. Ich könnte sie nehmen. Es wäre immerhin eine Möglichkeit, sie zu besitzen, denn sie wird mich niemals heiraten ...«

»Laß mich los.«

Die Anweisung knallte in seinen Ohren. Sofort gab er sie frei. Und noch bevor er seinen Verstand wiedergefunden hatte, noch bevor er lächeln oder sich hätte entschuldigen können, war sie verschwunden. Ihre Stimme hatte so fest geklungen, so autoritär, daß er, ohne nachzudenken, gehorcht hatte. Ihre Blicke waren sich ein letztes Mal begegnet. Elias Blick war leer, wie der eines Drogensüchtigen oder Schlaflosen. Hätte er all seine Sinne beieinandergehabt, hätte er in Marias Blick eine Art Lächeln sehen können, das die Kälte ihrer Stimme Lügen strafte. Lust war in ihren Augen erwacht, als hätte der Kontakt seiner Hand auf ihrem Arm sie mehr berührt als seine Worte. Doch Elia sah nichts davon. Er blieb völlig kraftlos in der Gasse zurück, bestürzt über den Verlauf des Gesprächs, von dem er so lange geträumt hatte.

Als er in die Kirche stolperte, rauchte Don Salvatore gerade eine Zigarette, was er nur sehr selten tat, doch dann mit großem Vergnügen. Es erinnerte ihn an sein Leben in Kalabrien, vor dem Seminar, als er und seine Kameraden im Alter von zwölf Jahren an den Zigaretten zogen, die sie stibitzt hatten.

»Was ist passiert?« erkundigte sich Don Salvatore, erschreckt von Elias Miene.

»Ich bin am Ende«, antwortete Elia, und völlig ohne Scham und Vorbehalte erzählte er nun zum ersten Mal jemandem von seiner großen Liebe. Er erzählte alles: die Nächte, in denen er an nichts anderes denken konnte, die Besessenheit, die Angst, wenn er vor ihr stand. Der Pfarrer lauschte ihm eine Weile, dann, als ihm schien, er wisse genug, hob er die Hand und unterbrach ihn:

»Hör mir zu, Elia. Ich kann bei den Toten helfen, ich kenne die Gebete. Ich kann bei der Kindererziehung helfen, denn ich habe nach dem Tod meines Bruders meine Nichten aufgezogen, doch bei den Frauen, nein, dazu kann ich nichts sagen.«

»Aber was nun?« wollte der ratlose Elia wissen.

»Ich bin Kalabrier«, fuhr Don Salvatore fort, »und wenn man in Kalabrien von der Liebe gequält wird, tanzt man die Tarantella. Daraus ergibt sich immer etwas, sei es glücklich oder tragisch.«

Don Salvatore hatte sich nicht damit begnügt, ihm die Tarantella zu raten, er hatte ihm auch den Namen einer alten Frau im Dorf genannt. Sie war Kalabrierin und würde sich um ihn kümmern, wenn er um Mitternacht mit einer Ölkanne an ihre Tür klopfte.

Dies tat Elia. Eines Abends wartete er vor der Tür eines kleinen Hauses. Es dauerte endlos, bis jemand öffnete. Eine kleine alte Frau mit verrunzelten Apfelbäckchen, stechenden Augen und weichen Lippen stand vor ihm. Bei sich dachte Elia, daß er sie noch nie im Dorf gesehen hatte. Sie sagte etwas, was er nicht verstand. Es handelte sich weder um Italienisch noch um die Sprache Montepuccios, vielleicht um einen kalabrischen Dialekt. Elia wußte nicht, was er sagen sollte, und hielt ihr die Ölkanne entgegen. Das Gesicht der Alten leuchtete auf. Mit schriller Stimme fragte sie: »*Tarantella?*«, als würde das Wort allein sie schon entzücken, und öffnete die Tür.

Das Gebäude bestand nur aus einem einzigen Raum – wie die Häuser von einst. Eine Matratze, ein Ofen, ein Eimer für die Bedürfnisse. Der Boden war die nackte Erde. Es erinnerte an Raffaeles Haus in der Nähe des Hafens, in dem die Scorta nach ihrer Rückkehr aus New York gewohnt hatten. Wortlos stellte die Alte eine Flasche Likör auf den Tisch, bedeutete ihm, sich einzuschenken, und verließ das Haus. Elia gehorchte, setzte sich an den Tisch und goß sich ein Glas ein. Er hatte einen Grappa oder einen *limoncino* erwartet, doch der Geschmack dieses Trunks glich nichts, was er kannte. Er leerte sein Glas und schenkte sich in der Hoffnung, das Getränk zu identifizieren, noch einmal ein. Wie Lava floß der Likör seine Kehle hinunter. Der Geschmack erinnerte an Steine. »Wenn die Steine des Südens nach etwas schmecken würden, dann so wie das hier«, dachte Elia nach dem dritten Glas. War es möglich, die Felsen der Hügel auszupressen und einen derartigen Saft zu erhalten? Elia überließ sich der dichten Hitze des Getränks. Er dachte an nichts mehr. Da öffnete sich die Tür und die kleine Alte erschien wieder, gefolgt von einem blinden Mann, der noch älter war als sie. Auch ihn hatte Elia noch nie gesehen. Er war dürr und hager, genauso klein wie die Frau. Er setzte sich in eine Ecke und holte ein Tamburin hervor. Und die beiden Alten begannen, die traditionelle Tarantella des Sonnenlandes zu singen. Elia ließ diese tausendjährigen Gesänge, die vom Irrsinn der Männer und dem Biß der Frauen handelten, in sich einströmen. Die Stimme der Alten hatte sich verändert. Sie klang jetzt wie eine Jungfrau, näselnd und hochgeschraubt, und brachte die Mauern zum Erzittern. Der Alte stampfte auf den Boden, und seine Finger hämmerten auf das Tamburin. Auch mit seiner Stimme begleitete er die Gesänge der Frau. Elia goß sich noch ein Glas ein. Ihm schien, der Geschmack des Likörs hätte sich verändert. Keine ausgepreßten Steine mehr, sondern vielmehr ein Sonnenglitzern. Der *solleone*, der »Sonnenlöwe«, das tyrannische Sternzeichen der Sommermonate. Der Likör roch nach dem Schweiß auf den Rücken der Männer, die auf dem Feld arbeiten. Er roch nach dem schnell gegen den Felsen klopfenden Herzen der Eidechsen. Er roch nach der Erde, die sich öffnet und zerreißt im Flehen um ein wenig Wasser. In Elias Mund lag der *solleone* und dessen ganze unbeugsame majestätische Kraft.

Die kleine Alte stand jetzt in der Mitte des Zimmers und hatte zu tanzen begonnen. Sie lud Elia ein, sich zu ihr zu gesellen. Er trank ein fünftes Glas und stand auf. Im Rhythmus der Gesänge begannen sie den Spinnentanz. Die Musik erfüllte Elias Schädel. Im schien, als befänden sich ein Dutzend Musiker im Zimmer. Die Gesänge strömten durch seinen ganzen Körper, hoch und wieder hinunter. Und er verstand ihren tiefen Sinn. Schwindel erfaßte ihn, Schweiß lief ihm den Rücken hinunter. Ihm schien, als ließe er sein ganzes Leben aus seinen Füßen fließen. Die vorher so langsame und müde Alte hüpfte nun um ihn herum. Sie war überall, kreiste ihn ein, ließ ihn nicht aus den Augen. Alt und häßlich wie eine sonnenverwöhnte Frucht lächelte sie ihn an. Er verstand, ja, jetzt verstand er alles. Sein Blut begann zu kochen. Diese mit ihrem zahnlosen Mund aus vollem Halse lachende Alte war das Gesicht des Schicksals, das sich so oft über ihn lustig gemacht hatte. Dort stand sie im ganzen Fieber und Zorn. Er schloß die Augen. Er folgte nicht mehr den Bewegungen der Alten, er tanzte. Die eintönige und schwere Musik erfüllte ihn mit Glück. Er hörte in diesen alten Klagen die einzige Wahrheit, die er jemals vernommen hatte. Die Tarantella hatte vollständig von ihm Besitz ergriffen, so wie sie sich aller verlorenen Seelen bemächtigt. Er fühlte jetzt riesige Kräfte in sich. Die Welt saß auf seinen Fingerspitzen. Er war Vulkan in seiner überhitzten Grotte. Mit jedem seiner Schritte schlug er Funken. Plötzlich stieg eine Stimme in ihm auf. Es war die Stimme der Alten, wenn es nicht gar die Musik selbst war, oder der Likör. Sie sagte immer das gleiche, wiederholte ewig im abgehackten Rhythmus der Musik:

»Los, Mann, geh, die Tarantella begleitet dich, tu, was du tun mußt.«

Elia wandte sich zur Tür. Es überraschte ihn, sie offen zu finden. Er dachte nicht daran, sich zu den beiden Alten umzudrehen. Die Musik war in ihm, hallte wider mit der Kraft altertümlicher Prozessionen.

Er ging hinaus und marschierte wie ein Besessener durch die Gassen des alten Dorfes. Es war vier Uhr in der Früh, und selbst die Fledermäuse schliefen.

Ohne es wirklich gewollt zu haben, fand er sich vor dem Tabakladen auf dem Corso wieder. Feuer floß durch seine Adern, er schwitzte überall. Die Erde drehte sich, und das Lachen der Alten kitzelte sein Ohr. Getrieben von der Tarantella, die ihm das Herz zerriß und sein Blut aussaugte, drang er in den Laden ein, ging ins Lager und zündete eine Zigarettenkiste an. Dann ging er hinaus, ohne sich nach dem aufflackernden Feuer umzusehen, und stellte sich auf den gegenüberliegenden Bürgersteig, um das Schauspiel zu genießen. Das Feuer griff schnell um sich. Dichter Rauch drang aus dem Lager heraus. Bald hatten die Flammen auch den Ladentisch erreicht. Von Elias Platz aus hätte man zunächst glauben können, jemand hätte das elektrische Licht eingeschaltet. Dann ging das Leuchten mehr ins Orange, und die Flammen erschienen, leckten an den Mauern und feierten tanzend ihren Sieg. Elia schrie wie ein Verrückter und begann zu lachen. Der Geist der Mascalzones hatte von ihm Besitz ergriffen, und er lachte dieses zerstörerische und haßerfüllte Lachen, das die Mitglieder der Familie von Generation zu Generation weitervererbten. Ja, alles konnte brennen, zum Teufel damit. Die Zigaretten und das Geld, sein Leben und seine Seele, alles konnte brennen. Er lachte aus vollem Halse und tanzte im Licht der Flammen den irrsinnigen Rhythmus der Tarantella.

Der Lärm der Feuersbrunst und der Geruch der Flammen weckten schon bald die Nachbarn, die auf die Straße eilten. Man befragte Elia, doch da er nicht antwortete und seinen leeren irren Blick beibehielt, glaubten die Leute an einen Unfall. Wer konnte sich auch vorstellen, Elia hätte den Laden selbst angezündet? Sie gingen ans Werk, holten Feuerlöscher. Eine dichte Menschenmenge drängte sich auf der Straße. Da erschien Carmela, kreidebleich im Gesicht und mit wirren Haaren. Sie war verstört und konnte ihren Blick nicht vom Flammenschauspiel wenden. Beim Anblick der armen wankenden Frau auf dem Bürgersteig verstand jeder, daß hier nicht nur ein Laden abbrannte, sondern ein Leben und das Erbe einer ganzen Familie. Die Gesichter waren traurig, wie bei einer großen Naturkatastrophe. Nach einer Weile begleiteten wohlmeinende Nachbarn Carmela nach Hause, um ihr das traurige Schauspiel des Brandes zu ersparen. Es hatte keinen Sinn, daß sie blieb, es war nur eine unnötige Qual.

Der Anblick seiner Mutter hatte Elia mit einem Schlag ernüchtert. Die Euphorie war einer tiefen Verzweiflung gewichen. Er rief in die Menge, sprach den einen oder anderen an:

»Riecht ihr das? Riecht ihr den Rauch? Er riecht nach dem Schweiß meiner Mutter. Merkt ihr das? Und auch nach dem Schweiß ihrer Brüder.«

Schließlich wurden die Einwohner Montepuccios Herr der Flammen. Der Brand griff nicht auf die Nachbarhäuser über, doch vom Tabakladen blieb nichts mehr übrig. Elia war am Boden zerstört. Das Schauspiel besaß nicht mehr die hynotisierende Schönheit der Flammen, es war häßlich und erschütternd. Die Steine rauchten schwarz und erstickend. Die Tarantella war verstummt. Er saß auf dem Bürgersteig und lachte nicht mehr. Verstört sah er den Rauchkringeln nach.

Die Einwohner Montepuccios zerstreuten sich bereits wieder in kleinen Gruppen, als Maria Carminella erschien, im weißen Morgenrock. Die schwarzen Haare fielen ihr auf die Schultern. Wie einen Geist sah er sie kommen, direkt auf ihn zu. Er besaß noch die Kraft, sich zu erheben, doch er wußte nicht, was er sagen sollte, und zeigte einfach nur mit dem Finger auf den in Rauch aufgegangenen Tabakladen. Sie lächelte ihn an, wie sie es nie zuvor getan hatte, und murmelte:

»Was ist passiert?«

Elia antwortete nicht.

»Ist alles in Flammen aufgegangen?« drängte sie.

»Alles«, erwiderte er.

»Was hast du mir nun zu bieten?«

»Nichts.«

»Gut so«, sagte Maria. »Ich gehöre dir, wenn du mich willst.«

Asche und harte Arbeit prägten die Tage nach dem Brand. Die Trümmer mußten weggeräumt, der Laden gesäubert werden, und es galt zu retten, was zu retten war. Diese undankbare Arbeit hätte den entschlossensten Mann ans Ende seiner Kräfte gebracht. Es war zum Verzweifeln. Die schwarzen Mauern, der Schutt am Boden, die in Rauch aufgegangenen Zigarettenkisten – all dies verlieh dem Geschäft das Aussehen einer zerstörten Stadt nach der Schlacht. Doch Elia durchlebte diese Prüfung mit sturer Entschlossenheit und ohne ein äußeres Zeichen der Erschütterung. In Wahrheit fegte Marias Liebe alles andere hinweg. Er dachte nur an sie, der Zustand des Tabakladens war zweitrangig. An seiner Seite stand die Frau, die er so begehrt hatte, der Rest war nicht so wichtig.

Maria hatte gehalten, was sie versprochen hatte. Sie war bei Elia eingezogen. Am Morgen nach dem Brand saßen sie beim Kaffee, als Elia verkündete:

»Ich habe heute nacht nicht geschlafen, Maria. Und es war nicht der Brand, der mir keine Ruhe gelassen hat. Wir werden heiraten. Und du weißt wie ich, daß dein Vater reicher ist, als ich es jemals sein werde. Weißt du, was man sagen wird? Daß ich dich wegen des Geldes geheiratet habe.«

»Es ist mir egal, was man sagen wird«, erwiderte Maria ruhig.

»Mir auch, doch ich traue mir selbst am wenigsten.«

Maria sah ihren Mann neugierig an. Sie verstand nicht, worauf er hinauswollte.

»Ich weiß, wie das alles enden wird«, nahm er den Faden wieder auf. »Ich werde dich heiraten. Dein Vater wird mir die Verwaltung des Hotels Tramontane anbieten. Ich werde annehmen und meine Sommernachmittage beim Kartenspiel mit Freunden am Swimmingpool verbringen. Das ist nichts für mich. Die Scorta sind dafür nicht gemacht.«

»Du bist kein Scorta.«

»Doch, Maria. Ich bin mehr Scorta als Manuzio, das fühle ich. So ist es einfach. Meine Mutter hat mir das schwarze Blut der Mascalzone vererbt. Ich bin ein Scorta, der verbrennt, was er liebt. Und du wirst sehen, daß ich das Hotel Tramontane verbrenne, wenn ich es eines Tages besitzen sollte.«

»Hast du den Tabakladen angezündet?«

»Ja.«

Maria blieb einen Moment still. Dann sprach sie leise weiter:

»Wofür sind die Scorta gemacht?«

»Für den Schweiß«, antwortete Elia.

Es folgte eine lange Stille. Maria dachte nach, was all das bedeutete. Es war, als ließe sie vor ihren Augen die kommenden Jahre vorbeiziehen. Im Geiste betrachtete sie das Leben, das Elia ihr anbot, dann lächelte sie ihn sanft an und erklärte mit stolzer und hochmütiger Miene:

»Also gut, dann der Schweiß.«

Elia blieb ernst. Und als wollte er sichergehen, daß seine Frau ihn verstanden hatte, sagte er:

»Wir werden um nichts bitten. Wir werden nichts annehmen. Wir werden allein sein, du und ich. Ich habe nichts anzubieten. Ich bin ein Ungläubiger.«

»Das erste, was wir tun müssen«, antwortete sie, »ist, den Tabakladen aufzuräumen, damit wir wenigstens die Zigarettenkisten dort aufstellen können.«

»Nein«, widersprach Elia ruhig grinsend. »Das erste, was wir tun müssen, ist heiraten.«

Einige Wochen später fand die Hochzeit statt. Don Salvatore segnete ihren Bund. Anschließend lud Elia alle Gäste zu einem großen Festessen auf den *trabucco* ein. Raffaeles Sohn Michele hatte einen langen Tisch zwischen den Netzen und Rollen aufgestellt. Die ganze Familie war da. Es wurde ein einfaches und fröhliches Fest, und es gab reichlich zu essen. Am Ende des Festmahls erhob sich Donato und bat mit einem leisen Lächeln um Ruhe. Dann begann er zu sprechen:

»Mein Bruder«, sagte er, »du hast heute geheiratet. Ich schaue dich an, hier, in deinem Anzug. Du beugst dich über den Hals deiner Frau und flüsterst ihr etwas zu. Ich sehe, wie du dein Glas auf die Gesundheit der Gäste hebst, und ich finde dich schön. Du besitzt die einfache Schönheit der Freude. Ich möchte das Leben bitten, euch so zu lassen, wie ihr heute seid, heil, jung, voller Wünsche und voller Kraft. Möget ihr die Jahre glatt durchleben. Möge das Leben für euch keine der bekannten Fratzen bereithalten. Ich schaue euch heute an, betrachte euch voll Sehnsucht. Und wenn eines Tages die Zeiten hart sind, wenn ich über mein Schicksal weine, wenn ich auf mein Hundeleben schimpfe, dann werde ich mich an diese Augenblicke erinnern, an unsere vor Freude leuchtenden Gesichter, und ich werde mir sagen: »Schimpf nicht auf das Leben, verfluche nicht das Schicksal, erinnere dich an Elia und Maria, die glücklich waren, wenigstens einen Tag in ihrem Leben, und an diesem Tag standest du an ihrer Seite.«

Bewegt umarmte Elia seinen Bruder. In diesem Moment begannen seine beiden Cousinen Lucrezia und Nicoletta ein apulisches Lied zu singen, und alle Frauen stimmten in den Refrain ein: »*Ahi, ahi, ahi, domani non mi importa per niente, questa notte devi morire con me.*«* Das brachte die ganze Gesellschaft zum Lachen. Die Scorta ließen diese glücklichen Stunden durch sich hindurchströmen, und so zog sich der Abend über der Freude an dem kühlen Sommerwein hin.

In den folgenden Monaten trat in Montepuccio ein merkwürdiges Phänomen auf. Seit Ende der 1950er Jahre gab es zwei Tabakgeschäfte im Dorf: das der Scorta und noch ein weiteres. Die beiden Familien schätzten sich. Es gab genug Arbeit für alle, und die Konkurrenz hatte sie niemals gegeneinander aufgebracht. Das galt nicht für die unzähligen Verkaufsstellen der Campingplätze, Hotels, Ferienanlagen und Diskotheken. Offiziell verkaufte man nur einige Päckchen, um den eigenen Gästen auszuhelfen, doch in manchen Fällen handelte es sich um echte illegale Verkaufsstellen.

Elia und Maria besaßen nicht genug Geld, um die nötigen Arbeiten für die Wiedereröffnung des Ladens durchführen zu können. In der ersten Zeit verkauften sie ihren Tabak daher wie Schwarzhändler.

Das Merkwürdigste war, daß das Dorf es ablehnte, seine Zigaretten woanders zu kaufen. Sonntags betrachteten die Touristen erstaunt eine lange Warteschlange vor dem schmutzigsten und heruntergekommensten Geschäft des ganzen Corso. Es gab kein Schild mehr, weder Ladentisch noch Kasse. Vier Mauern, zwei Stühle und die Tabakkisten, in die Elia seine Arme tauchte, direkt auf dem Boden. An den Sommerabenden verkaufte er sie auf dem Bürgersteig, während Maria drinnen die Wände schrubbte. Und trotzdem standen die Bewohner Montepuccios Schlange. Und sogar wenn Elia ihnen verkündete, er habe ihre Zigarettenmarke nicht mehr (da er keine großen Mengen einkaufen konnte, beschränkte er sich auf

wenige Marken), gingen sie so weit, zu lachen und meinten:
»Ich nehme, was du hast!« und zogen ihr Portemonnaie heraus.

Diese Welle der Solidarität war das Werk Don Salvatores. Tag für Tag hatte er seine Gemeinde während der Messe zu ein wenig gegenseitiger Hilfe gemahnt. Das Ergebnis überstieg seine kühnsten Erwartungen.

Mit tiefer Freude stellte er fest, daß seine Aufrufe zur Brüderlichkeit gehört worden waren, und als er eines Tages vor dem Laden vorbeiging und wieder ein Schild über der Eingangstür hängen sah, entfuhr ihm:

»Vielleicht müssen diese Hornochsen doch nicht alle in der Hölle schmoren.«

Tatsächlich war an diesem Tag das funkelnagelneue Schild aus Foggia angekommen. Darauf stand zu lesen: *Tabaccheria Scorta Mascalzone Rivendita No. 1.* Wer nicht genau hinsah, hätte dieses Schild für dasselbe halten können, das Carmela, Domenico, Giuseppe und Raffaele einst in ihrer Jugend voller Stolz aufgehängt hatten. Doch Elia wußte genau, daß es ein anderes war. Und daß ein neuer Pakt zwischen ihm und dem Tabakladen geschlossen worden war. Und auch die Bewohner Montepuccios, die jetzt stolz die Auslagen betrachteten, wußten es und spürten, daß sie ihren Teil zu dieser unerwarteten Wiedergeburt beigetragen hatten.

In Elia vollzog sich ein grundlegender Wandel. Zum ersten Mal arbeitete er voller Glück. Noch nie waren die Bedingungen so hart gewesen, alles war zu tun. Doch etwas hatte sich verändert. Er erbte nicht, er baute selbst auf. Er verwaltete kein Gut, das er von seiner Mutter bekommen hatte, er kämpfte mit aller Kraft, um seiner Frau ein wenig Bequemlichkeit und Freude zu verschaffen. Im Tabakladen fand er nun das Glück, das auch seine Mutter bei ihrer Arbeit dort empfunden hatte. Jetzt verstand er die Besessenheit und die Leidenschaft, mit der sie von ihrem Geschäft sprach. Alles war zu tun. Und um es zu erreichen, mußte er sich anstrengen. Ja, sein Leben war ihm niemals so dicht und kostbar erschienen.

Ich denke oft über mein Leben nach, Don Salvatore. Was für einen Sinn hat das alles? Ich habe Jahre gebraucht, um das Tabakgeschäft aufzubauen, Tag und Nacht. Und als es schließlich geschafft war, als ich es endlich in Ruhe meinen Söhnen übergeben konnte, wurde es hinweggefegt. Erinnert Ihr Euch an das Feuer? Alles ist verbrannt. Ich habe geheult vor Wut. All meine Anstrengungen, all meine Nächte voller Arbeit – ein einfacher Unglücksfall, und alles ging in Flammen auf. Ich glaubte, es nicht überleben zu können. Ich weiß, daß man im Dorf die gleichen Gedanken hegte. Die alte Carmela wird den Tod ihres Tabakladens nicht überleben. Doch ich habe durchgehalten, ja, ich habe durchgehalten. Elia hat es auf sich genommen, alles wiederaufzubauen, ganz geduldig. Es war nicht mehr ganz mein Tabakladen, aber das war gut so. Meine Söhne, an denen habe ich mich festgehalten. Doch auch hier wurde alles über den Haufen geworfen. Donato ist verschwunden. Jeden Tag verfluche ich das Meer, das ihn mir genommen hat. Donato. Was hat das alles für einen Sinn? All diese langsam aufgebauten Leben, voller Geduld und Willenskraft und Opferbereitschaft, all diese von einem unglücklichen Wind hinweggefegten Leben, diese Versprechen von Freuden, die man sich erträumt und die zerbrechen. Wisst Ihr, was das Erstaunlichste daran ist, Don Salvatore? Ich werde es Euch sagen. Das Erstaunlichste ist, daß weder der Brand noch Donatos Verschwinden mein Ende bedeutet haben. Jede andere Mutter hätte den Verstand verloren oder sich dem Tod überlassen. Ich weiß nicht, aus welchem Holz ich geschnitzt bin, ich bin hart. Ich habe durchgehalten, ohne es zu wollen, ohne darüber nachzudenken. Es ist stärker als ich. Etwas in mir klammert sich eisern fest und hält durch. Ja, ich bin hart.

Erst nach Giuseppes Beerdigung habe ich mit dem Sprechen aufgehört. Erst redete ich stundenlang kein Wort, dann tagelang. Ihr wißt es, Ihr wart bereits bei uns. Am Anfang kommentierte das Dorf dieses ungewohnte Schweigen neugierig. Man stellte Spekulationen an. Dann gewöhnte man sich daran. Und schon sehr bald erschien es euch allen, als hätte Carmela Scorta niemals geredet. Ich fühlte mich weit entfernt von der Welt. Ich besaß keine Kraft mehr. Alles erschien mir sinnlos. Das Dorf dachte, daß Carmela ohne die Scorta ein Nichts war, daß sie sich lieber vom Leben abwandte, als es ohne ihre Brüder weiterzuführen. Sie haben sich geirrt, Don Salvatore. Etwas anderes hat mich all die Jahre zum Schweigen gebracht, etwas anderes, über das ich noch nie gesprochen habe.

Einige Tage nach Giuseppes Beerdigung kam Raffaele zu mir. Es war ein milder Tag. Ich bemerkte sofort seinen klaren Blick, als hätte er die Augen mit Wasser gespült. Eine ruhige Entschlossenheit lag in seinem Lächeln. Ich hörte ihm zu. Er sprach lange, ohne nur einmal den Blick zu senken. Er sprach lange, und ich erinnere mich an jedes einzelne seiner Worte. Er sagte, er sei ein Scorta, er habe diesen Namen voller Stolz angenommen. Doch er sagte auch, er verfluche sich des Nachts. Ich verstand nicht, was er mir sagen wollte, doch ich fühlte, daß alles ins Wanken geraten würde. Ich bewegte mich nicht mehr, hörte nur zu. Er holte tief Luft und sprach in einem Zug. Er sagte, daß er an dem Tag, an dem er die Stumme begraben hatte, zweimal geweint habe. Das erste Mal auf dem Friedhof vor uns. Er weinte über die Ehre, die wir ihm erwiesen, indem wir ihn fragten, ob er unser Bruder sein wolle. Das zweite Mal war am Abend in seinem Bett. Er weinte und biß in sein Kopfkissen, um keinen Lärm zu machen. Er weinte, weil er mit seinem Ja als unser Bruder auch mein Bruder wurde. Und das war nicht, wovon er geträumt hatte. Nach diesen Worten legte er eine Pause ein. Und ich erinnere mich, daß ich betete, er möge nichts mehr sagen. Ich wollte nichts hören. Ich wollte aufstehen und gehen. Doch er sprach weiter: »Ich habe dich immer geliebt.« Das hat er gesagt, da, und mir ruhig in die Augen gesehen. Doch an diesem Tag war er mein Bruder geworden, und er hatte sich geschworen, sich auch so zu benehmen. Er sagte, daß er dank dieser Entscheidung das Vergnügen erlebt hatte, sein ganzes Leben an meiner Seite zu verbringen. Ich wußte nicht, was ich antworten sollte. Alles drehte sich in mir. Er sprach weiter, sagte, daß er sich an manchen Tagen wie einen Hund verfluche, weil er am Friedhof nicht nein gesagt hatte. Nein zu der Sache mit dem Bruder, und daß er statt dessen am Grab meiner Mutter um meine Hand angehalten habe. Doch er hatte es nicht gewagt. Er hatte ja gesagt und die Schaufel genommen, die wir ihm entgegenhielten. Er ist unser Bruder geworden. »Es war ein so schönes Gefühl, euch ja zu sagen«, meinte er und fügte hinzu: »Ich bin ein Scorta, Carmela, und ich bin wirklich nicht in der Lage zu sagen, ob ich das bedauere oder nicht.«

Er sprach, ohne mich aus den Augen zu lassen. Und als er geendet hatte, spürte ich seine Erwartung, daß auch ich nun reden sollte. Ich blieb still. Ich spürte seine Erwartung um mich herum. Ich zitterte nicht, war leer. Ich konnte nichts sagen, nicht ein Wort. In mir war nichts. Ich sah ihn an. Es verging eine Weile. Wir saßen einander gegenüber. Er begriff, daß ich nicht antworten würde. Noch ein wenig wartete er, hoffte. Dann stand er vorsichtig auf, und wir trennten uns. Ich sagte kein Wort und ließ ihn gehen.

Von diesem Tag an schwieg ich. Am nächsten Morgen sahen wir

uns wieder und taten, als wäre nichts gewesen. Das Leben nahm wieder seinen Lauf, doch ich sprach nicht mehr. Etwas war zerbrochen. Was hätte ich ihm sagen können, Don Salvatore? Das Leben war vergangen, wir waren alt. Was hätte ich ihm antworten können? Man muß noch einmal von vorn anfangen, Don Salvatore. Ich war feige. Man muß noch einmal von vorn anfangen, doch die Jahre vergingen.

8

Die Sonne taucht ein

Als er den Tod nahen fühlte, rief Raffaele seinen Neffen zu sich. Donato kam, und lange Zeit sprachen sie kein Wort. Der alte Mann konnte sich nicht entschließen, das Gespräch zu beginnen. Er betrachtete Donato, der in Ruhe den angebotenen Campari trank. Fast hätte er sein Vorhaben aufgegeben, doch schließlich begann er – trotz der Angst, in den Augen seines Neffen Ekel oder Wut zu lesen:

»Donato, du weißt, warum ich dein Onkel bin?«

»Ja, *zio*«, antwortete Donato.

»Man hat dir erzählt, wie wir beschlossen haben, Geschwister zu werden, an dem Tag, als ich deinen beiden Onkeln Mimi und Peppe geholfen habe, die Stumme zu beerdigen.«

»Ja, *zio*«, wiederholte Donato.

»Und daß ich meinerseits meinen ersten Familiennamen, der nichts wert war, aufgegeben habe, um denjenigen der Scorta zu tragen.«

»Ja, *zio*. Das hat man mir erzählt.«

Raffaele legte eine kleine Pause ein. Der Moment war gekommen. Er verspürte keine Angst mehr. Schnell wollte er sein Herz erleichtern.

»Ich möchte ein Verbrechen beichten.«

»Was für ein Verbrechen?« fragte der junge Mann.

»Vor vielen Jahren habe ich einen Mann der Kirche getötet, Don Carlo Bozzoni, den Pfarrer von Montepuccio. Er war ein Mann mit häßlichem Charakter, aber durch seine Ermordung war ich selbst verloren.«

»Warum hast du das getan?« wollte Donato wissen, der vom

Geständnis des Mannes, den er immer für den sanftesten seiner Onkel gehalten hatte, völlig überrascht war.

»Ich weiß nicht«, stammelte Raffaele. »Es kam plötzlich über mich. In meinem Innern wartete eine riesige Wut, die mich überrollte.«

»Warum warst du so wütend?«

»Ich bin ein Feigling, Donato. Sieh mich nicht so an, glaub mir, ich bin ein Feigling. Ich habe nicht gewagt, um das zu bitten, was ich wollte. Darum hat sich die Wut angestaut, und darum ist sie vor diesem idiotischen Pfarrer, der nichts wert war, explodiert.«

»Wovon redest du?«

»Von deiner Mutter.«

»Meiner Mutter?«

»Ich habe es niemals gewagt, sie zu bitten, meine Frau zu werden.«

Donato war sprachlos.

»Warum erzählst du mir das, *zio?*« fragte er.

»Weil ich sterben werde und alles mit mir begraben werden wird. Ich möchte, daß wenigstens ein Mensch weiß, was ich mein ganzes Leben lang in meinem Innersten getragen habe.«

Raffaele schwieg. Donato wußte nicht, was er sagen sollte. Er fragte sich eine Weile, ob er seinen Onkel trösten oder eher ein Zeichen der Mißbilligung zum Ausdruck bringen sollte. Er fühlte sich leer, war überrascht. Es gab nichts hinzuzufügen. Der Onkel erwartete keine Antwort. Er hatte geredet, damit die Dinge ausgesprochen waren und nicht um die Meinung eines anderen einzuholen. Donato hatte das Gefühl, daß dieses Gespräch ihn mehr verändern würde, als er es vorhersagen konnte. Er stand auf, sah ein wenig verlegen aus. Der Onkel sah ihn lange an, und Donato spürte, daß der alte Mann sich beinahe entschuldigen wollte, ihn ins Vertrauen gezogen zu haben. Als hätte er es vorgezogen, all die alten Geschichten mit sich zu nehmen. Sie umarmten sich herzlich und trennten sich.

Raffaele starb einige Tage später in den Netzen auf seinem *trabucco* zum Rauschen des Meeres unter ihm, mit leichtem Herzen. Am Tag der Beerdigung wurde der Sarg von seinem Sohn Michele und den drei Neffen Vittorio, Elia und Donato getragen. Carmela war da, ihr Gesicht verschlossen, sie weinte nicht, hielt sich gerade. Als der Sarg an ihr vorbeigetragen wurde, hob sie die Hand zum Mund und drückte einen Kuß auf das Holz – was Raffaele im Tod lächeln ließ.

Das ganze Dorf hatte beim Anblick des vorbeiziehenden Sarges das Gefühl, am Ende einer Epoche zu stehen. Nicht Raffaele wurde zu Grabe getragen, sondern alle Scorta Mascalzone. Man bestattete die alte Welt, die Welt der Malaria und der beiden Weltkriege, die Welt der Auswanderer und des Elends. Man bestattete die alten Erinnerungen. Die Menschen sind nichts. Sie hinterlassen keine Spuren. Raffaele verließ Montepuccio, und alle Männer zogen den Hut, als er vorbeikam, und senkten den Kopf im Bewußtsein, daß auch sie eines Tages verschwinden und die Olivenbäume deshalb nicht weinen würden.

Die Enthüllung seines Onkels hatte Donatos Weltbild ins Wanken gebracht. Von nun an sah er das Leben um sich herum mit einer Art Müdigkeit in den Augen. Alles wirkte falsch. Die Geschichte seiner Familie erschien ihm nur noch wie die traurige Abfolge frustrierter Existenzen. Die Männer und Frauen hatten nicht das Leben geführt, das sie wollten. Sein Onkel hatte es niemals gewagt, sich zu erklären. Wie viele andere heimliche Enttäuschungen verbargen sich noch in der Familiengeschichte? Eine immense Traurigkeit ergriff von ihm Besitz. Das Geschäftsleben der Menschen wurde ihm unerträglich, es blieb nur der Schmuggel. Er verschrieb sich ihm mit Leib und Seele, lebte buchstäblich auf seinem Boot. Nur das eine konnte er sein: ein Schmuggler. Die Zigaretten besaßen keine Bedeutung, es hätten auch Schmuckstücke, Alkohol oder Säcke mit wertlosem Papier sein können. Was ihn interessierte, waren die nächtlichen Fahrten, diese Augenblicke der unendlichen Stille und der Irrfahrt auf dem Meer.

Der Abend kam, und er warf die Leinen los – die Nacht begann. Er fuhr bis Montefusco, einer winzig kleinen Insel vor der italienischen Küste, die Drehscheibe aller Handelswege. Hier entluden die Albaner ihre gestohlenen Waren, und hier fand der Tauschhandel statt. Auf der Rückfahrt lag sein Boot wegen der Zigarettenkisten tief im Wasser. Nachts spielte er Verstecken mit den Zollbooten, und das brachte ihn zum Lächeln, denn er wußte, er war der Beste und niemand würde ihn je schnappen.

Manchmal fuhr er sogar bis nach Albanien. Dann nahm er ein größeres Boot, doch im tiefsten Innern mochte er diese großen Reisen nicht. Nein, was er liebte, waren sein Fischerboot und die Fahrten entlang der Küste, von Bucht zu Bucht, wie eine Katze, die an den Mauern entlangstreift, in den weichen Schatten der Illegalität.

Er glitt über das Wasser. Still lag er im Innern seines Bootes, richtete sich nur nach den Sternen. In diesen Momenten war er nichts. Er vergaß sich, niemand kannte ihn mehr, niemand sprach. Er war ein verlorener Punkt auf dem Wasser, ein winziges Holzboot, das auf den Wogen glitzerte. Er war nichts und ließ die Welt in sich einströmen. Er hatte die Sprache des Meeres gelernt, die Befehle des Windes und das Flüstern der Wellen.

Es gab nur den Schmuggel. Er brauchte den ganzen Himmel voller nasser Sterne, um seine Melancholie hinausfließen zu lassen. Er wollte nichts, nur daß man ihn über das Wasser gleiten ließ, damit er die Wirren der Welt hinter sich lassen konnte.

Etwas war anders als sonst. Donato hatte in der kleinen Bucht der Insel Montefusco angelegt. Es war ein Uhr nachts. Unter dem Feigenbaum, dort, wo Raminuccio ihn sonst mit den Zigarettenkisten erwartete, stand niemand.

Raminuccios Stimme tönte durch die Nacht, halb rufend, halb flüsternd: »Donato, hier entlang!«

Etwas war anders als sonst. Er stieg langsam hinauf, zwischen Trümmern und Feigenkakteen hindurch, und erreichte den Eingang einer kleinen Grotte. Dort stand Raminuccio mit einer Taschenlampe in der Hand. Hinter ihm zwei Umrisse, am Boden sitzend, unbeweglich und still.

Fragend sah Donato seinen Kameraden an, der sich beeilte zu erklären:

»Beunruhige dich nicht. Es ist alles in Ordnung. Ich habe heute keine Zigaretten, sondern etwas Besseres. Du wirst sehen, für dich ändert sich nichts. Du läßt sie am üblichen Ort. Matteo wird sie abholen, es ist alles ausgemacht. In Ordnung?«

Donato nickte. Raminuccio drückte ihm nun einen Stapel Scheine in die Hand und flüsterte lächelnd: »Du wirst sehen, das lohnt sich mehr als die Zigaretten.« Donato zählte nicht nach, doch allein am Gewicht erkannte er, daß es sich um das Drei- oder Vierfache der üblichen Summe handelte.

Die Passagiere nahmen schweigend Platz. Donato grüßte sie nicht. Er begann, aus der Bucht hinauszurudern. Es handelte sich um eine Frau von etwa fünfundzwanzig Jahren und ihren Sohn, der zwischen acht und zehn Jahre alt sein mußte. Zunächst war Donato ganz mit dem Boot beschäftigt und hatte keine Zeit, sie zu beobachten, doch bald verschwand die Küste der Insel und sie befanden sich draußen auf dem Meer. Hier setzte Donato den Motor in Gang, und nun hatte er nichts mehr zu tun, als seine Augen auf den Passagieren ruhen zu lassen. Das Kind hatte den Kopf auf die Knie seiner Mutter gelegt und betrachtete eingehend den Himmel. Die Frau saß sehr gerade. Ihrer Ausstrahlung haftete etwas Edles an. Die Kleidung und die starken, schwieligen Hände verrieten ihre Armut, doch ihr Gesichtsausdruck strahlte eine nüchterne Würde aus. Donato wagte kaum zu sprechen. Die Anwesenheit einer Frau auf seinem Boot erlegte ihm eine Art Schüchternheit auf, die neu für ihn war.

»Zigarette?« fragte er und hielt ihr das Päckchen hin. Die Frau lächelte und winkte ab. Sofort tat es ihm leid; eine Zigarette, natürlich wollte sie keine. Donato zündete seine an, dachte nach und zeigte dann auf sich selbst:

»Donato. Und du?«

Die Frau erwiderte mit einer sanften, die Nacht erfüllenden Stimme:

»Alba.«

Er grinste, wiederholte mehrmals »Alba« zum Zeichen, daß er verstanden hatte, und fand den Namen nett. Dann wußte er nicht mehr, was er sagen sollte, und schwieg.

Während der gesamten Überfahrt betrachtete er das schöne Gesicht des Kindes und die aufmerksamen Gesten der Mutter, die es wegen der Kälte mit ihren Armen bedeckte. Was er über alles schätzte, war die Schweigsamkeit dieser Frau. Ohne daß er wußte, warum, erfüllte es ihn mit Stolz, seine Passagiere sicher an die Küsten des Gargano zu geleiten. Kein Zollboot würde sie jemals finden. Er war der Gerissenste aller Schmuggler. Der Wunsch, ewig so weiterzufahren, stieg in ihm auf, mit dieser Frau und diesem Kind auf diesem Boot, und niemals mehr anzulegen. In dieser Nacht spürte er zum ersten Mal die Versuchung, niemals zurückzukehren, hier auf den Wellen zu bleiben. Unter der Bedingung, daß die Nacht ewig dauere, eine unendliche, ein ganzes Leben dauernde Nacht unter den Sternen, die Haut salzig von der Gischt. Ein Nachtleben, in dem er diese Frau und ihren Sohn von einem Ort der Schmugglerküste zum anderen bringen würde.

Der Himmel hellte sich auf, und bald kam die italienische Küste in Sicht. Es war vier Uhr morgens. Donato legte schweren Herzens an. Er half der Frau an Land, trug das Kind hinüber, dann drehte er sich ein letztes Mal zu ihr um, und mit glücklicher Miene rief er ihr ein »ciao« zu, was für ihn sehr viel mehr bedeutete. Er wollte ihr Glück wünschen, ihr sagen, daß er diese Überfahrt genossen hatte. Er wollte ihr sagen, daß sie schön war und er ihre Schweigsamkeit liebte, daß ihr Sohn ein guter Junge war. Er wollte ihr sagen, daß er sie wiedersehen wollte, daß er sie so oft hin und her fahren würde, wie sie wollte. Doch er konnte nur »ciao« sagen, die Augen voll Freude und Hoffnung. Sicher würde sie alles verstehen, was hinter diesem kleinen Wort stand, doch sie beantwortete schlicht seinen Gruß und stieg in das wartende Auto. Matteo hatte den Motor abgestellt und begrüßte Donato, ließ die beiden Passagiere auf der Rückbank des Autos allein.

»Ist alles gut gelaufen?« fragte Matteo.

»Ja«, murmelte Donato.

Er sah Matteo an, und ihm schien, als könne er nun die Fragen vorbringen, die er bei Raminuccio nicht die Geistesgegenwart besessen hatte, zu stellen.

»Wer sind diese Leute?« wollte er wissen.

»Illegale albanische Einwanderer.«

»Wohin gehen sie?«

»Zunächst hierher, dann bringt man sie im Lastwagen nach Rom. Von dort gehen sie überall hin, nach Deutschland, Frankreich, England.«

»Sie auch?« erkundigte sich Donato, dem es nicht gelang, eine Verbindung zwischen dieser Frau und den Netzwerken zu sehen, von denen Matteo sprach.

»Das ist lukrativer als die Zigaretten, nicht wahr?« meinte der Mann, ohne auf seine Frage zu antworten. »Sie sind bereit, ihr letztes Hemd herzugeben, um die Überfahrt zu bezahlen. Man kann fast jeden Preis verlangen.«

Er lachte, klopfte Donato auf die Schulter, verabschiedete sich von ihm, stieg ins Auto und fuhr mit quietschenden Reifen davon.

Donato blieb allein am Strand zurück, er war wie betäubt. Die Sonne ging mit majestätischer Langsamkeit auf, das Wasser funkelte in rosigem Glanz. Er zog das Geldscheinbündel aus der Tasche und zählte: zwei Millionen Lire. Er hielt umgerechnet zwei Millionen Lire in zerknitterten Scheinen in der Hand. Rechnete man noch die Anteile Raminuccios, Matteos und des Chefs des Rings hinzu, hatte die junge Frau mindestens acht Millionen Lire zahlen müssen. Donato wurde von einer riesigen Welle des Schamgefühls übermannt. Und er begann zu lachen, das wilde raubtierartige Lachen Rocco Mascalzones. Er lachte wie ein Verrückter, denn er hatte verstanden, daß er dieser Frau ihr letztes Geld abgenommen hatte. Er lachte und konnte nur eines denken:

»Ich bin ein Ungeheuer. Zwei Millionen, ich habe ihr und ihrem Sohn zwei Millionen abgenommen. Und ich habe ihr zugelächelt, nach ihrem Namen gefragt, ich dachte, sie würde die Überfahrt genießen. Ich bin der elendste aller Männer. Eine

Frau ausrauben bis aufs Blut und es hinterher wagen, Konversation zu machen. Ich bin wahrlich Roccos Enkel, ohne Glaube und ohne Scham. Ich bin auch nicht besser als die anderen, ich bin sogar schlimmer, viel schlimmer. Und nun bin ich reich. Ich trage den Schweiß eines Lebens in der Tasche und werde das im Café feiern und eine Runde ausgeben. Ihr Sohn schaute mich mit großen Augen an, und ich sah mich bereits, wie ich ihm die Sterne und Geräusche des Meeres beibringen würde. Schande auf mich und die Nachkommen dieser entarteten Familie, die meinen räuberischen Namen trägt.«

Von diesem Tag an war Donato nie wieder derselbe. Ein Schleier hatte sich über seine Augen gelegt, den er bis zu seinem Tod tragen sollte, wie andere eine Narbe im Gesicht.

Donato verschwand immer häufiger, seine Fahrten dauerten immer länger. Wortlos stürzte er sich in die Einsamkeit, ohne zu zögern. Er sah weiterhin von Zeit zu Zeit seinen Cousin Michele, Raffaeles Sohn, denn er übernachtete oft in dem kleinen höhlenartigen Zimmer auf dem *trabucco*. Michele hatte einen Sohn: Emilio Scorta. Mit ihm sprach Donato seine letzten Worte. Als der Junge acht Jahre alt war, nahm Donato ihn in seinem Boot mit, so wie ihn einst sein Onkel Giuseppe mitgenommen hatte. Im langsamen Rhythmus der Wellen machten sie einen kleinen Ausflug. Die Sonne ging über dem Wasser unter und zauberte einen schönen rosa Schein auf die Wellenkämme. Emilio mochte seinen Onkel Donato sehr, doch er wagte es nicht, ihm Fragen zu stellen.

Schließlich wandte Donato sich an den Kleinen und sagte mit leiser und ernster Stimme:

»Die Augen der Frauen sind größer als die Sterne.«

Der Junge nickte, ohne zu verstehen, doch er vergaß diesen Satz nie. Donato hatte den Schwur der Scorta erfüllen wollen, etwas von seinem Wissen an einen Angehörigen weiterzugeben. Er hatte lange nachgedacht. Er hatte sich gefragt, was er wußte, was er im Leben gelernt hatte. Das einzige, was sich ihm aufdrängte, war die Nacht mit Alba und ihrem Sohn. Albas große schwarze Augen, in die er voll Freude eingetaucht war. Ja, die Sterne waren ihm im Vergleich mit den zwei Pupillen dieser Frau, die selbst den Mond hypnotisierten, winzig erschienen.

Das waren die letzten Worte, die er sprach. Die Scorta sahen ihn nicht wieder. Er legte nicht mehr an, war nur noch ein beweglicher Punkt zwischen zwei Küstenlinien, ein in der Nacht verschwindendes Boot. Er transportierte keine Zigaretten mehr. Er war Fluchthelfer geworden und fuhr nur noch pausenlos zwischen der albanischen und der apulischen Küste hin und her, nahm Fremde auf, die ihr Glück versuchen wollten, und setzte sie wieder ab: magere junge Leute, die zu wenig gegessen hatten, die hungrig auf das italienische Festland starrten. Junge Männer und Frauen, deren Hände zitterten vor Ungeduld, zu arbeiten. Sie würden ein neues Land betreten. Sie würden ihre Arbeitskraft an jeden verkaufen, der sie nahm, sich den Rükken kaputtmachen bei der Tomatenernte in den großen Landwirtschaftsbetrieben um Foggia oder den Kopf beugen unter die Lampen der illegalen Nähstuben in Neapel. Sie würden schuften wie die Tiere, akzeptieren, daß man ihren Schweiß bis zum letzten Tropfen auspreßte, und damit das Joch der Ausbeutung, die gewaltsame Herrschaft des Geldes hinnehmen. Sie wußten das alles. Auch daß ihre jungen Körper für immer gezeichnet sein würden von den Jahren zu harter Arbeit für einen Menschen, und doch hatten sie es eilig. Und Donato sah bei ihnen allen, wie ihre Gesichter im gleichen Schein hungriger Ungeduld aufleuchteten, je näher die italienische Küste kam.

Die ganze Welt ergoß sich in sein Boot, als wären es verschiedene Jahreszeiten. Er sah die Bewohner der von Katastrophen heimgesuchten Länder zu ihm kommen. Er glaubte, den Puls des Planeten zu fühlen. Er sah Albaner, Iraner, Chinesen, Nigerianer, alle kamen in sein enges Boot. Er begleitete sie von einer Küste zur anderen, fuhr ständig hin und her. Niemals wurde er vom italienischen Zoll entdeckt. Wie ein Geisterschiff glitt er über das Wasser, befahl den Menschen absolute Ruhe, wenn er von fern einen Motor hörte.

Viele Frauen stiegen in sein Boot: Albanerinnen, die in den Hotels an der Küste einen Platz als Zimmermädchen finden oder in einer italienischen Familie als Krankenschwester für die Großeltern arbeiten würden; Nigerianerinnen, die ihren Körper unter bunten Sonnenschirmen an der Straße zwischen Foggia und Bari verkaufen würden; vollkommen erschöpfte Iranerinnen, deren Reise erst begann, denn sie gingen weiter, viel weiter weg, bis nach Frankreich oder England. Donato betrachtete sie, schweigsam. Reiste eine von ihnen allein, richtete er es immer ein, ihr vor dem Ende der Fahrt ihr Geld zurückzugeben. Und wenn die Frau ihn mit großen, erstaunten Augen ansah und ihm leise dankte oder ihm die Hände küßte, murmelte er jedes Mal: »Für Alba« und bekreuzigte sich. Er war von Alba besessen. Anfangs hatte er gedacht, die Albaner, die er transportierte, nach ihr zu fragen, doch er wußte, daß es zwecklos wäre. Er blieb stumm. Er steckte den alleinreisenden Frauen die Geldscheinbündel, die sie ihm wenige Stunden zuvor selbst gegeben hatten, wieder zu. Für Alba. Für Alba, sagte er und dachte: »Für Alba, der ich alles genommen habe. Für Alba, die ich in einem Land gelassen habe, das wahrscheinlich eine Sklavin aus ihr gemacht hat.« Oft streichelten die Frauen ihm mit den Fingerspitzen die Wange, um ihn zu segnen und Gott anzubefehlen. Sie taten es sehr behutsam, wie bei einem Kind, denn sie fühlten genau, daß dieser stille Mann, dieser nächtliche Fluchthelfer, nichts anderes war als ein Kind, das zu den Sternen spricht.

Schließlich verschwand Donato für immer. Anfangs machte Elia sich noch keine Sorgen. Fischerfreunde hatten ihn gesehen, sie hatten ihn singen hören, wie er es nachts gern tat, wenn er von einer seiner heimlichen Fahrten zurückkehrte. All dies bewies, daß Donato noch irgendwo auf dem Meer war. Er brauchte nur etwas länger, um zurückzukehren. Doch die Wochen vergingen, dann die Monate, und Elia mußte den Tatsachen ins Auge sehen: Sein Bruder würde nicht mehr wiederkommen.

Dieses Verschwinden hinterließ tief in seinem Herzen eine offene Wunde. In manch schlaflosen Nächten betete er, daß sein Bruder nicht von einem Sturm verschlungen worden war. Dieser Gedanke war ihm unerträglich. Er malte sich die letzten Augenblicke in den tobenden Wellen aus, die verzweifelten Schreie. Es kam vor, daß er weinte bei der Vorstellung dieses elend einsamen Todes der Schiffbrüchigen, denen nur bleibt, sich zu bekreuzigen im Angesicht des endlosen Meeresbauches.

Donato starb nicht in einem Sturm. Am letzten Tag seines Lebens glitt er sanft über das Wasser. Friedlich schaukelten die Wellen sein Boot. Die heiße Sonne spiegelte sich in der Weite des Meeres und brannte ihm auf das Gesicht. »Erstaunlich, daß man mitten im Wasser verbrannt werden kann«, dachte er. »Ich spüre das Salz überall um mich herum, auf meinen Wimpern, meinen Lippen, im Hals. Bald werde ich als kleiner weißer zusammengekrümmter Körper in meinem Boot liegen. Das Salz wird meine Flüssigkeit, mein Fleisch zerfressen haben, und wie die Fische an den Marktständen werde ich konserviert sein. Das Salz wird mich töten, doch das ist ein langsamer Tod, und mir bleibt noch etwas Zeit, die Zeit, noch ein wenig Wasser an meinen Seiten vorbeifließen zu lassen.«

Er betrachtete die Küstenlinie in der Ferne und dachte, daß es jetzt noch einfach wäre, zurückzukehren. Natürlich würde es eine Anstrengung erfordern, denn sein Körper war von all den Tagen ohne Nahrung geschwächt, doch er könnte es noch. Bald nicht mehr, bald würde die Küste auch mit aller Willenskraft eine unerreichbare Linie darstellen, und es wäre ein furchtbarer Alptraum, wollte er sie dann erreichen. Wie die Menschen, die im nur wenige Zentimeter tiefen Wasser ertrinken: Denn Tiefe bedeutet nichts, man braucht die Kraft, den Kopf aus dem Wasser herauszuhalten. Bald wäre er dazu nicht mehr in der Lage. Im Augenblick beobachtete er den unregelmäßigen Streifen seiner Heimat, der am Horizont tanzte, und es war, als würde er sich verabschieden.

Er schrie aus vollem Halse, nicht um Hilfe, sondern einfach um zu sehen, ob man ihn noch hörte. Er schrie, nichts geschah. Niemand antwortete. Die Landschaft blieb dieselbe. Kein Licht flammte auf, kein Boot näherte sich. Die Stimme seines Bruders antwortete nicht, nicht einmal von fern, nicht einmal erstickt. »Ich bin weit weg«, dachte er. »Die Welt hört mich nicht mehr. Würde mein Bruder sich freuen, wenn er wüßte, daß ich nach ihm gerufen habe, als ich der Welt Adieu sagte?«

Er spürte, daß er jetzt nicht mehr genug Kraft besaß, um noch einmal umzukehren. Er hatte die Schwelle überschritten. Selbst wenn ihn plötzlich Gewissensbisse befielen, es gab keinen Weg zurück mehr. Er fragte sich, wieviel Zeit vergehen würde, bevor er das Bewußtsein verlor. Zwei Stunden? Vielleicht mehr. Und danach, von der Bewußtlosigkeit bis zum Tod? Bei Einbruch der Nacht würde sich alles beschleunigen, doch noch war die Sonne da und beschützte ihn. Er drehte das Boot, um sie direkt vor sich zu haben. Die Küste lag in seinem Rücken, er sah sie nicht mehr. Es mußte gegen fünf oder sechs Uhr abends sein. Die Sonne sank, neigte sich dem Meer zu, um unterzugehen. Sie zeichnete eine lange rosa- und orangefarbene Spur auf die Wellen und brachte die Fischrücken zum Funkeln. Wie eine Straße, die sich im Wasser öffnete. Donato richtete sein Boot auf der Sonnenachse aus, mitten in diesem Lichtweg. Er brauchte nur noch voranzuschreiten, bis zum Ende. Die Sonne verbrannte ihm den Geist, doch bis zuletzt sprach er weiter.

»Ich gehe vorwärts. Ein langer Schwarm von Kraken begleitet mich. Fische schwimmen um mein Boot und tragen es auf ihren schuppigen Rücken. Ich entferne mich, die Sonne weist mir den Weg. Ich brauche nur ihrer Wärme zu folgen und ihrem Blick standzuhalten. Für mich dämpft sie ihre blendende Kraft. Sie hat mich erkannt, ich bin einer ihrer Söhne, sie erwartet mich. Wir werden gemeinsam ins Wasser tauchen. Ihr großer zerzauster Feuerkopf wird das Meer erschauern lassen. Dichter Dampf wird emporbrodeln und denen, die ich verlasse, zeigen, daß Donato gestorben ist. Ich folge der Sonne ... Die Kraken begleiten mich ... Ich folge der Sonne ... Bis zum Ende des Meeres ...«

Ich weiß, wie ich enden werde, Don Salvatore. Ich habe einen flüchtigen Eindruck erhalten, wie meine letzten Lebensjahre aussehen werden. Ich verliere den Verstand. Sagt nichts, ich habe es Euch erklärt, es hat bereits begonnen. Ich werde meine geistigen Fähigkeiten einbüßen. Ich werde Gesichter und Namen verwechseln. Alles wird verschwimmen. Ich weiß, daß mein Gedächtnis weiß werden wird und ich bald nichts mehr unterscheiden kann. Ich werde ein kleiner vertrockneter Körper ohne Erinnerung sein, eine alte Frau ohne Vergangenheit. Ich habe das früher schon gesehen. Als wir Kinder waren, ist eine unserer Nachbarinnen in die Senilität abgeglitten. Sie erinnerte sich nicht mehr an den Namen ihres Sohnes. Sie erkannte ihn nicht, wenn er vor ihr stand. Ihre ganze Umgebung flößte ihr Furcht ein. Nach und nach vergaß sie ganze Abschnitte ihres Lebens. Man fand sie auf der Straße, während sie wie eine Hündin umherirrte. Sie verlor den Kontakt mit den Menschen ihrer Umgebung. Sie lebte nur noch mit ihren Geistern. Das erwartet auch mich. Ich werde vergessen, was mich umgibt, und in Gedanken bei meinen Brüdern sein. Die Erinnerungen werden verlöschen. Das ist in Ordnung. Es ist eine Art zu verschwinden, die gut zu mir paßt. Ich werde mein eigenes Leben vergessen. Ich werde dem Tod ohne Angst und Vorbehalte entgegengehen. Ich werde über nichts mehr weinen müssen. Es wird sanft sein. Das Vergessen wird mich von meinen Leiden erlösen. Ich werde vergessen, daß ich zwei Söhne hatte und mir einer davon genommen wurde. Ich werde vergessen, daß Donato tot ist und das Meer seinen Körper behalten hat. Ich werde alles vergessen, das wird einfacher sein. Ich werde wie ein Kind sein. Ja, das paßt mir.

Ich werde mich langsam auflösen, jeden Tag ein bißchen sterben. Ich werde Carmela Scorta verlassen, ohne auch nur darüber nachzudenken. An meinem Todestag werde ich nicht einmal mehr wissen, wer ich gewesen bin. Ich werde nicht traurig sein, meine Familie zu verlassen, denn sie werden Fremde für mich sein.

Es gibt nichts anderes zu tun, als zu warten. Das Übel steckt in mir. Es wird langsam alles auslöschen.

Ich werde niemals mit meiner Enkelin sprechen. Bevor sie das nötige Alter erreicht hat, werde ich sterben, oder, wenn ich noch etwas länger aushalte, werde ich mich nicht mehr daran erinnern, was ich ihr sagen wollte. Es gibt so viele Dinge. Alles wird sich vermischen, ich werde nichts mehr auseinanderhalten können. Ich werde stammeln, ihr Angst machen. Raffaele hatte recht, die Dinge müssen ausgesprochen werden. Ich habe Euch alles erzählt. Ihr werdet es ihr sagen, Don Salvatore. Wenn ich tot bin oder nur noch eine alte Puppe, die nicht mehr sprechen kann, werdet Ihr an meiner Stelle mit ihr reden. Anna. Ich werde die künftige Frau nicht mehr kennenlernen, doch ich wünsche mir, daß in ihr ein wenig von mir überdauert.

Ihr werdet ihr sagen, Don Salvatore, daß die Behauptung, ihre Großmutter sei die Tochter eines alten Polen namens Korni, keineswegs absurd ist. Ihr werdet ihr sagen, daß wir beschlossen haben, die Scorta zu sein und uns eng um diesen Namen gedrängt haben, um uns warm zu halten.

Der Wind trägt meine Worte mit sich. Ich weiß nicht, wo er sie ablegen wird. Er verstreut sie in den Hügeln. Ihr werdet darüber wachen, daß wenigstens einige davon zu ihr gelangen.

Ich bin so alt, Don Salvatore. Ich werde jetzt schweigen. Ich danke Euch, daß Ihr mich begleitet habt. Wollt Ihr nicht heimgehen? Ich bin müde. Geht nach Hause. Macht Euch um mich keine Sorgen. Ich werde noch ein wenig bleiben, um ein letztes Mal über all das nachzudenken. Ich danke Euch, Don Salvatore. Ich verabschiede mich von Euch. Wer weiß, ob ich Euch erkenne, wenn wir uns das nächste Mal begegnen? Die Nacht ist mild, es ist warm. Ich werde hierbleiben. Ich wünschte so sehr, der Wind würde sich entschließen, mich mitzunehmen.

9

Erdbeben

Eine Minute zuvor geschah nichts, und das Leben floß langsam und friedlich vor sich hin. Eine Minute zuvor war der Tabakladen voll wie an allen Tagen seit dem Beginn dieses Sommers 1980. Das Dorf war voller Touristen. Ganze Familienklans hatten die Campingplätze an der Küste aufgeblasen. In drei Sommermonaten tankte das Dorf Geld für das ganze Jahr. Die Bevölkerung Montepuccios verdreifachte sich. Alles war anders. Mädchen kamen, schön und frei, und brachten die neueste Mode aus dem Norden mit. Das Geld floß in Strömen. Drei Monate lang wurde das Leben in Montepuccio wild und verrückt.

Eine Minute zuvor drängte sich die Menge der fröhlichen, braungebrannten Körper, eleganten Frauen und ausgelassenen Kinder auf dem Corso. Die Terrassen waren voll besetzt. Carmela schaute auf den ununterbrochenen Touristenstrom auf dem Corso. Sie war jetzt eine alte Frau mit welkem Körper und lückenhaftem Verstand, die ihre Tage auf einem kleinen Stuhl mit geflochtener Sitzfläche, angelehnt an die Mauer des Tabakladens verbrachte. Sie hatte sich in den Schatten verwandelt, den sie vorausgeahnt hatte. Ihre Erinnerung hatte sie verlassen, und ihr Geist war ins Wanken geraten. Sie war ein Neugeborenes in einem faltigen Körper. Elia kümmerte sich um sie. Er hatte eine Frau aus dem Dorf angestellt, die sie fütterte und umzog. Niemand konnte mehr mit ihr sprechen. Sie betrachtete die Welt mit unsicheren Augen. Alles war eine Bedrohung. Manchmal begann sie zu jammern, als würde ihr jemand den Arm umdrehen. Unklare Ängste stiegen in ihr auf. Wenn sie aufgeregt war, passierte es nicht selten, daß man sie in den Straßen des Viertels umherirren sah. Sie schrie die Namen ihrer Brüder. Dann mußte man sie geduldig beruhigen und überzeugen, nach Hause zu kommen. Es kam vor, daß sie ihren Sohn nicht mehr erkannte, immer öfter. Sie schaute ihn an und sagte: »Mein Sohn Elia wird kommen und mich abholen.« In diesen Momenten biß er die Zähne zusammen, um nicht zu weinen. Man konnte nichts tun. Alle Ärzte, die er aufgesucht hatte, waren sich einig. Man konnte sie nur auf ihrem langsamen Weg in die Senilität begleiten. Die Zeit fraß sie langsam auf, und sie hatte ihr Festmahl im Kopf begonnen. Carmela war nur noch ein leerer, von Gedankenkrämpfen geschüttelter Körper. Manchmal durchzuckte sie ein Name, eine Erinnerung. Dann erkundigte sie sich mit ihrer alten Stimme nach Neuigkeiten aus dem Dorf. Hatten sie daran gedacht, Don Salvatore für die Früchte zu danken, die er hatte schicken lassen? Wie alt war Anna? Elia hatte sich an diese Anwandlungen einer vermeintlichen Rückkehr ihrer geistigen Kräfte gewöhnt. Es handelte sich nur um Zuckungen, sie tauchte immer wieder hinab in ihre tiefe Stille. Ohne Begleitung konnte sie nirgendwo mehr hingehen. Sobald sie allein war, verirrte sie sich im Dorf und begann in diesem Gassengewirr, das sie nicht mehr erkannte, zu weinen.

Zu dem Gelände hinter der Kirche, wo der alte, im Laufe der Jahre abgenutzte Beichtstuhl thronte, war sie nie wieder zurückgekehrt. Sie grüßte Don Salvatore nicht, wenn sie ihm begegnete. All diese Gesichter sagten ihr nichts. Die Welt, die sie umgab, war für sie von irgendwoher einfach aufgetaucht. Sie gehörte nicht mehr dazu. Sie blieb auf ihrem Stuhl sitzen, sprach manchmal ganz leise mit sich selbst und rieb sich die Hände oder aß voll kindlicher Freude die gerösteten Mandeln, die ihr Sohn ihr gab.

Eine Minute zuvor saß sie da, mit leerem Blick. Sie hörte von drinnen Elias Stimme, der mit den Kunden sprach, und diese Stimme genügte ihr, um zu wissen, daß sie am richtigen Ort war.

Plötzlich ging ein Zittern durch das Dorf. Die Leute auf den Straßen erstarrten. Ein Grollen ließ die Gassen erbeben. Es kam von nirgendwo, es war da, überall. Man hätte glauben können, eine Straßenbahn führe unter dem Asphalt. Die Frauen erbleichten plötzlich, als sie spürten, daß sich der Boden unter ihren leichten Sommerschuhen bewegte. Etwas schien durch die Mauern zu laufen. Die Gläser in den Schränken klirrten. Die Lampen fielen auf die Tische. Die Mauern wellten sich wie Papier. Die Einwohner Montepuccios erlebten das Gefühl, als hätten sie ihr Dorf auf dem Rücken eines Tieres erbaut, das nun erwachte und sich nach Jahrhunderten des Schlafes schüttelte. Die Touristen schauten überrascht auf die Gesichter der Einheimischen, und ihre ungläubigen Augen fragten: »Was geschieht hier?«

Dann erscholl ein Schrei durch die Straßen, ein Schrei, der bald von Dutzenden anderer aufgenommen wurde: »*Terremoto! Terremoto**!« Nach der Ungläubigkeit der Körper folgte nun die Panik des Verstandes. Das dröhnende Grollen überdeckte alle anderen Geräusche. Ja, die Erde bebte, riß den Asphalt auf und große Löcher in die Mauern, unterbrach die Elektrizität, stieß Stühle um und überschüttete die Straßen mit Geröll und Staub. Die Erde bebte mit einer Kraft, die scheinbar durch nichts erschüttert werden konnte. Und die Menschen verwandelten sich wieder in winzige Insekten, die auf der Oberfläche des Globus krabbeln und beten, nicht verschlungen zu werden.

Doch das Grollen wurde bereits schwächer, und die Mauern hörten auf zu vibrieren. Die Menschen hatten kaum Zeit gehabt, den seltsamen Zorn der Erde zu benennen, da beruhigte er sich bereits wieder. Mit erstaunlicher Einfachheit kehrte wie am Ende eines Gewitters wieder Ruhe ein. Ganz Montepuccio war auf den Straßen. Wie in einer Art Reflex hatten sie alle so schnell wie möglich ihre Häuser verlassen, aus Angst, in einer Geröllfalle zu sitzen, falls die Mauern in einer Schuttwolke zusammenfielen. Wie Schlafwandler standen sie auf den Straßen, sahen benommen in den Himmel. Frauen begannen zu weinen, aus Erleichterung oder Angst. Kinder schrien. Die große Menge der Menschen in Montepuccio wußte nicht, was sie sagen sollte. Sie waren alle da, betrachteten sich gegenseitig, glücklich, am Leben zu sein, doch noch voll inneren Zitterns. Nicht die Erde bebte mehr bis in ihr innerstes Mark, vielmehr hatte die Angst sie abgelöst und brachte ihre Zähne zum Klappern.

Noch bevor die Straßen widerhallten von Schreien und Rufen – noch bevor jeder seine Angehörigen zählte, noch bevor man diesen Schicksalsschlag unablässig in einem nicht enden wollenden Getöse kommentierte –, verließ Elia seinen Tabakladen. Während des gesamten Bebens war er drinnen geblieben. Er hatte keine Zeit gehabt, an irgend etwas zu denken, nicht einmal an seinen möglichen Tod. Er rannte auf die Straße. Seine Augen flogen über das Pflaster, und er begann zu schreien: »Miuccia! Miuccia!« Doch das ließ niemanden auffahren, denn in diesem Moment füllte sich der ganze Corso mit Schreien und Rufen. Und Elias Stimme wurde übertönt vom Lärm der Menge, die wieder zum Leben erwachte.

Carmela ging langsam durch die staubigen Gassen. Sie ging stur voran, wie sie es schon lange nicht mehr getan hatte. Eine neue Kraft hielt sie gefangen. Sie bahnte sich einen Weg durch die Menschentrauben, umging die Risse auf den Straßen. Sie sprach mit leiser Stimme. In ihrem Kopf ging alles durcheinander: das Erdbeben, ihre Brüder, der alte sterbende Korni. Die Vergangenheit stieg wie flüssiges Magma an die Oberfläche. Sie sprang von einer Erinnerung zur nächsten. Eine Vielzahl von Gesichtern drängte sich in ihrem Kopf. Sie achtete nicht mehr auf ihre Umgebung. Frauen auf der Straße sahen sie vorbeigehen und riefen sie an, fragten, ob alles in Ordnung sei, ob das Beben bei ihr nichts zerstört habe, doch sie antwortete nicht. Sie ging geradeaus, beharrlich und in Gedanken verloren. Sie nahm die Via dei Suplicii. Der Weg stieg an, und sie mußte mehrmals stehenbleiben, um Atem zu schöpfen. Sie nutzte diese Pausen und betrachtete das Dorf. Sie sah die Männer in Hemdsärmeln, die draußen die Mauern untersuchten, um die Schäden abzuschätzen. Sie sah die Kinder Fragen stellen, auf die niemand antworten konnte. Warum hat die Erde gebebt? Wird sie noch einmal beben? Und da die Mütter nicht antworteten, tat sie es, die so lange Zeit nicht gesprochen hatte. »Ja, die Erde wird noch einmal beben. Die Erde wird noch einmal beben, denn die Toten sind hungrig«, sagte sie leise.

Dann ging sie weiter, ließ das Dorf und seinen Lärm hinter sich. Sie erreichte das Ende der Via dei Suplicii und bog nach rechts in die Straße von San Giocondo ein, ging weiter, bis sie vor dem Friedhofsgitter stand. Hierhin hatte sie gehen wollen.

Sie war von ihrem Holzstuhl aufgestanden und hatte nur noch einen Gedanken gehabt: zum Friedhof.

Sie schien sich beruhigt zu haben, als sie das Eingangstor aufstieß. Ein letztes jungmädchenhaftes Lächeln lag auf ihrem Greisinnengesicht.

In dem Moment, als Carmela die Friedhofsalleen erreichte, legte sich eine große Stille über Montepuccio, als hätten sich plötzlich alle Einwohner die gleiche Frage gestellt. Die gleiche Angst packte alle Gemüter, und das gleiche Wort lag auf allen Lippen: »Nachbeben.« Jedes Erdbeben wird von Nachbeben gefolgt. Das war unvermeidlich. Eine zweite Welle würde kommen, sie würde nicht lange auf sich warten lassen. Es hatte keinen Sinn, sich zu freuen und nach Hause zu gehen, solange das Nachbeben noch nicht erfolgt war. Also drängten sich die Bewohner Montepuccios eng aneinander, auf dem Platz, dem Corso, in den Gassen. Einige gingen Decken und Wertgegenstände holen, für den Fall, daß ihr Haus dem zweiten Ansturm nicht standhalten würde. Dann richteten sie sich in qualvollem Warten auf das Unglück ein.

Nur Elia rannte hin und her, gestikulierte, bahnte sich einen Weg durch die Menge und fragte alle bekannten Gesichter: »Meine Mutter? Habt ihr meine Mutter gesehen?« Und statt ihm zu antworten, wiederholte man nur: »Setz dich, Elia. Bleib hier und warte. Das Nachbeben wird kommen. Bleib bei uns.« Doch er hörte nicht und suchte weiter wie ein in der Menge verirrtes Kind.

Auf dem Dorfplatz hörte er eine Stimme, die ihm zurief: »Ich habe deine Mutter gesehen. Sie hat den Weg zum Friedhof genommen.« Und ohne sich die Mühe zu machen, herauszufinden, wer der Mann war, der ihm geholfen hatte, rannte er in die angegebene Richtung.

Das Nachbeben kam so plötzlich, daß es Elia mit dem Gesicht nach unten zu Boden warf. Er wurde mitten auf die Straße gedrückt. Die Erde unter ihm grollte. Die Steine rollten unter seinem Bauch, seinen Beinen, seinen Handflächen. Die Erde streckte sich, zog sich zusammen, und er spürte jeden einzelnen Krampf. Das Grollen hallte in seinen Knochen wider. Einige Sekunden lang blieb er so liegen, mit dem Gesicht im Staub, dann beruhigte sich das Beben, wurde zum entfernten Echo eines vorübergehenden Zorns. Die Erde hatte sich mit dieser zweiten Warnung bei den Menschen in Erinnerung gerufen. Sie war da, lebte unter ihren Füßen. Und eines Tages würde sie sie, aus Überdruß oder Wut, vielleicht alle verschlingen.

Sobald er fühlte, daß sich das Dröhnen beruhigte, sprang Elia auf die Füße. Etwas Warmes lief seine Wange herab. Er hatte sich beim Sturz die Augenbraue verletzt, doch ohne sich auch nur das Blut abzuwischen, rannte er weiter in Richtung Friedhof.

Das Eingangsportal lag am Boden. Er sprang darüber und nahm den Hauptweg. Überall lagen die Grabsteine kreuz und quer. Lange Risse liefen über den Boden wie Narben über den Körper eines Schlafenden. Die Standbilder waren zerbröckelt. Einige Marmorkreuze ruhten in Einzelteilen im Gras. Der Erdstoß hatte den Friedhof durchzogen, als wären wild gewordene Pferde wie der Blitz durch die Reihen gerast und hätten dabei Statuen zu Boden gerissen, Urnen und großen Sträuße getrockneter Blumen umgestoßen. Wie ein auf Treibsand gebauter Palast war der Friedhof in sich zusammengefallen. Elia erreichte eine große Spalte, die ihm den Weg versperrte. Er betrachtete sie still. Die Erde hatte sich hier nicht wieder ganz geschlossen. In diesem Augenblick wußte er, daß es keinen Sinn mehr hatte, nach seiner Mutter zu rufen. Er würde sie nicht wiedersehen. Die Erde hatte sie verschlungen und würde sie nicht mehr hergeben. In der heißen Luft roch er noch einen Moment lang ihren mütterlichen Duft.

Die Erde hatte gebebt und Carmelas alten müden Körper mit in ihr Innerstes gerissen. Es gab nichts weiter zu sagen. Er bekreuzigte sich. Und noch lange blieb er mit gesenktem Kopf auf dem Friedhof von Montepuccio inmitten der zerbrochenen Vasen und offenen Gräber stehen und ließ sich vom warmen Wind streicheln, der das Blut auf seiner Wange trocknete.

Anna, hör zu, die alte Carmela spricht ganz leise zu dir... Du kenns mich nicht... Ich war so lange Zeit eine senile alte Frau, von der du dich ferngehalten hast... Ich sprach nie... Ich erkannte niemanden... Anna, hör zu, diesmal erzähle ich alles... Ich bin Carmela Scorta... Ich bin mehrmals geboren worden, in verschiedenen Altern... Zuerst von Roccos zärtlicher Hand in meinen Haaren... Dann später auf dem Deck des Schiffes, das uns zurückbrachte in unser elendes Land, durch die auf mir ruhenden Blicke meiner Brüder... Durch die Schande, die mich in dem Augenblick überrollte, als man mich aus der Schlange in Ellis Island zog und beiseitestellte...

Die Erde hat sich geöffnet... Ich weiß, daß es für mich ist... Ich höre die Meinen nach mir rufen. Ich habe keine Angst... Die Erde hat sich geöffnet... Es genügt, wenn ich in die Spalte hinabsteige... Ich gehe bis zum Mittelpunkt der Erde, um die Meinen wiederzusehen... Was lasse ich hinter mir?... Anna... Ich wünsche mir, daß du von mir reden hörst... Anna, hör zu, komm näher... Ich bin eine mißlungene Reise ans Ende der Welt... Ich bin Tage voller Trauer am Fuße der größten aller Städte... Ich war rasend, feige und großzügig... Ich bin die Trockenheit der Sonne und das Verlangen des Meeres.

Ich habe Raffaele keine Antwort geben können und darüber weine ich noch immer... Anna... Bis zum Ende konnte ich nichts anderes als die Schwester der Scorta sein... Ich habe es nicht gewagt, Raffaele zu gehören... Ich bin Carmela Scorta... Ich verschwinde... Möge die Erde sich über mir schließen...

10

Die Prozession des Heiligen Elia

Elia wachte spät und mit leicht dumpfem Schädel auf. Während der Nacht war die Hitze kaum abgeklungen, und er hatte unruhig geschlafen. Maria hatte ihm die Espressomaschine vorbereitet – er brauchte sie nur noch aufs Gas zu stellen – und war gegangen, um den Tabakladen zu öffnen. Mit schwerem Kopf und schweißnassem Nacken stand er auf. Er dachte an nichts, außer daß wieder ein langer Tag vor ihm lag: heute war das Patronatsfest des Heiligen Elia. Das kalte Wasser unter der Dusche tat ihm gut, doch kaum hatte er sich abgetrocknet und ein kurzärmeliges weißes Hemd angezogen, stürzten sich Hitze und Feuchtigkeit erneut auf ihn. Es war erst zehn Uhr morgens. Der Tag versprach, stickig zu werden.

Zu dieser Tageszeit lag seine kleine Terrasse im Schatten. Er stellte einen Holzstuhl hinaus und hoffte, seinen Kaffee hier draußen bei einer leichten Brise trinken zu können. Er wohnte in einem kleinen weißen Haus mit einer Kuppel und roten Dachziegeln, eines der traditionellen Häuser Montepuccios. Die Terrasse lag im Erdgeschoß: ein durch einen kleinen Zaun abgegrenzter Vorsprung auf den Bürgersteig. Er setzte sich, genoß den Kaffee und bemühte sich, seine Lebensgeister wieder zu wecken.

Auf der Straße spielten Kinder: der kleine Giuseppe, der Sohn der Nachbarin, die beiden Mariotti-Brüder und andere, die Elia vom Sehen kannte. Im Spiel töteten sie die Hunde des Viertels, streckten unsichtbare Gegner nieder oder verfolgten einander. Sie schrien, fingen sich gegenseitig, versteckten sich.

Plötzlich blieb ein Satz in seinem Gedächtnis haften, ein Satz, den einer der Jungen seinen Kameraden zugerufen hatte: »Man darf nicht weiter als bis zum *vecchietto**.« Elia hob den Kopf, betrachtete die Straße. Die Jungen rannten und versteckten sich hinter den Stoßstangen der entlang des Bürgersteigs geparkten Autos. Elias Augen suchten einen Greis, um herauszufinden, wo die Grenze des Spielfelds verlief, doch er sah niemanden. »Nur bis zum *vecchietto*«, schrie erneut eines der Kinder. Da verstand er, und er mußte lächeln. Der *vecchietto*, das war er selbst, hier auf seinem Stuhl. Er war der kleine Alte, der ihr Spielfeld begrenzte. Da tauchte sein Geist in die Vergangenheit, und er vergaß die Jungen, die Schreie und eingebildeten Schüsse. Er erinnerte sich, ja, daß seine Onkel auch immer vor ihren Häusern gesessen hatten, wie er es heute tat, und damals waren sie ihm alt vorgekommen. Auch seine Mutter hatte vor ihrem Tod auf diesem Stuhl gesessen, dem gleichen Stuhl mit geflochtener Sitzfläche, und ganze Nachmittage lang hatte sie die Straßen des Viertels betrachtet und sich von ihrem Lärm erfüllen lassen. Nun war die Reihe an ihm. Er war alt, ein ganzes Leben war verflossen. Seine Tochter Anna, die er nicht müde wurde anzuschauen, war zwanzig Jahre alt. Ja, die Zeit war vergangen. Und er war jetzt an der Reihe, sich auf einem Stuhl an die Straßenecke zu setzen und die Jungen mit eiligen Schritten vorbeihasten zu sehen.

War er glücklich gewesen? Er dachte an all diese Jahre. Wie sollte man das Leben eines Menschen abwägen? Es war ein Leben wie jedes andere gewesen. Abwechselnd voll Freude und voll Tränen. Er hatte die verloren, die er liebte: seine Onkel, seine Mutter, seinen Bruder. Er hatte dieses Leid erlebt und war sich verlassen und unnütz vorgekommen. Doch die noch ungetrübte Freude über Maria und Anna an seiner Seite wog alles auf. War er glücklich gewesen? Er dachte zurück an die Jahre nach dem Brand und nach seiner Hochzeit. Sie erschienen ihm unendlich fern, wie ein anderes Leben. Er dachte zurück an diese Jahre, und ihm schien, als hätte er keine Sekunde gehabt, um Atem zu holen. Er war dem Geld hinterhergerannt. Er hatte so lange gearbeitet, bis seine Nächte nicht länger als die Siesta gedauert hatten. Aber ja, er war glücklich gewesen. Sein alter Onkel Faelucc' hatte recht gehabt, als er ihm eines Tages gesagt hatte: »Nutze deinen Schweiß.« Und so war es gekommen. Er hatte sich abgekämpft, nicht locker gelassen, und sein Glück war aus dieser Erschöpfung erwachsen. Und jetzt war er dieser kleine Alte auf seinem Stuhl, jetzt hatte er es geschafft, sein Geschäft wiederaufzubauen, seiner Frau und seiner Tochter ein angenehmes Leben zu bieten, jetzt konnte er vollkommen glücklich, weil außer Gefahr sein, doch nun verspürte er dieses intensive Glücksgefühl nicht mehr. Er lebte bequem und fried-lich, was bereits ein Glück war. Er besaß Geld, doch dieses wilde, dem Leben abgetrotzte Glück lag hinter ihm.

Die Mutter rief nach dem kleinen Giuseppe. Elia wurde von dieser warmen und kräftigen mütterlichen Stimme aus seinen Gedanken gerissen. Er hob den Kopf. Die Jungen waren wie ein Heuschreckenschwarm davongeflogen. Er stand auf, der Tag begann. Heute war das Fest des Heiligen Elia. Es war heiß, und es gab so viele Dinge zu tun.

Er ging hinaus auf den Corso und die Straße hoch. Das Dorf hatte sich verändert. Er versuchte, sich daran zu erinnern, wie es vor fünfzig Jahren ausgesehen hatte. Wie viele der Geschäfte, die er als Kind gekannt hatte, waren noch da? Langsam hatte sich alles gewandelt. Die Söhne hatten die Geschäfte ihrer Väter übernommen. Die Schilder hatten gewechselt. Die Terrassen waren größer geworden. Elia lief durch die festlich geschmückten Straßen, und das war das einzige, was sich nicht verändert hatte. Gestern wie heute erleuchtete der Enthusiasmus des Dorfes die Fassaden. Girlanden mit elektrischen Lichtern hingen von einer Straßenseite zur anderen. Er ging an dem Stand des Bonbonverkäufers vorbei. Zwei riesige Karren voller Karamelbonbons, Lakritze, Lutscher und Süßigkeiten aller Arten ließen die Kinderherzen höher schlagen. Etwas weiter hinten stand ein Bauerssohn und bot an, die Kleinen eine Runde auf seinem Esel reiten zu lassen. Unablässig lief er den Corso hinauf und hinunter. Die Kinder klammerten sich an das Tier, zunächst ängstlich, dann flehten sie ihre Eltern an, ihnen noch eine Runde zu bezahlen. Elia blieb stehen. Er dachte an den alten Esel Muratti, den rauchenden Esel seiner Onkel. Wie oft waren er und sein Bruder freudig wie Eroberer auf ihm geritten? Wie oft hatten sie *zio* Mimi oder *zio* Peppe angebettelt, mit ihnen eine Runde zu drehen? Sie liebten den alten Esel. Sie bogen sich vor Lachen, wenn er seine langen Gräserstengel rauchte. Und wenn das alte Tier den Stummel schließlich mit schelmischem Blick und lässig wie ein altes Wüstenkamel ausspuckte, applaudierten sie mit aller Kraft. Sie hatten das alte

Grautier geliebt. Der Esel Muratti war an Lungenkrebs gestorben – was den Ungläubigen letztlich bewies, daß er den Rauch wirklich wie die Menschen inhaliert hatte. Wenn dem alten Esel Muratti ein längeres Leben vergönnt gewesen wäre, hätte Elia liebevoll für ihn gesorgt. Seine Tochter hätte ihn angehimmelt. Er stellte sich das Lachen der kleinen Anna beim Anblick des alten Esels vor. Er hätte seine Tochter auf dem Eselsrücken durch die Straßen von Montepuccio geführt, und die Kinder des Viertels wären sprachlos vor Staunen gewesen. Doch Muratti war tot. Er gehörte einer längst vergangenen Zeit an, und Elia schien der einzige zu sein, der sich noch an sie erinnern konnte. Bei diesen Gedanken stiegen ihm Tränen in die Augen. Nicht wegen des Esels, sondern weil er an seinen Bruder Donato dachte. Er erinnerte sich an diesen sonderbaren und stillen Jungen, der all seine Spiele geteilt und all seine Geheimnisse gekannt hatte. Er hatte einen Bruder gehabt, ja. Und Donato war die einzige Person, mit der Elia über seine Kindheit reden konnte und wußte, er würde verstanden. Der Geruch der getrockneten Tomaten bei Tante Mattea. Die gefüllten Auberginen von Tante Maria. Die mit Steinwürfen ausgetragenen Streitereien mit den Kindern der benachbarten Viertel. Donato hatte, wie er, all das erlebt. Er konnte sich mit der gleichen Genauigkeit und der gleichen Wehmut an diese weit zurückliegenden Jahre erinnern. Und heute war Elia allein. Donato war nie mehr wiedergekehrt, und dieses Verschwinden hatte zwei lange Falten unter seine Augen gezeichnet, die Falten eines Bruders, der Waise seines Bruders geworden war.

Die Feuchtigkeit verklebte die Haut. Kein Windhauch trocknete den Schweiß auf den Körpern. Elia lief langsam und achtete darauf, im Schatten der Mauern zu bleiben, damit er sein Hemd nicht naßschwitzte. Er erreichte das große weiße Eingangstor des Friedhofs und trat ein.

Zu dieser Stunde, noch dazu am Tag des Patronatsfests, befand sich niemand hier. Die alten Frauen waren zeitig aufgestanden, um auf den Gräbern ihrer viel zu früh verstorbenen Gatten Blumen niederzulegen. Alles war leer und still.

Zwischen dem hellen, in der Sonne gleißenden Marmor tauchte er in die Alleen ein. Er ging langsam, kniff die Augen zusammen und las die in Stein gravierten Namen der Verstorbenen. Alle Familien aus Montepuccio waren vertreten: die Tavaglione, die Biscotti, die Esposito, die De Nitti, Vater und Sohn, Cousinen und Tanten, alle. Ganze Generationen lebten zusammen in diesem Marmorpark.

»Hier kenne ich mehr Leute als im Dorf«, sagte sich Elia. »Die Kinder heute morgen hatten recht, ich bin ein kleiner alter Mann. Meine Angehörigen liegen fast alle hier. Wahrscheinlich erkennt man daran, daß die Jahre einen eingeholt haben.«

Seltsamerweise verschaffte ihm dieser Gedanke einen gewissen Trost. Er fürchtete sich weniger vor dem Tod, wenn er an all diejenigen dachte, die er kannte und die bereits diesen Weg beschritten hatten. Wie ein Kind, das vor einem Graben zittert, aber beim Anblick der Kameraden, die bereits auf die andere Seite gesprungen sind, Mut faßt und sich denkt: »Wenn sie es geschafft haben, schaffe ich es auch.« Genauso dachte er.

242

Wenn diejenigen alle tot waren, die nicht mutiger oder härter waren als er, dann konnte er selbst auch sterben.

Er näherte sich jetzt dem Abschnitt, wo seine Familienmitglieder begraben waren. Jeder seiner Onkel lag an der Seite seiner Frau. Es gab kein Familiengrab, das alle Scorta aufgenommen hätte, doch sie hatten ausdrücklich darum gebeten, nicht zu weit voneinander entfernt bestattet zu werden. Elia trat ein wenig zurück und setzte sich auf eine Bank. Von seinem Platz aus konnte er sie alle sehen: Onkel Mimi *va fan'culo*, Onkel Peppe *pancia piena*, Onkel Faelucc'. So blieb er lange in der prallen Sonne sitzen. Er vergaß die Hitze und achtete nicht mehr auf den Schweiß, der ihm den Rücken hinunterlief. Er dachte an seine Onkel, wie er sie gekannt hatte. Er dachte an die Geschichten, die man ihm erzählt hatte. Mit seinem ganzen Kinderherzen hatte er diese drei Männer geliebt – mehr als seinen Vater, der ihm oft wie ein Fremder vorgekommen war. Bei Familienfeiern hatte Antonio Manuzio sich unwohl gefühlt, und er war nicht in der Lage gewesen, seinen Söhnen etwas von sich mitzugeben, während seine drei Onkel unablässig über ihn und Donato gewacht hatten, mit der Großherzigkeit reifer und der Welt ein wenig müder Männer im Angesicht unschuldiger kleiner Kinder. Es gelang ihm nicht, sich an alles zu erinnern, was er von ihnen gelernt hatte. Worte, Gesten, auch Werte. Erst jetzt wurde ihm dies richtig bewußt, wo er selbst Vater war und seine Tochter ihn manchmal für seine Denkweise schalt, die sie für veraltet hielt, wie das Schweigen über Geld, ein gegebenes Ehrenwort, die Gastfreundschaft und erbitterte Rachegefühle. All dies hatten ihm seine Onkel vermittelt, das wußte er.

Elia saß mitten zwischen den Katzen, die aus dem Erdboden zu wachsen schienen. Er saß mit einem Lächeln auf den Lippen auf seiner Bank, und Gedanken und Erinnerungen liefen in seinem Kopf durcheinander. Sorgte die hart auf seinen Schädel brennende Sonnenhitze für Halluzinationen? Oder ließen die Gräber für einen kleinen Augenblick ihre Besitzer entfliehen? Er hatte das Gefühl, sein Blick trübte sich, und auf einmal sah er seine Onkel direkt vor sich, kaum zweihundert Meter entfernt. Er sah Domenico, Giuseppe und Raffaele um einen Holztisch beim Kartenspiel sitzen, wie sie es an Spätnachmittagen auf dem Corso so sehr liebten. Er blieb stumm und rührte sich nicht. Er konnte sie so gut sehen. Vielleicht waren sie ein bißchen gealtert, aber kaum. Jeder hatte seine Macken bewahrt, seine Gesten, die genauen Umrisse. Sie lachten. Der Friedhof gehörte ihnen. Und die leeren Alleen hallten vom dumpfen Geräusch der kräftig auf den Tisch geknallten Karten wider.

Carmela hielt sich etwas abseits des Tisches und beobachtete das Spiel, schmähte einen ihrer Brüder, wenn er schlecht gespielt hatte, verteidigte denjenigen, den die anderen schimpften.

Ein Schweißtropfen lief über Elias Augenbrauen und ließ ihn die Augen schließen. Ihm wurde bewußt, wie stark die Sonne brannte. Er stand auf, und ohne die Seinen aus den Augen zu lassen, entfernte er sich langsam rückwärts. Bald konnte er ihr Gespräch nicht mehr mit anhören. Er bekreuzigte sich und empfahl ihre Seelen Gott mit der Bitte, sie doch bis ans Ende aller Tage Karten spielen zu lassen.

Dann drehte er sich auf dem Absatz um.

Er hegte den dringenden Wunsch, mit Don Salvatore zu sprechen, nicht wie ein Gemeindemitglied mit seinem Pfarrer – Elia ging nur selten in die Kirche –, sondern von Mann zu Mann. Der alte Kalabrier lebte noch immer im langsamen Rhythmus des Alters. Ein neuer Pfarrer war in Montepuccio eingetroffen, ein junger Mann aus Bari mit Namen Don Lino. Er gefiel den Frauen, sie liebten ihn und wurden nicht müde, zu wiederholen, daß es Zeit gewesen wäre, daß Montepuccio einen modernen Pfarrer erhielte, der die Probleme von heute verstünde und mit der Jugend zu sprechen wüßte. Und tatsächlich konnte Don Lino die Herzen der Jugendlichen erreichen. Er war ihr Vertrauter. An langen Sommerabenden am Strand spielte er Gitarre. Er beruhigte die Mütter, kostete ihre Kuchen und hörte sich ihre Eheprobleme mit einem zurückhaltenden und konzentrierten Lächeln an. Montepuccio war sehr stolz auf seinen neuen Pfarrer, ganz Montepuccio, mit Ausnahme der Alten im Dorf, die in ihm nur einen galanten Kavalier sahen. Sie hatten die Offenheit und bäuerliche Ruppigkeit Don Salvatores über alles geschätzt und fanden, der *Barese** besäße nicht den Mumm seines Vorgängers.

Don Salvatore hatte abgelehnt, Montepuccio zu verlassen. Er wollte seinen Lebensabend hier unter seinen Schäflein und in seiner Kirche verbringen. Man konnte dem Kalabrier kaum ein Alter zuordnen. Er war ein hagerer Greis mit knotigen Muskeln und dem Blick eines Bussards. Er ging auf die achtzig zu, und die Zeit schien ihn vergessen zu haben. Der Tod kam nicht.

Elia traf ihn in seinem kleinen Garten an. Er streckte die Füße ins Gras und hielt eine Tasse Kaffee in der Hand. Don Salvatore lud ihn ein, sich neben ihn zu setzen. Die beiden Männer mochten sich sehr. Sie plauderten ein wenig, dann eröffnete Elia seinem Freund, was ihn beunruhigte:

»Die Generationen folgen aufeinander, Don Salvatore. Und welchen Sinn hat das alles am Ende? Gelangen wir zu irgendeinem Ziel? Seht Euch meine Familie an, die Scorta. Jeder hat auf seine Weise gekämpft. Und jedem ist es auf seine Weise gelungen, sich selbst zu übertreffen. Zu welchem Zweck? Ich? Bin ich wirklich besser als meine Onkel? Nein. Also was haben ihre Anstrengungen gebracht? Nichts, Don Salvatore, gar nichts. Es ist zum Weinen, wenn man sich das vor Augen hält.

»Ja«, antwortete Don Salvatore, »die Generationen folgen aufeinander. Man muß das Beste daraus machen und dann den Stab weitergeben und seinen Platz räumen.«

Elia blieb einen Moment still. Diese Art, Probleme nicht vereinfachen oder ihnen etwas Positives abgewinnen zu wollen, liebte er an seinem Pfarrer. Viele Männer der Kirche begehen diesen Fehler. Sie verkaufen ihren Schäfchen das Paradies, was sie zu törichten Predigten und billigem Trost verleitet. Nicht so Don Salvatore, und man konnte den Eindruck gewinnen, sein Glauben wäre ihm dabei kein Lichtblick.

»Gerade bevor du kamst, Elia«, sprach der Pfarrer weiter, »fragte ich mich, was aus diesem Dorf geworden ist. Es handelt sich um das gleiche Problem, nur auf einer anderen Ebene. Sag mir, was aus Montepuccio geworden ist.«

»Ein Geldsack auf einem Steinhaufen«, meinte Elia bitter.

»Ja, das Geld hat sie verrückt gemacht. Der Wunsch, es zu besitzen, die Angst, es zu entbehren. Sie sind ganz versessen auf Geld.«

»Vielleicht«, fügte Elia hinzu, »doch man muß zugeben, daß kein Dorfbewohner mehr verhungert. Die Kinder leiden nicht mehr unter Malaria, und jeder Haushalt verfügt über fließendes Wasser.«

»Ja«, sagte Don Salvatore. »Wir sind reicher geworden, doch wer wird eines Tages die Verarmung einschätzen, die mit dieser Entwicklung einhergegangen ist? Das Dorfleben ist arm, und diese Schwachköpfe haben es noch nicht einmal bemerkt.«

Elia glaubte, daß Don Salvatore übertrieb, doch er dachte an das Leben seiner Onkel. Hatte er das gleiche für seinen Bruder Donato getan, was seine Onkel füreinander getan hatten?

»Wir sind an der Reihe, zu sterben, Elia.« Der Pfarrer hatte diese Worte behutsam ausgesprochen.

»Ja«, antwortete Elia. »Mein Leben liegt hinter mir. Ein Zigarettenleben, all diese verkauften Zigaretten, die nichts bedeuten, nur Wind und Rauch. Meine Mutter hat geschwitzt, meine Frau und ich haben geschwitzt über diesen Paketen voll getrockneter Pflanzen, die auf den Lippen der Kunden in Rauch aufgegangen sind. Im Wind verschwindende Tabakrauchkringel, so sieht mein Leben aus. Dies alles bedeutet nichts. Ein seltsames Leben, an dem die Menschen nervös und abgehackt oder an Sommerabenden ruhig und ausgiebig gezogen haben.«

»Fürchte dich nicht, ich werde vor dir gehen. Dir bleibt noch etwas Zeit.«

»Ja.«

»Was für ein Jammer«, fügte der Pfarrer hinzu. »Ich habe sie so geliebt, meine Bauerntrampel. Ich kann mich nicht entschließen, sie zu verlassen.«

Elia lächelte. Für einen Mann der Kirche klang diese Bemerkung sehr seltsam. Was war denn mit dem ewigen Frieden, dem

Glück, zur Rechten Gottes zu sitzen? Er wollte seinen Freund auf diesen Widerspruch aufmerksam machen, doch er wagte es nicht.

»Manchmal scheint mir, Ihr seid nicht wirklich ein Pfarrer«, begnügte er sich mit einem Lächeln zu sagen.

»Ich bin nicht immer einer gewesen.«

»Und jetzt?«

»Jetzt denke ich an das Leben und ärgere mich, es verlassen zu müssen. Ich denke an den Herrn, und der Gedanke an seine Güte reicht nicht aus, mein Leid zu mildern. Ich glaube, ich habe die Menschen zu sehr geliebt, als daß ich mich jetzt entschließen könnte, sie zu verlassen. Wenn ich wenigstens die Sicherheit hätte, von Zeit zu Zeit Neuigkeiten aus Montepuccio zu erfahren.«

»Man muß den Stab weitergeben«, wiederholte Elia die Worte des Pfarrers.

»Ja.« Stille senkte sich über die beiden Männer, dann leuchtete Don Salvatores Gesicht auf, und er meinte: »Die Oliven überdauern ewig. Eine einzige Olive lebt nicht lange, sie reift und verfault. Doch Oliven folgen aufeinander, eine nach der anderen, unendlich und immer wieder. Sie sind alle unterschiedlich, doch ihre lange Reihe besitzt kein Ende. Sie haben die gleiche Form, die gleiche Farbe, sie reifen unter der gleichen Sonne und schmecken alle gleich. Also ja, die Oliven überdauern ewig, wie die Menschen. Sie folgen dem gleichen unendlichen Lauf von Leben und Tod. Die lange Reihe der Menschen reißt nicht ab. Bald wird es an mir sein, zu verschwinden. Das Leben neigt sich dem Ende zu. Doch für andere als uns geht alles weiter.«

Die beiden Männer blieben still sitzen. Dann merkte Elia, daß er im Tabakladen zu spät kommen würde, und verabschiedete sich von seinem alten Freund. In dem Moment, als sie sich herzlich die Hände schüttelten, schien es ihm, als wollte Don Salvatore noch etwas hinzufügen, doch er tat es nicht, und die beiden Männer trennten sich.

Wo bleibt sie denn?«

Elia stand jetzt vor der Tür seines Tabakgeschäfts. Das Abendlicht streichelte die Fassaden. Es war acht Uhr abends, und für Elia war dieser Augenblick heilig. Das Dorf leuchtete im Schein der Lampen. Eine dunkle Menge drängte sich auf den Bürgersteigen des Corso Garibaldi, eine starre und lärmende Menge. Die Prozession würde gleich vorüberziehen. Und Elia stand vor seinem Tabakladen, um sie zu sehen, so wie er es immer tat, so wie seine Mutter es bereits vor ihm getan hatte. Er wartete, die Menschen um ihn herum standen dicht nebeneinander.

»Wo bleibt sie denn?«

Er wartete auf seine Tochter. Heute morgen hatte er ihr gesagt: »Komm zum Laden, um die Prozession anzuschauen.« Und als sie genickt und dabei ausgesehen hatte, als hätte sie gar nicht zugehört, hatte er wiederholt: »Vergiß nicht, um acht, im Laden.« Und sie hatte gelacht, ihm über die Wange gestreichelt und neckend gesagt: »Ja, Papa, wie jedes Jahr, ich werde es nicht vergessen.«

Die Prozession würde vorbeiziehen, und sie war nicht da. Elia begann, innerlich zu wettern. Es war ja nun wirklich nicht so schwierig, das Dorf war nicht so groß, daß man sich hätte verlaufen können. Dann eben nicht. Wenn sie nicht kam, bedeutete es nur, daß sie überhaupt nichts begriff. Er würde die Prozession eben allein ansehen. Anna war eine schöne junge Frau. Mit achtzehn Jahren hatte sie Montepuccio verlassen, um in Bologna Medizin zu studieren. Es war ein langes Studium, das sie voller Energie aufgenommen hatte. Elia hatte sie zu Bologna überredet, die Kleine hätte sich auch gut in Neapel gesehen, doch Elia wollte das Beste für seine Tochter, und er fürchtete das neapolitanische Leben. Sie war die erste Scorta, die das Dorf verlassen und ihr Glück im Norden versucht hatte. Es kam überhaupt nicht in Frage, daß sie den Tabakladen übernahm. Elia und Maria waren strikt dagegen, und das junge Mädchen hatte auch gar keine Lust dazu. Zur Zeit war sie völlig glücklich mit ihrem Leben als Studentin in einer faszinierenden Stadt voller Jungen, die ihr schöne Augen machten. Sie entdeckte die Welt. Elia war stolz darauf. Seine Tochter tat, was er nicht getan hatte, als sein Onkel Domenico es ihm angeboten hatte. Sie war die erste, die sich dieser trockenen, nichts bietenden Erde entziehen konnte. Wahrscheinlich war sie für immer weggegangen. Elia und Maria hatten oft darüber gesprochen: Die Gefahr war groß, daß sie dort oben einen Mann fand, daß sie sich entschied, dort wohnen zu bleiben, daß sie vielleicht heiratete. Bald wäre sie eine dieser schönen, eleganten und mit Schmuck behangenen Frauen, die im Sommer einen Monat an den Stränden des Gargano verbrachten.

Darüber dachte er nach, als er unbeweglich auf dem Gehsteig stand, und plötzlich erblickte er an der Straßenecke die große Fahne des Heiligen Elia, die langsam und auf fast hypnotisierende Weise über den Passanten geschwenkt wurde. Die Prozession kam. An ihrer Spitze trug ein einzelner, robuster und kräftiger Mann eine Holzstange, an der eine Fahne in den Farben des Dorfes befestigt war. Er ging langsam, behindert vom Gewicht des Stoffes und darauf achtend, daß sich die Stange nicht in den elektrischen Lichtern verfing, die zwischen den Straßenlaternen hingen. Dahinter folgte die Prozession, sie kam jetzt in Sicht. Elia richtete sich auf, rückte seinen Hemdkragen zurecht, legte die Hände auf den Rücken und wartete. Er wollte schon über seine verdammte Tochter schimpfen, bereits ganz Mailänderin, als er eine junge und nervöse Hand in seiner spürte. Er wandte sich um. Anna stand vor ihm und lächelte ihn an. Er betrachtete sie, eine schöne Frau voll der fröhlichen Sorglosigkeit ihres Alters. Elia umarmte sie und machte ihr neben sich Platz, behielt aber ihre Hand in seiner.

Daß Anna zu spät gekommen war, lag daran, daß Don Salvatore sie zum alten Beichtstuhl geführt hatte. Mehrere Stunden lang hatte er mit ihr geredet und alles erzählt. Und es war, als wäre die alte gebrochene Stimme Carmelas über die Gräser der Hügel gestrichen. Das Bild, das Anna von ihrer Großmutter bewahrt hatte – eine alte senile Frau mit müdem und häßlichem Körper –, war hinweggefegt worden. Carmela hatte durch den Mund des Pfarrers gesprochen. Und von nun an trug Anna in ihrem Innern die Geheimnisse New Yorks und Raffaeles. Sie war entschlossen, ihrem Vater nichts zu verraten. Sie wollte nicht, daß New York den Scorta genommen würde. Ohne recht zu wissen warum, fühlte sie sich durch diese Geheimnisse gestärkt, außerordentlich gestärkt.

Die Prozession machte eine Pause. Alle blieben stehen. Auch die Menge schwieg einen Moment andächtig, dann ging es unter den hohen und kraftvollen Bläserklängen des Orchesters weiter. Das Vorbeiziehen der Prozession war ein Moment der Gnade. Die Musik durchströmte die Seelen. Elia fühlte sich als Teil eines Ganzen. Die Statue des Heiligen Elia näherte sich auf den Schultern von acht schweißgebadeten Männern. Sie schien auf der Menge zu tanzen, wiegte sich langsam im schaukelnden Gang der Männer hin und her wie ein Boot auf dem Wasser. Die Bewohner Montepuccios bekreuzigten sich bei

ihrem Anblick. In diesem Moment begegneten sich die Augen
Elias und Don Salvatores. Der alte Pfarrer nickte ihm lächelnd
zu, dann segnete er ihn. Elia dachte zurück an die längst vergangenen Tage, als er die Medaillen San Micheles gestohlen
und das ganze Dorf ihn verfolgt hatte, um ihn für diese gottes-
lästerliche Handlung bezahlen zu lassen. Er bekreuzigte sich
voller Inbrunst und ließ sich von der Wärme des Lächelns des
alten Pfarrers durchfluten.

Als die Statue des Heiligen vor dem Tabakladen vorbeigetragen
wurde, drückte Anna die Hand ihres Vaters ein wenig fester,
und dieser dachte, er hätte sich geirrt. Seine Tochter war die
erste, die das Dorf verlassen hatte, doch sie war eine echte
Einwohnerin Montepuccios. Sie stammte von dieser Erde, sie
besaß den Blick und den Stolz. Da flüsterte sie im ins Ohr:
»Nichts kann den Hunger der Scorta stillen.« Elia antwortete
nicht. Er war überrascht von diesem Satz und vor allem von
dem ruhigen und entschiedenen Tonfall, in dem ihn seine
Tochter ausgesprochen hatte. Was wollte sie damit sagen? Versuchte sie ihn vor einer familiären Schwäche, die sie gerade
entdeckt hatte, zu warnen? Oder wollte sie ihm sagen, daß sie
den alten Hunger der Scorta, der ihre Stärke und ihr Fluch
gewesen war, kannte und teilte? Er dachte an all das, plötzlich schien ihm der Sinn dieses Satzes ganz einfach zu sein.
Anna war eine Scorta. Sie war es gerade geworden, trotz des
Namens Manuzio, den sie trug. Ja, das war es. Sie hatte die
Scorta gewählt. Er sah sie an. Sie besaß einen schönen tiefen
Blick. Anna, die letzte der Scorta. Sie wählte diesen Namen der
Nachkommen der Sonnenverzehrer. Auch sie übernahm die-
sen unstillbaren Appetit. Nichts kann den Hunger der Scorta
stillen. Der ewige Wunsch, den Himmel zu verspeisen und die
Sterne zu trinken. Er wollte etwas antworten, doch in diesem

Augenblick hob die Musik wieder an und überdeckte das Gemurmel der Menge. Er sagte nichts. Er hielt die Hand seiner Tochter ganz fest gedrückt.

Da gesellte sich Maria zu ihnen auf die Ladenschwelle. Auch sie war gealtert, doch ihre Augen besaßen noch immer das wilde Leuchten, das Elia um den Verstand gebracht hatte. Sie hielten sich eng aneinandergedrückt, umgeben von der Menge. Ein starkes Gefühl überflutete sie. Die Prozession war hier, vor ihnen. Die lautstarke Musik berauschte sie. Das ganze Dorf war auf den Beinen. Die Kinder hielten die Hände voller Bonbons. Die Frauen waren parfümiert. Es war, wie es immer gewesen war. Sie standen aufrecht vor ihrem Tabakladen, voll Stolz, doch nicht mit dem arroganten Stolz der Emporkömmlinge, sondern mit dem einfachen Stolz derer, die spürten, daß dieser Augenblick der richtige war.

Elia bekreuzigte sich und umarmte die Medaille der Madonna, die er um den Hals trug, ein Geschenk seiner Mutter. Sein Platz war hier, ja, daran gab es keinen Zweifel. Sein Platz war hier vor dem Tabakladen, es konnte nicht anders sein. Er dachte an die ewige Gültigkeit dieser Gesten, Gebete und Hoffnungen und fand einen tiefen Trost darin. Er war ein Mensch gewesen, dachte er, einfach ein Mensch. Und alles war gut. Don Salvatore hatte recht. Die Menschen unter der Sonne Montepuccios überdauerten ewig, wie die Oliven.

Inhalt

1	Die heißen Steine des Schicksals	9
2	Roccos Fluch	33
3	Die Heimkehr der Hungerleider	65
4	Der Tabakladen der Schweigsamen	89
5	Das Festessen	115
6	Die Sonnenverzehrer	139
7	Tarantella	169
8	Die Sonne taucht ein	201
9	Erdbeben	223
10	Die Prozession des Heiligen Elia	235

Anmerkungen des Autors

S. 11 Massiv des Gargano: Bergmassiv in Apulien, einer Region in Süditalien

S. 67 *Ma va fan'culo!*: Du kannst mich mal am Arsch lecken!

S. 107 *Monopolio di Stato*: Behörde, die sich um die Verwaltung des staatlichen Tabakmonopols kümmert

S. 107 *caciocavalli*: birnenförmiger Käse, eine apulische Spezialität

S. 107 *limoncello*: Zitronenlikör

S. 107 *Tabaccheria Scorta Mascalzone Rivendita No. 1*: Tabakwarenhandel Scorta Mascalzone, Geschäft Nummer 1

S. 121 *È arrivato l'asino fumatore! L'asino fumatore!*: Der rauchende Esel kommt! Der rauchende Esel!

S. 165 *amore di zio*: wörtlich »Liebe eines Onkels, Onkels Liebling«, eine Koseform, um einen Neffen zu bezeichnen

S. 171 *fra'*: die liebevolle Kurzform von *fratello*, Bruder

S. 191 *Ahi, ahi, ahi, domani non mi importa per niente, questa notte devi morire con me*: Aïe, aïe, aïe, was kümmert mich das Morgen, diese Nacht mußt du mit mir sterben.

S. 227 *Terremoto! Terremoto!*: Erdbeben! Erdbeben!

S. 238 *vecchietto*: der kleine Alte

S. 245 *Barese*: Einwohner der apulischen Stadt Bari

Danksagung

Bei den letzten Zeilen dieses Buch wandern meine Gedanken zu all jenen, die mir die Pforten dieses Landes geöffnet haben. Ohne sie hätte ich es niemals schreiben können. Meinen Eltern, die mir ihre Liebe für Italien mit auf den Weg gegeben haben. Alexandra, der ich auf Schritt und Tritt bei der Entdeckung des Südens folgen durfte und die mir das Vergnügen und die Ehre erwiesen hat, ihn durch ihre liebevollen und sonnigen Augen zu betrachten. Renato, Franca, Nonna Miuccia, Zia Sina, Zia Graziella, Domenico, Carmela, Lino, Mariella, Antonio, Federica, Emilia, Antonio und Angelo – für ihre Gastfreundschaft und Wärme. Für die Geschichten, die sie mir erzählt haben. Die Speisen, die sie mich kosten ließen. Für die Stunden, die ich an ihrer Seite im Duft der Sommertage verbringen durfte. Für das, was sie mir, ohne es zu merken, über ihre Art, am Leben zu sein, vermittelt haben, die man nur in diesen Regionen findet und die mich noch immer zutiefst berührt. Ich hoffe, daß sie alle auf diesen Seiten ein wenig von sich wiederfinden, denn es wäre nur gerecht: In den Stunden, in denen ich mich einsam mit den Seiten herumschlug, haben sie mich begleitet. Diese Zeilen sind für sie geschrieben. Ich wollte, sie würden nur eines aussagen: wie kostbar diese unter der Sonne Apuliens erlebten Momente für mich sind.